FAMILY
FINANCE
理财面面观

大学生活
"经济学"

庄树坤 著

電子工業出版社·

Publishing House of Electronics Industry

北京 · BEIJING

内 容 简 介

不管你是经济学的门外汉，还是经济学的专业学习者，只要你关心自己的大学生活，关注自己的财富，希望能够在大学里过得更明白，对身边的事情更了解，过程更与众不同，就该多知道些经济学常识。

本书将经济学常识融入大学生活之中。例如，选寝室涉及"稀缺性"知识，买电脑要用到"消费者剩余"知识，竞选学生会干部要明白"供给和需求"，就连值日都体现着"博弈论"的精髓，爱情中要掌握"完全信息"，还需要明白边际效用、格雷欣法则、沉没成本、纳什均衡及后来者策略知识。此外，定价理论、节俭悖论、棘轮效应、最大笨蛋理论、稀缺性、投资与收益、莫菲定律、外汇理论、通货膨胀等经济学常识也与人们的生活息息相关，体现在大学生活的方方面面。

通过阅读本书，读者朋友可以轻松掌握这些经济学常识。相信您能从本书中感受到经济学的魅力和智慧的启迪。

图书在版编目(CIP)数据

大学生活"经济学" / 庄树坤著. —北京：电子工业出版社，2011.3

（理财面面观）

ISBN 978-7-121-12765-6

Ⅰ.①大…　Ⅱ.①庄…　Ⅲ.①大学生－财务管理－青年读物　Ⅳ.①TS976.15-49

中国版本图书馆 CIP 数据核字（2011）第 004858 号

策划编辑：刘宪兰

责任编辑：张　京

印　　刷：北京市天竺颖华印刷厂

装　　订：三河市鑫金马印装有限公司

出版发行：电子工业出版社

　　　　　北京市海淀区万寿路 173 信箱　邮编 100036

开　　本：720×1 000　1/16　印张：18　字数：203 千字

印　　次：2011 年 3 月第 1 次印刷

印　　数：4 000 册　定价：36.00 元

凡所购买电子工业出版社图书有缺损问题，请向购买书店调换。若书店售缺，请与本社发行部联系，联系及邮购电话：(010) 88254888。

质量投诉请发邮件至 zlts@phei.com.cn，盗版侵权举报请发邮件至 dbqq@phei.com.cn。

服务热线：(010) 88258888。

前　言

　　在即将完成高中枯燥的学习生活的时候，你需要决定是否去上大学？进入大学，你需要决定是否参加学生会竞选，是全面锻炼自己，还是一心只读圣贤书？看见帅哥靓妹，你需要决定是专心学习，还是去约会？在大学即将毕业时，你是继续深造读书，还是出国留学，或是工作？等等，不逐一列举。所有的这些事情都需要你做出决策，而且是正确的决策。为什么决策这么重要？因为你的资源是有限的——你时间有限，精力也有限。所以必须在各种竞争性的需求之间分配有限的资源，更麻烦的是，你的决策常常是在不确定的情况下做出的。例如，当你选择学习英语专业时，并不确定当自己毕业的时候，这个专业的就业前景如何。为了避免类似决策的失误，需要一些特别的指导，这个指导就是经济学。经济学是有关个人选择的学问，学习经济学将有助于你在学习生活中做出更好的决策。

　　现在已不是自给自足的年代，你的生活状况不仅取决于自己的决策，而且依赖于其他人的决策，以及你身处环境的变化。理解周围的世界如何运行，自然有助于改进你的决策。你有没有为生活中的许多事情感到惊奇？例如，想买一台电脑的时候，只要支付一定数量的人民币，就可以把它从商场搬回家；在上课上得饥肠辘辘的时候，奔进食堂就可以指挥别人给你盛菜。而事实上，你事前并没有告诉电脑生产厂家为你生产一台电脑，也没有通知食堂的师傅为你准备你想要的饭菜。那么，是什么因素使你得到你想要的东西？这些问题的答案也隐藏在经济学之中。经济学是关于人与人之间的决策如何相互作用的学问。学了经济学，就可以明白市场这只"看不见的手"如何使自利的个人为大家服务；也可以明白，为什么有些行业的服务那么差，收费却那么高；为什么

走红超女的演出一个晚上可以赚好几万元，而你做家教一个晚上只能赚几十元钱；为什么利率一上升股票价格指数就下跌；为什么中国经济增长这么快，而大学生的就业一年比一年难……

经济学是一门学问。它有自己的公式和语言，如同化学家通过观察化学变化归纳化学规律一样，经济学家通过观测现实经济现象归纳经济规律。而诸如供给、需求、弹性、消费者剩余、机会成本、比较优势、外部性、信息不对称、均衡等，这些都是经济学的基本语言。掌握了这种语言，就可以更好地思考你周围的世界是如何运行的。你没有必要成为一位经济学家，但知道一些经济常识是非常有益的，无论今后干什么，你不会后悔自己看过这本《大学生活"经济学"》。

本书主要由庄树坤著，其他参与写作的人员有王楠、王倩、莫金玲、任会利、殷婷婷、林翠萍、姜岚、陈刚、杨飞、王海波等。在此对所有参与人员表示感谢。

作　者

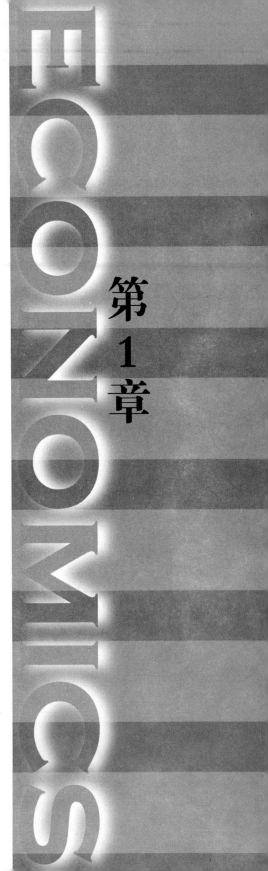

第 1 章

踏上大学之旅

TASHANG

DAXUE

DAXUESHENGHUO
JINGJIXUE

ZHILV

踏上大学之旅，就开始了一段新的征程，不管你是经济学的门外汉，还是经济学的专业学习者，只要你关心自己的大学生活，关注自己的财富，希望能够在大学里过得更明白，对身边的事情更了解，更与众不同，那你就该多知道些经济学常识。正如著名经济学家梁小民说的，"许多事情你是熟悉的，但不知道为什么，经济学可以告诉你，给你一种升华的感觉。"

1.1 入校的新生，你用半价票了吗？
——学会使用定价理论

莫蓉睿终于盼到了梦寐以求的大学录取通知书，多日来，一直紧张焦虑的情绪一扫而空，家人也都松了一口气。通知书被一家人捧着看了很多遍才放下，随通知书而至的还有几张入学前待办事项明细单，罗列着学费、专业介绍及其他入学前应办理的手续等。

接下来的日子干些什么呢？先给读大学的老哥儿莫逸飞打个电话报喜，然后和好友聚会庆祝，办手续的事情就等两天再说吧。莫蓉睿在心里暗暗盘算着。

高考成功后的空闲日子过得格外快，一个月的时间眨眼就过去了。离开学报到只有十天的时间了，在家人的催促下，莫蓉睿才想起买火车票的事情。由于是第一次出远门，家人都不放心，非要送到学校。为这事家人还争执了好一阵子。

"你们放心好了，不是有哥和我一起嘛！"莫蓉睿嚷嚷着反对着。

"有我和妹妹同行，你们不用担心，就这点小事，不能让你们跟着操劳忙活了，再说，你们不是学生，要买全价票，这一去一回，车费就得两千多元，妹妹以后用钱的地方还多着呢，你们放心，我保证照顾好妹妹。"莫逸飞拍着胸脯自信地说。

家人觉得莫逸飞说得很有道理，虽然放心不下，不过孩子大了总要独立闯荡，兄妹俩一路照顾应该没问题。于是就不再多说，只是催着两人赶紧去买票，怕买不到车票误了行程。

看到父母接受建议，不再强烈要求送莫蓉睿到学校，莫逸飞觉得能够为父母、为家人做点儿事了，心里感到十分满足。同时，他也感觉到自己长大了，肩上也有了担子，于是下意识地挺直了后背。然后，赶忙叫莫蓉睿拿上通知书一起去火车站买票。

"拿通知书干吗？"莫蓉睿嘀咕道。

"别那么多废话，到车站你就知道了。"莫逸飞故作神秘地说道。

兄妹俩一路嘻嘻哈哈，来到车站。一进入售票大厅，莫蓉睿大呼："这么多人啊！"

"呵呵，第一次出门吧，这样的场面我可经历多了！"莫逸飞一边查看哪里排队的人少些，一边自以为是地说。

"你才经历几次啊，不就是比我早一年上大学嘛，有什么了不起的。"莫蓉睿十分不屑地反驳道。

"呵呵，你这张嘴真厉害，好……好，别争了，赶紧先排队买票吧。"

在售票大厅排队等了很久，终于来到窗口，莫逸飞把学生证和录取通知书

往里一递，讲明地点，买了两张车票。出来后莫蓉睿一边拿着车票看一边说："这下可见识到了什么叫学生客流高峰了。对了，我的车票也是半价票啊，我还不是大学生怎么也可以买半价票？那为什么爸妈为不能买？你还挺厉害，一说全价票，爸妈就不争着送我了，学生半价票是怎么回事，快跟我说说！"莫蓉睿好奇地问了一大串问题。

"这个半价票的学问可大嘞，可别小看这张半价票，里面蕴藏的经济学学问可不少，当时让你跟我一样报经济学专业，你偏学什么英语，现在不懂了吧。"莫逸飞神秘地笑着说道。

"咱家这不是还有你顶着嘛！再说你学经济我学英语，以后咱俩合伙开个外贸公司，你负责国内采购，我负责联络国外客户，我不就是外贸总监了嘛！"莫蓉睿调皮地说道。

"你的志向还挺远大，不过不懂经济的外贸总监绝对是不称职的。要想成为优秀的外贸销售专员，必须要有经济意识才行。"莫逸飞说道。

"你先赶快说说半价票吧，有你这样有经济头脑的哥哥，我啥经济意识都会有的。"

"好，那我就给你讲讲这半价票。不过这只是一个引子，希望你有时间好好学习学习经济学，因为现在是商品经济时代，咱们大学生可不仅是学生，还是一群非常关键的'经济人'，如果你明白经济学的定价理论，那不仅是坐火车买半价票，只要生活中有价格的地方就都逃不出你的法眼！"莫逸飞得意地介绍道。

"别卖关子了，快讲！"莫蓉睿着急地催促着。

莫逸飞指着火车票说："我们都知道火车票是乘客上车的凭证，但从经济学角度来讲，火车票的票价是铁路运输行业向乘客出售产品的价格。火车运营一次的总收入是票价与乘坐人次的乘积。这个总收入不仅取决于票价，更要受到乘坐人次的影响。全价票虽然从单个乘客身上获取了更多收入，但是也将一部分乘客拒之门外，其总收入势必受到影响。"

"哦，有道理，那怎样才能避免这种影响呢？"

"问得好，要想尽量减小这种影响。就得在允许的范围内千方百计地增加客运人数。火车运营一次的成本基本固定，在没有超载之前增加一位乘客的成本为零，这时每增加一位乘客就增加一份收入，如果能够将乘客进行区分，对不同的乘客给予不同的价格，那就可以尽可能多地增加乘客人数，从而增加利润。铁路运输行业对大学生实行半价票，学生无疑是受益者，然而铁路运输行业不仅不会因此承受损失，还会增加社会福利！"

"原来如此，我还以为半价票会减少收入，现在看来降价是一种促销方式，反而会增加收入。厉害！"

"你说得有一定道理。在社会主义市场经济条件下，铁路运输行业作为一个垄断行业，扮演着特殊的角色。其决策不仅包括利润最大化的追求，还包括社会福利的考虑，这些都是其票价定价决策的依据。而学生火车票优惠政策就是铁路运输行业常用的一种定价方法，这种方法就达到了增加收益和增进福利的双重功效。这种定价方法在经济学中被称为歧视价格。"

"等等，价格什么，什么歧视？"莫蓉睿插嘴问道。

"这是经济学的专业术语。歧视价格也就是供给者对同一种物品或劳务在

同一时间里向不同消费者收取不同的价格。"莫逸飞解释道。

"不懂，太专业。"

"唉，这不是很简单嘛，其实价格歧视是生活中很常见的一个现象。例如，铁路企业对乘客收取两种价格：全价与折扣价；书店、网吧等场所对会员实行折扣价。这种针对同一产品（服务）对不同消费者收取两种不同价格的做法就运用了歧视价格的定价方法。这样你能听懂吗？"

"听是听懂了，不过他们怎么确定乘客是不是学生呢？我现在还没上大学不也享受半价票吗？"

"这就是让你拿通知书的原因，这个是凭证嘛。价格歧视如果想实行，就得能够将消费者分为不同的类别，不同类别的消费者对同一种物品或劳务的购买意愿不同。在这里简单地将火车乘客分为两类：非学生和学生。对于前者来说，在一定范围内，无论车票价格高低都会选择乘坐火车，价格变动对这部分人坐火车的需求量影响较小。学生则不同，学生的出行受时间因素影响较小，但学生更关注价格因素，价格变动对这部分人坐火车的需求量的影响很大，如果对学生实行全价票，那么很多学生就可能选择假期不回家了。实行半价票则能吸引更多学生乘坐，减少空载率，这么多学校的学生如果选择回家，那利润增加得可不少啊。"莫逸飞举例说道。

"既然如此，那为何半价优惠仅限于寒暑假期间？为什么不在所有节假日都实行呢？那样我就可以用半价票到处去玩了。"莫蓉睿好奇地问。

"你呀，就知道玩！你想想，节假日可是旅游高峰期，这段时间出行人数大增，对火车票的需求量增加，列车空载现象减少，甚至是供不应求，需要加开列车才能解决问题，这时列车运营一次的成本就会增加，而学生的支付意愿并无多大变化（经济不独立嘛，多学学让你致富的经济学吧），如果此时还实行半价票，那可能就会出现超载，此外，此时的半价车票可能已经低于成本上升后的运营费用了。若铁路运输行业仍给予学生半价优惠，必然要承受损失，作为市场主体，同时考虑出行安全及舒服乘车等各方面因素，当然选择节假日不实行半价票的政策了。"

莫逸飞顿了顿，看看莫蓉睿继续补充说道："总之，如果铁路运输行业对学生不实行半价票，大部分学生假期可能选择不回家，但如果实行对所有乘客都打折，一定要乘坐火车的人就会跟着沾光，乘客增加量不会因此增加太多，总收入反而下降，这当然是一种损失。在寒暑假对学生实行半价票，可以有效增加乘客数量，而在其他节假日不实行半价票则可以在不增加成本的情况下满足出行乘客的需求。"

莫蓉睿似懂非懂地看着莫逸飞。于是莫逸飞问道："讲了这么多，你懂了吗？"

"原来是这么回事啊！我也觉得是这样！"莫蓉睿不以为然地说道。

"那你什么都明白还问我干吗！"莫逸飞假装愤愤地说道。

"很多道理我都懂，但听你说完觉得透亮了很多。"莫蓉睿赶紧嘴甜起来。

"那叫升华！生活中歧视价格的形式很多。你举几个例子我听听？"莫逸飞一板一眼地说道。

"是！我觉得看电影的时候，电影院在电影上映初期，票价很贵，后来就逐渐下降，而且不同时间有不同的票价，这算吗？"

"你很聪明嘛！同样一场电影，票价在工作日的白天总是要比晚上或双休日低很多。因为工作日的白天能来看电影的主要是些老人或儿童，这些人的支付意愿相对较小，如果索要过高的票价可能这些人就不会光顾电影院了，而电影院播放电影时每增加一个观众的成本很小，所以这时实行第三级价格歧视能吸引低消费群体进行消费，而一张打折的电影票仍然会比边际成本（也就是每增加一个人的成本）要高。但是在高峰时段，比如周末或晚上，能看电影的人群普遍收入更高，支付意愿也强，这时实行高价就能赚取更多的利润。这样的例子还很多。"

"也就是说，人少的时候降价吸引人气，从而增加总收入是吧！那我们校园里有哪些这样的例子呢？你说说我也好长点经验。"莫蓉睿笑着说道。

"在大学校园里，例子很多，例如，同样是移动通信，针对学生等年轻人群体的动感地带资费就比较低，还有像校园集团内免费通话的业务、不同的短信套餐业务等。此外，像旅游旺季和淡季航空公司机票的不同票价，出口商品与内销商品价格不同，工业用水和民用水价格不同，电影院对学生、儿童实行优惠，这些都是在对客户实行不同的定价。这些歧视价格的做法相当普遍、灵活，也颇为有效。上了大学后，虽然你不学经济学，但你如果关注身边点点滴滴的经济现象，就会发现这门学问很有用！"莫逸飞自豪地说。

"呵呵，看来这门学问确实挺有用，以后你要常教教我！"莫蓉睿不依不饶道。

"好！我刚才买的票的日期比学校要求的报到日期早三天，其中的经济学道理你不知道吧！有空给你讲讲。"莫逸飞神秘地说道。

回眸点睛：

斯蒂格利茨在《经济学》一书中精辟地讲到"具有垄断能力的厂商通过有效分割市场，对成本相同的同一种产品在分隔开的市场上向具有不同需求价格弹性的购买者索取不同的价格。"根据商品价格差别的程度不同，可以将差别定价分为三种情况，其中，三级价格歧视是指垄断厂商对不同市场的不同消费者实行不同的价格。

这种差别定价主要是有利于垄断者的，可以使垄断者获得更多的利润。它对于消费者有利有弊。因为差别定价具有歧视性，它对于不同消费者采取不同的定价策略，即收取不同的费用，这对消费者是不利的。然而，它对于消费者也有好处。由于它的差别定价，会使一部分消费群体获得利益。例如，学生群体在购买火车票时就可以享受半价的优惠。

1.2 入学时间你选对了吗？
——经济学最基本的"经济人"假设

莫蓉睿、莫逸飞兄妹俩一路上说说笑笑回到家中，一进家门，莫蓉睿就嚷嚷道："真是累死了，买票的人太多，这么热的天真是受罪。不过今天没白去。妈，我哥没白学那个什么经济学，今天我算明白了，别小看这半价票，其中蕴涵的经济学道理还挺有意思，叫什么歧视价格，你不知道吧？"

"什么歧视，怎么买个票还要歧视？"

"你不懂，这是经济学术语，我哥说的，你知道吗，平时看电影不同的时间价格不一样；到书店买书时会员有折扣价；你去商场买衣服、化妆品什么的，用会员卡比较便宜，这些都是歧视价格，那是商家的一种策略，他们才不吃亏呢，反而能多赚一些。明白不？"莫蓉睿卖弄地说道。

"不懂你们说的什么经济学，反正不被人歧视就好！你呀，学了点东西就显摆！"

"妈，你怎么这样啊，经济学很有用的，我哥买票的日期提前了三天，据说还有经济学道理呢，不信你让他讲讲。"莫蓉睿嚷嚷道。

"好啦，就你声儿大，先帮妈把饭弄好，吃完再说。"

在说笑中一家人愉快地吃完午饭，莫蓉睿是个急脾气，赶忙张罗着把大家安排好听莫逸飞"讲课"。

"天下真是没有免费的午餐！吃完饭还不让哥歇会儿。要不我开个'林家讲坛'，收你们做弟子怎么样？哈哈！看你们这么感兴趣，那我就讲讲为什么要妹妹早几天到校的道理，不过在开讲之前，我要提个问题。"

"什么问题，你快说呀！"莫蓉睿嚷嚷道。

"好，那你先说说你喜欢去哪家超市购物？"

"当然是沃尔玛！那儿的东西便宜嘛。"

"那你知道为什么它的价格便宜吗？"

"这个嘛，我怎么知道，反正那么多超市，它不便宜谁去它那里买东西啊。"

"你说得对，沃尔玛超市的商品价格便宜是为了和别的超市竞争，而不是为咱们顾客好，它是为了销售更多的产品，实现利润最大化。它的初衷是'利己的'和'理性的'。顾客却在无形中减少了支出，可以用节省的部分买其他东西，从而增加了福利。"

"哦，原来是这样，不过莫逸飞，你怎么讲了这么久都没说为什么让莫蓉睿早出发啊。"妈妈问道。

"先别急啊，这不是先铺垫一下嘛。刚才我讲的这种'理性'是经济学的最基本假设，叫做'经济人'假设，也可以称为'理性人'假设。'经济人'假设的意思是说，经济生活中的每个人，包括法人和自然人，都在给定约束条件下追求自己利益的最大化。为什么要给定约束条件呢，这是因为资源都是稀缺的，所以人要受到资源稀缺的约束。例如，固定的收入、时间等都是限制人们追求利益最大化的条件。整个经济学就是建立在这个基本假设的基础之上的。没有了这个'利己'的'经济人'假设，整个经济学就不能成立。"

"不对吧，世界上可是有很多人都为他人做好事啊！"莫蓉睿反对道。

"你说得没错，不过等我再讲讲你就明白了，'利己'并不是损人，而且会实现'利他'。人都有趋利避害的本性，古语云：'两害相权取其轻，两利相权取其重。'每个人从自己的利益出发去做出判断并指导行动，每个人不知道如何增加其他人的利益，但是他们的行动往往给他人带来好处。这就好比咱家楼下的粮油店，还有学校附近的书店，为了竞争必须靠近客户，他们的本意是想多赚点钱，他们只是在顺着自己的心意去行事，结果我们买书、买粮食就越来越便捷了！这种事情乍看很平常，生活中的例子比比皆是。我现在问你，如果过两天开学人很多，坐车很拥挤，甚至买不到座位票，你怎么办？"

"当然等人少了再走啊！"莫蓉睿答道。

"不对，应该是先走！为了坐车时免受拥挤之苦同时保证按期到校报到，你只能选择先走。"妈妈在一旁纠正道。

"呵呵，还是咱妈说得对。从自身考虑，为了能买到座位票、能舒服地坐车，我们选择提前出发，这时我们并没有考虑他人。那么你能说说这样给他人带来的好处吗？"

莫蓉睿略微思考一会儿回答道："一部分人先走就可以减少交通拥挤，后走的人能免于旅途之苦，而且为铁路运输部门减轻了运输压力。我说得对吗？"

"你很聪明嘛！你看，这本来是'利己的'行为，却为他人和社会增加了福利。这种'意料之外'的、自发的个人行为实现了个人利益和他人利益的双赢。此外，早几天到学校可以早些选择寝室。今天说累了，给你留个作业，你想想选寝室蕴涵什么经济道理吧。"

听了莫逸飞的话，一家人豁然开朗，原来经济学中的"利己"并非"损人"，利己是一种理性的选择，同自私有着本质的区别。

回眸点睛：

著名经济学家亚当·斯密在《国富论》一书中歌颂了是利己心让大家能够便捷地买到各种喜爱的东西，他说，每个人都不知道如何增进他人的利益，每个人从自己的利益出发，在追求自身利益最大化的过程中，实现了他人或公众的利益。虽然这不是人的本意，但每个人从自己的利益出发去做事，要比从他人的利益出发去做事，对他人的利益增进更大。但必须强调的是，利己绝不是损人利己，而是在不损害他人利益的前提下增大自己的利益。结果，通常会增大双方的利益。

自我国进行经济体制改革以来，中国经济学界也提出了社会主义市场经济的"经济人"假设问题。有一些学者认为在社会主义经济理论分析中，西方"经济人"假设是个人主义的，与我国集体主义主流意识相差甚远，不宜作为经济理论分析的前提，没有"经济人"的位置。随着我国市场经济的进一步深化和发展，大部分学者认为我国要建立社会主义市场经济，可以承认"经济人"假设的前提条件，通过建立一种恰当的机制，使人们在追求自身利益最大化的同时客观上有助于社会整体目标的实现。

"经济人"假设是交易的起点，是市场经济的起点。"经济人"通过利他实现利己，利他是利己的手段，利己是利他的目的。虽然社会主义市场经济与资本主义市场经济具有不同性质，但都是市场用"看不见的手"对资源配置起基础性作用，仍符合市场经济的一般规律。所以，"经济人"假设同样是建立和发展社会主义市场经济的隐含前提。在亚当·斯密的"经济人"假设中，利己与利他一致，个人利益和公共利益紧密相连，对我们今天构建社会主义和谐社会具有很大的借鉴意义。

1.3 入校成为投资人
——用人力资本给大学生活定好位

儿行千里母担忧！兄妹俩出发那天，父母跟着里外忙活。吃的喝的买了一大堆。一会儿提醒带上身份证，一会儿又让看看火车票带了没有？钱带少了，担心他们路上遇到特殊情况；带多了，又怕路上丢失。

"妈，你就放心吧，我有信用卡呢，不用带那么多现金，购物取现金都很方便，还能透支。你把学费和生活费都存入信用卡里，异地取款还不用花手续费呢。"莫逸飞安慰妈妈道。

"有莫逸飞同行我还放心些。莫蓉睿你路上要注意安全，凡事儿听你哥的，两人相互照应，到校就给妈来个电话报个平安。"

在声声嘱咐中，莫蓉睿和莫逸飞登上南下的火车。当火车轰隆隆地开出站台，驶向远方时，故乡的清秀山水和浓浓亲情便化为留在月台上的淡淡忧伤和惆怅。

站台向后面飞速退去，父母的身影也渐渐模糊，平日嘻哈开朗的莫蓉睿满怀忧伤地望着窗外，向熟悉的城市告别。

一路上幸好有莫逸飞做伴，不然，坚强的莫蓉睿也早就流泪了。

莫蓉睿虽然嘴上争强，不过心里非常崇拜自己的哥哥，一路上有个人供自己"欺负"，有个人依靠，心情就慢慢好起来了。

莫蓉睿默默地看着火车票，这么一张神奇的小纸片载着自己奔向远方。一时无事，莫蓉睿回味起莫逸飞说过的定价理论和"经济人"假设。看看还不太拥挤的车厢，莫蓉睿暗想莫逸飞很有远见，如果再晚两天走，车上一定非常拥挤，现在多舒服啊，而且还为别人的出行创造了方便。这样一想，就缠着莫逸飞问起问题来。

莫逸飞一看莫蓉睿又活跃起来，就故意问道："蓉睿，你为什么上大学呢？"

莫蓉睿想了想说："上大学可以实现我的理想！不是都说大学是象牙塔嘛！可以无拘无束、想学什么就学什么！"

"其实大学从经济学角度讲是一个生产部门。"

"生产部门？你该不是说我们都是要被生产的吧！"莫蓉睿惊讶地问道。

"呵呵，也可以这么讲，从某种意义上说，学生就像原材料或半成品一样，而学校主要'生产'的是在未来能够为自己和为社会创造美好生活的人。当然，这种加工的过程比较奇特，因为学生有自己的思想。"莫逸飞笑呵呵地说道。

"经济学怎么听起来让人觉得这么冷冰冰的啊？美好的大学居然被你描述为生产部门，呜呜呜……"莫蓉睿假装伤心。

"其实，经济学也不是那么没有人情味，只不过道理说得直白了些。明白这些没什么不好吧？对于'生产部'里的大学生，经济学中有专用名词把他们称为'人力资本'。在校园里，那些心怀远大抱负和奇妙憧憬的学生们也被经济学'理性地'称为人力资本的投资人。"莫逸飞解释道。

"这么说我也是投资人？可是我并没有投入什么啊，学费什么的不都是咱

爸妈出的吗？"莫蓉睿不解地问道。

"所以你才要好好学，知道吗！当然，你为考上大学付出的艰辛和努力也是一种投入。而且这种投入是非常大的。呵呵！"

"你就是拐着弯儿地让我好好学习是吧？还绕那么大个圈子。"

"我可不是这意思，随便你怎么想怎么做！进入大学没有人会管你！如果你连什么是大学投资都搞不懂，就不能给自己的大学生活定好位。没有目标，你的大学将是苍白的。"莫逸飞白了莫蓉睿一眼，严肃地说道。

"我没学过经济学，不懂什么是投资、人力资本和定位，你明白还不快讲！"莫蓉睿调皮地吐着舌头说道。

"经济学把为了获取未来的好处而牺牲当前利益的行为称为'投资'，又把有望在未来为投资人带来好处的任何东西都叫做'资本'，而大学生就被称为'人力资本'。我们投资上大学接受教育就是为了使自己成为一个优秀的人力资本。当然，能否成为有用的人力资本那是要靠你定好位和奋斗的。"

"可怜啊，我拼命努力考入大学，就是希望能在象牙塔里实现自己的理想，怎么一下子成了把自己培养成人力资本呢？郁闷！"

"别这样，经济学是残酷了点儿，但能让我们更明白本质嘛！不过我们确实是一个投资人，而且我们每一个投资人都希望在自己的投资中得到更高的回报，使自己更有能力实现理想，难道不是吗？"

"你还是慢慢来，说一下什么是人力资本吧！"莫蓉睿无奈地说着。

"嗯，为了说清楚这个问题，我先介绍一下人力资本的概念。人力资本是指蕴藏在每个个体之中的技能的总和：教育、智力、领导气质、创造力、工作经历、企业家精神，甚至打游戏、上 BBS 灌水的能力，同样是一种资本，从某种意义上讲都是要寻求既定风险水平下的收益最大化。而人力资本的拥有者——人才，在使用这种资本的时候同样会遵循资本投资的一般规律。"

"那如何才能做好投资人，把自己培养成人力资本呢？"

"你想到了问题的关键，作为大学生，进入学校如果能认识到自己是自己未来的投资人，给自己定好位，那就有了奋斗的目标，为了能够为社会创造出更大价值，学生必须基于自身特点，注重培养、提高自己的人力资本，同时避免使自己与其他人'同质化'，才可以获得与众不同的骄人回报。高回报也可以说是投资的高效率。效率可是经济学唯一感兴趣的事情。"

"但是，你如何保证对自己的投资一定正确呢？"

"没错，投资人历来是投资风险的承担者，教育也不例外。大学生和他们的家庭承担的教育投资风险是毕业后能否顺利就业及收入状况。"

"那如何才能降低这种风险呢？"莫蓉睿追问道。

"与投资人利益直接相关的就是如何保障他们的投资收益，从根本上讲也就是如何让教育更有效率。当然，就目前来看，学校适应社会变革的步伐很慢，在这种情况下，你的投资能否收回并且在未来产生高回报主要依靠个人的定位和努力。比如，你能主动辅修经济学就是在寻找更高效率的实现投资回报的方式。"

回眸点睛：

    人力资本是指蕴藏在每个个体之中的技能的总和：教育、智力、领导气质、创造力、工作经历、企业家精神，甚至打游戏、上BBS灌水的能力，同样是一种资本，从某种意义上讲都是要寻求既定风险水平下的收益最大化。而人力资本的拥有者——人才在使用这种资本的时候同样会遵循资本投资的一般规律。

    像其他各种投资一样，今天用于人力资本投资的钱，在将来会产生回报，甚至是一个非常高的回报。据美国大学统计，大学教育学费的回报率约为10%。这意味着，如果你今天将钱投入到大学学费中去，你有望赚回那笔钱，另外再加上高出10%的年收入。而在正常情况下，纵然是华尔街最好的投资者也很难期望获得比这更高的收益率。

    我们把接受大学教育看做是一个投资过程，那么根据投资比重，学生无疑是大学教育的大股东。而且，从近年来国内工人工资的上升和学费的上升趋势来看，学生在大学教育中的投资股份还在不断地增加。学习经济学可以让学生明白自己接受高等教育的目的，给自己定好位，作为自我投资的主体，大学生一方面可以通过参与教学计划和学校的财政计划的制订，监督教育经费的使用，从而实现教学相长；另一方面，也可以给自己的大学生活制订好规划，使每个人的投资都能高效率地创造一个优秀的人力资本。

1.4 寝室也是种资源
——选寝室顺便学学"稀缺性"

一路上两人有问有答，嘻嘻哈哈、十分顺利地从沈阳来到向往已久的长沙。莫蓉睿一出检票口就看到××大学新生接待处的条幅，××大学就是好，早来了三天也有新生接待处。莫蓉睿顾不上旅途的劳累，赶紧跟着莫逸飞走到接待处前。莫逸飞和接待处的学长学姐说明了莫蓉睿的情况，然后就到经济学院的接新生队伍中帮忙去了。

这边接待处的学长学姐热情地接待莫蓉睿，帮她提行李，并安排在等待校车的新生队伍中。莫蓉睿是个开朗的沈阳姑娘，虽然是第一次出远门，但听到来自五湖四海的不同口音，疲劳感一扫而空，一进队伍就和大家聊起来。谈话间说起火车票，莫蓉睿来了兴致，忙将莫逸飞讲的东西又温习一遍。

"你懂得这么多啊，以后也教教我！"来自福建的林蓉睿说道。

"好的，一会报到后，咱俩选寝室去，争取住一个寝室。我哥说了，这选寝室也有经济学道理！"

谈笑间校车来了，莫蓉睿和大家一起上车直奔学校。

因为来得早，还没有到学校统一报到的日子，两个人就被安排先去选寝室入住。两人叽叽喳喳地比较了一番后终于选定寝室和床铺。一番折腾将寝室布置得像个小家，然后两人卧谈起来。

"林蓉睿，你为什么来这么早啊？"

"呵呵，我家离这里远，想早点来熟悉环境，再说可以选个适合的寝室啊。你说呢？"

"我也这么想的。看来我哥说得没错，我们都是'经济人'。这个选寝室也是门学问。"莫蓉睿将莫逸飞在火车上和她说的，加上自己的理解添油加醋地说给林蓉睿。

"你看现在的国家政策多好，越来越多的人有机会上大学，不过学校寝室却越来越不够用。这个时候，寝室就是一种资源，寝室的数量、寝室的条件都是有差异的，比如咱们选的这个寝室，虽然楼层高了些，不过朝阳通风好啊，这种条件的寝室是种稀缺的资源。资源是稀缺的你懂不？"

林蓉睿想了半天才说道："这个听起来很熟悉啊，你这一问我反而说不明白了，就是东西不够用吧？"

"哈哈，你和我一样，我哥说过，许多事情你熟悉，但不知道为什么，经济学可以告诉你，并让你有种升华的感觉。一会儿听我说说你就明白啦。"接着莫蓉睿就一板一眼地讲起来。

"资源的稀缺性是说世界上的一切资源都是有限的。它是事实，也是经济学的一个前提，经济学研究的就是在资源稀缺的前提下如何有效地分配和利用这些资源。你想，如果资源不是稀缺的，怎么用都用不完，那么世界会是什么样子呢？自然界中每种生物都不需要为生存而竞争，也不会有优胜劣汰。我们都可以上喜欢的大学、喜欢的专业，人们不用再考虑房子，衣食住行等一切资源都是无限的。呵呵，这样的世界多好啊。然而资源总是稀缺的。不过这种稀缺是相对的，以前人们认为缺少的东西，在现在看来很多可能很丰富。如果没有扩招，可能现在的寝室还是富余的。你说对吧？"

"确实，经你这么一说我也有点明白了，而且这也和每个人的欲望有关系吧？"

"你很不错嘛，你讲的那个欲望在经济学中叫'需求'。资源的稀缺性的确是因人而异的。比如对于我们上了大学的学生来说，学习没有高中那么紧张，很大一部分时间可以自由支配，时间就是比较廉价的，但我们没有经济来源啊，金钱就是稀缺的；相反，对于像我们父母那样忙里忙外、家庭事业都要顾全的人，时间可能就是奢侈品，一分钟恨不得掰成两半用，但他们有很高的收入，相对而言，金钱就是富足的。再举一个例子，比如考大学，越是有钱而没有读过书的父母越是希望自己的孩子能够上大学，多读书。他们没有机会读书，那么就会把希望寄予孩子，我爸妈说就是砸锅卖铁也要供我上大学，就是因为读大学的机会是稀缺资源，相比较而言，可能他们不是很看重事业和金钱，因为这些对于他们来说是相对富足的。人们总是希望利用自己富足的资源去交换他稀缺的资源。"

"按照你的意思，我们早来学校报到，不也是用相对富足的时间换条件较好的寝室嘛，你这么一说，真的觉得升华啦！"林蓉睿笑着说道。

"孺子可教也！想想生活中还有很多地方可以用经济学来解释，经济学可以使人变得更聪明，不是吗？呵呵。"

回眸点睛：

为什么需要经济学？就是由于资源的稀缺性。如果资源是无限的，取之不尽、用之不竭，可以任意取用，经济学又有什么必要？当然，资源的稀缺性，一般是指相对稀缺，即相对于人们的需要而言是稀缺的。这就要求社会经济活动的目的，是以最少的资源消耗取得最大的经济效果。

资源的有限性与人们需要无限性的矛盾是人类社会最基本的矛盾。资源的有限性、人们需要的无限性及它们之间的矛盾，是当今世界一个基本的事实。一方面，人类生存发展总是需要生活资料，人们的需要具有多样性和无限性；另一方面，资源具有有限性和不平衡性的特点。资源的有限性也叫稀缺性，是相对于人们的无穷欲望而言的，经济资源或者说生产满足人们需要的物品和劳务的资源总是不足的。

由于资源是有限的，中国在推进实施可持续发展战略。从而实现人与自然、人与社会的和谐、可持续发展。

1.5 热门专业为啥收费高？
——明白投资与收益

莫蓉睿和林蓉睿两个人忙活了一上午，海阔天空地聊了很久，都感觉有点累了，于是就在"新家"美美地睡着了。直到下午莫逸飞打来电话，才将莫蓉睿从美梦中拉回到现实中来。

"干吗啊哥，我这手机漫游呢，等会儿我下楼用公用电话打给你。"莫蓉睿喃喃道。

莫蓉睿挂了电话赶快到楼下的公用电话亭给莫逸飞打电话，电话一通就大声嚷嚷起来。

"喂，哥，啥事？我累了好几天，刚躺下，你都不让人好好睡一觉啊！"

"你这丫头，这么大声，出了门就什么都不记得了，也不给爸妈打电话报平安。"莫逸飞怪道。

"哎呀！我忘了，一到校就忙着寝室的事情，我马上就打，呵呵！"莫蓉睿调皮地笑着说。

"等你打电话黄瓜菜都凉了，我已经报过平安了，爸妈很好，就是担心你，还想给你打电话，又觉得你头一次坐这么久的车，一定很累，等你睡醒了再说。你现在先和我说说你们学院的情况吧，一会儿吃晚饭前再给家打电话。"

"呵呵，还是哥想得周到，有哥最幸福了！对了，你不是在车上跟我讲寝室是一种稀缺的资源嘛，我们来得早，就选了个环境比较很好的寝室，通风朝阳，楼下一片青草地，还有笔直的树，好像叫什么杉树的。我们住在四楼，窗外的树尖仿佛触手可及，还有许多不知名的鸟，叫得很好听，你看我这个'理性人'对'稀缺资源'的选择如何？"

"嗯，刚才听你说'我们'，是不是找到一起住的室友了？"

"是啊，她叫林蓉睿，是个福建姑娘，人很好，比我小几个月，我们能说到一块儿去，所以就住在一间寝室。刚才我还和她白话你给我讲的那些经济道理。她觉得我很神，都向我拜师学艺啦，哈哈！"莫蓉睿得意地说。

"你呀，就是瞎忽悠，那些都是经济学最基本的东西，人人都知道的道理。"

"那不能这么说，你不是讲'许多事情你是熟悉的，但不知道为什么，经济学可以告诉你，给你一种升华的感觉'的话嘛！我这是学以致用、帮你普及经济学！"

"好好，说不过你。不过我那也是从梁小民先生那里复制过来的，呵呵。你们寝室住了几个人？是一个专业吗？"

"现在还只有我们两个人，林蓉睿学舞蹈，我学英语，我们是很好的组合吧，不过我的学费比她高很多，真是郁闷。为什么我的专业学费高呢？"

"呵呵，这你就不知道了吧，高校实行冷热专业差别收费是有理论依据的，主要体现在两个方面：一是收益理论，二是福利效应理论。前者指的是学生在'消费'高等教育之后，会以薪酬等方式取得回报，即产生收益，进而可以估算出相应的投资回报率。后者指的是学生在'消费'高等教育后，会产生相应的效用，这也是我们上大学接受高等教育的主要原因啊，比如毕业后的收入、地位等方面的提升。这些你明白吧？"

"你再说具体点，什么收益理论，具体是怎么回事啊？"

"呵呵，不懂了吧，这里的收益主要是指接受高等教育的个人的收益。有个名词叫高等教育个人收益率，就是通过计算大学生参加工作后年均收入与非大学生参加工作后年均收入的差额推算出的。不同的专业有不同的收益率，因为就业市场对不同专业人才的需求量是不一样的，所以就会出现有的专业的人才供不应求，工作非常好找且待遇高，而有的专业则供大于求，找工作非常困难且工资待遇低。当时我不是也建议你报考经济学嘛，就是出于这个原因。你选择接受高等教育，这是一种付出或者说是投资。为了降低投资风险，个人在考虑自身的经济状况等因素的情况下倾向选择当时就业前景好、收益率高的专业。而要读这些热门专业的人很多，学校相应的投入也很大，因此，这些热门专业的学费往往比较高，否则这些专业就会被挤爆啦！"

"原来是这么回事啊，不过我觉得当时看起来好的专业不一定以后就好，四年后的事情谁能算准啊！专业选择还是要看自己是否喜欢。"

"呵呵，你说得对。由于教育的滞后性，它的效益要在完成几年的学习之后才能显现，而就业需求与结构的变化是很快的，很难预测几年后的市场情形如何，因此即使现在选择的是热门专业，几年后可能是冷门专业而不再受欢迎。有很多人在选择专业时忽视了自身的兴趣与能力。此外，像高等教育这样的人力投资是有人的主观能动性在里面的，它不仅能带给你经济收益，还有不能忽视的非经济收益，而且经济效益通常以非经济效益为基础，如果个人的专业能力不强或没有较高的素质，即使所学专业再热门，也很难找到理想的工作。"

"相反，如果非常喜欢所选择的专业，能够学得精通。也就是选对了专业，那对于降低投资风险是非常有效的，这就要求选择专业不能仅考虑它的及时收益，更重要的是注重自己的兴趣与能力是否适合这个专业，只有找到自己喜欢且适合的专业，明确日后的就业目标，才会充分利用四年的大学时光，将自己的专业能力和综合素质锻炼到一个很高的水平，即非经济收益基础强大，以这样的状况进入就业市场，才会立于不败之地，获得较高且长期的经济收益，投资风险自然会降到较低水平。所以说，莫蓉睿，你现在就要做好以后的职业规划。"

"这么高深，一开学你就吓我，那么久的规划哪里做得来啊。"莫蓉睿反驳道。

"呵呵，其实并不高深，是我说得不太明白。很简单，不同专业学费的差别是根据当今的就业及收益情况决定的，对于现在收入高的专业，大家预期以后的收益也会高，从学生的角度讲，就愿意投入更多资金接受这方面的教育，从而在今后获取更高的收益。"

"此外，高校冷热专业实行差别收费，也与福利效应有关。改天再告诉你吧。快到晚饭时间了，你一会儿给家里打个电话，千万别忘啦！"

回眸点睛：

很多经济学家都做过分析，并得出结论——不同的专业有不同收益率，因为就业市场对不同专业人才的需求量是不一样的，所以就会出现有的专业的人才供不应求、工作非常好找且待遇高，而有的专业则供大于求、找工作非常困难且工资待遇低。

国家每年发布的不同行业的职业需求表及热门专业的统计表，就成为个人投资高等教育的一个标准。为了降低投资风险，个人必然会选择当时就业前景好、收益率高的专业，而往往忽视本人的兴趣与自身的能力。

人力投资与物质投资最重要的区别就是人的主观能动性，它不仅能带来经济收益，还有不可忽视的非经济收益，而且经济收益通常是以非经济收益为基础的，如果个人的专业能力不强或没有较高的素质，即使所学的专业再热门，也很难找到理想的工作。另外，由于教育有滞后性，它的效益要在几年的学习之后才能显现，而就业需求与结构则是变化很快的，很难预测几年后的市场情形如何，因此，即使现在选择的是热门专业，几年后可能就是冷门专业。

综上所述，个人选对专业对于降低投资风险是非常有效的，而选择专业不能光考虑它的收益，更重要的是注重自己的兴趣与能力是否适合这个专业，只有找到自己喜欢且适合的专业，明确日后的就业目标，才会充分利用四年的大学时光，将自己的专业能力和综合素质锻炼到一个很高的水平，即非经济收益基础强大，以这样的状况进入就业市场，才会立于不败之地，获得较高且长期的经济收益，投资风险自然会降到较低水平。

1.6 拥挤的寝室
——从扩招中学到规模经济与规模不经济

莫蓉睿刚到学校，什么都不熟悉，有事儿经常找莫逸飞出主意。莫逸飞安顿好后抽空过来看看需要帮莫蓉睿买什么生活用品。

"你们寝室环境这么好！"莫逸飞一进莫蓉睿寝室就羡慕道。

"你们不是这样吗？"

"我们哪能比得上你们啊，我们寝室六个人，面积还比你们小，新宿舍就

是好，电脑桌都配好了，我们那里清一色的铁制'缝纫机'。"

"为什么这样啊？"

"还不都是扩招惹的祸，上几届的条件比我们好，你们的条件也比我们好，我们是苦命的娃，什么好事都没赶上。"

"扩招怎么了，更多人上大学还不好？"

"好，当然好，不过扩招也得有个度嘛，本来扩招是好事，可以形成规模经济，但是超过一定程度也会产生规模不经济。"

"怎么这么多新名词儿，你说绕口令啊，一会儿经济一会儿不经济。"

"这你就不懂了吧，它们是与高校扩招相伴随的一种现象，规模经济是指随着企业生产和经营规模的扩大而使单位成本不断下降。规模经济和规模不经济实际上反映的是生产规模和平均成本之间的关系。在企业趋近最优经济规模之前，扩大企业规模无疑可以实现规模经济。"

"怎么又说到企业去了？"

"这不是定义嘛，对于学校来说，就是随着招生人数增加，学校为每个学生支出的平均成本下降，但是增加到一定程度后就表现为平均成本上升了。"

"为什么会这样？"

"说起原因可就多了。在扩招前，大学的资源一般处于没有充分利用的状态。像我以前的那几届就是，听说有时一个寝室最多住四个人，上课时，班级规模一般都是 30 人左右，而招生人数增加后，班级规模都达到 50 人以上。在这个扩招的过程中，由于投入往往是固定的，如使用一间教室、还是一位教师上课，唯一可能增加成本的是教师批改作业的时间价值。一个教师给 30 个学生上课和给 50 个学生上课，在仅考虑课堂教学的情况下，差别不大。从 30 个学生增加到 50 个学生，每位学生增加的单位成本，即边际成本可忽略不计。从这个意义上讲，招生规模的扩大必然带来平均成本的下降，也就会产生规模经济现象。但是随着招生人数的进一步扩大，很多资源就变得不够用了，这事就让我这届赶上了，寝室很拥挤。"

"那就多盖楼呗！"

"说得简单，那不得增加投入啊，不过你说得对，你们住的是新宿舍。"

"呵呵呵……"

"另外，扩招前，学校非教学人员的数量很多，这部分人产生的管理成本较高，当学校规模较小时，分摊到每个学生身上的管理成本也相当高。扩招后，主要增加的是教师，相应的管理人员及后勤人员并没有明显增加，而且管理幅度的扩大可以提高平均每个学生的管理资源的使用效率。这样就必然带来平均管理成本的下降。"

"而且现在学生多了，学费收多了，食堂、浴池、超市等附属产业的赢利能力增强了。我说得没错吧？"莫蓉睿接着说道。

"行啊你，不错，不错。但是扩招并不会一直产生规模经济，当扩招达到一定程度时，再增加学生人数、扩大招生规模，则需要额外增加管理人员、教学人员、设备，尤其是教室等，这时固定成本就要相应地增加，像你们住的宿舍楼就是新增的固定投入。特别是当规模扩大后，如果管理措施跟不上，反而降低了资源利用效率，因此，出现了我们所说的规模不经济。"

"这是为什么啊？"

"主要是因为扩招后，高校规模过大，将会滋生'大组织病'。需要增添若干中间机构和工作人员，沟通及协调的困难增加了，降低了管理效率并导致成本支出增加。"

"看来扩招对高考的学生是好事，但进入大学后反而可能出现不经济的情况，凡事都有利有弊。"

"那是当然，在我们学习生活中也要注意这个问题，有闲置资源时好好利用，可以创造规模经济，如社团创办初期，招募人员可以迅速壮大社团，但是如果无限制地发展人数，反而可能人浮于事，不利于社团的发展了。"

回眸点睛：

规模经济是指随着企业生产和经营规模的扩大而使单位成本不断下降。

规模经济和规模不经济实际上反映的是生产规模和平均成本之间的关系。在规模趋近最优经济规模之前，扩大规模无疑可以实现规模经济。

按照科斯的交易费用理论，生产规模的确定取决于规模扩大后企业外部交易费用的节约和内部交易费用增加之间的权衡，两者相等的一点即为企业的边界。

企业规模扩大后之所以节约外部交易费用，是由于大规模企业与小规模企业相比，可以通过建立更加专业化的原料采购、产品销售、信息收集、公关宣传队伍及扩大一次订货量、提高企业声誉等方式降低单位产品的成本，增加企业利润。同时，企业规模扩大后会导致组织失灵，从而增加内部交易费用。当企业规模扩大带来的外部交易成本节约大于内部交易成本增加时，企业就表现为规模经济，否则就表现为规模不经济。

在企业规模经济理论受到重视以后，一部分教育管理学家开始关注高等学校的规模经济问题，认为高等学校同样存在规模经济问题，其原理与企业是基本一致的。上述的规模经济实际上是一种内部规模经济，与此相对应的还有外部规模经济。外部规模经济的产生并不依靠单个企业规模的扩大，而是依靠企业间或企业与其他社会组织如高等学校、科研机构等进行联合，通过共享资源、信息、知识等节约组织成本，提高效益。

内部规模经济和外部规模经济是相互联系的，但两者并不存在因果关系，即当内部规模经济存在时，并不必然产生外部规模经济，而当内部规模经济不存在时，却可能存在外部规模经济。这时，单个企业规模的扩大已不必要，而企业的联合和战略联盟的结成是较好的选择。这一规律同样适用于高等学校。例如，伴随高校扩招，院校合并也在如火如荼地进行。

1.7 高校附近好赚钱
——和你息息相关的"校园周边经济"

兄妹俩在寝室聊了好一阵子，不知不觉就到了中午。

"走，我请你们到堕落街吃饭去！"莫逸飞说道。

"堕落街？"

"呵呵，你们是新来的不知道，要是在长沙提起堕落街，那是无人不知、无人不晓！堕落街的小店生意是一家赛过一家，很多学校的学生差不多一日三餐、衣食住行都在那里解决。一会儿你们看看就知道了！"

"那是什么地方，为什么这么有名，还'堕落'街呢，我可要见识一下怎么个堕落法？"

"那可是别有一番风景——小饭馆一家接着一家地开，服饰店、饰品店旧貌不断换新颜，肯德基、麦当劳等'洋快餐'也在此'安营扎寨'，其他如配眼镜、配钥匙、修自行车、修皮鞋等小摊点儿更是密密麻麻。"

"哦，原来是这样，看来也没什么神奇的嘛！"莫蓉睿不以为然地说。

"呵呵，一会儿你们见见就知道了。在堕落街短短百米长的小街两旁，开起了大大小小近百家小店，从早到晚，各家都忙得不亦乐乎，这里的老板没有多少'拉客竞争'的压力。就小饭店来说，一茬接一茬的'学生食客'自会找上门来。"

"为啥堕落街那么火？不是每个学校都有食堂吗？"莫蓉睿不解地问。

莫逸飞看看莫蓉睿笑了笑，然后问道："那你觉得为什么呢？"

"我觉得虽说每个学校里面都有食堂，但是学生们不可能在4年里的1000多天顿顿吃食堂，经常到外面改善一下还是必要的。"

"对，我觉得同学过生日要庆贺，老乡经常要'聚聚'，发了奖学金要请客，再加之隔三差五还要'改善改善'伙食，校园周边的小馆子生意能不红火嘛！"

莫蓉睿抢着说。

"没错，现在'校园周边'已集大小商家的万千宠爱于一身，而其凸显出来的独特的区位经济现象也颇有耐人寻味之处。你们刚才说得很对，但这是每个人都能分析到的，不过要想有种升华的感觉，那就要用经济学的眼光来看了。"

"怎么讲？"两人一听来了兴致。

"大学校园是一个区位经济空间，在这有限的空间里，人口分布十分密集，消费人群的衣食住行等方面的消费能力很强，本身就构成了一个巨大的消费市场，只不过很多人一直没有发现或者说没有去重视这个天生的大市场而已。试想，在堕落街附近有三所人数过 2 万的学校，7 万多名学生同聚一处，如此密集又庞大的消费群体哪里去找？"

"可是为什么学校的食堂不做得好些来吸引这些消费者呢，学生为什么不在学校的食堂聚餐呢？"

"这就要讲讲市场的类型了，如果单说校内，那就是垄断市场，虽然咱学校有 5 家食堂，但是都是学校后勤部在经营，很多学生平时因为就近的问题还是在学校吃，像这种只有一家供应商的市场就叫做垄断市场。而看看堕落街，相似小店众多，但彼此又有差异，彼此的产品既有互补性，又有替代性，彼此竞争又相互依存。总之，众多有差异的小店构成了堕落街这个局部的垄断竞争市场。"

"什么是垄断竞争市场？"莫蓉睿问道。

"垄断竞争市场就是指一个市场中有许多厂商生产和销售有差别的同种商

品的一种市场组织。在这个市场上，有大量可以自由进入和退出的厂商，厂商提供同质但有差异的产品。"

"原来是这样，你能说得再具体点儿吗？"

"打个比方，现在开设同一专业的大学很多，但提供的教育有差异，这构成了教育市场的垄断竞争，一方面，提供相同专业的学校很多；但另一方面，彼此又有差异，各有特色。因此，每个学校的招生分数就有些差异。"

"我明白了，照你说的，要看市场的类型，关键有两点：一是看市场中企业的数量，二是看生产的产品是否具有差异性。对吧？"

"嗯，没错，不过主要还在于供给者能通过在产品间存在差异及彼此竞争形成对价格的影响。比如，为什么咱们学校的国际贸易专业在全国招生分数特高，那是因为国际贸易专业在全国排名第二，它提供的教育产品和其他大学有很大差异，从而也就有了自己的定分权。"

"可是明白了这些有什么用呢？"莫蓉睿问道。

"呵呵，经济学其实就在我们身边，懂一些经济学知识就能对很多现象认识得更清楚，也能指导我们的行动。比如，现在的学生在各个方面都讲究个性，个性就是一种差异，但是不是每种个性都是好的，只有适应市场的个性才会有生存的机会，你们选择了与别人不同的专业，也应该根据自己的兴趣和就业市场的需要培养自己的个性，在就业的垄断竞争市场上增加自己对定价（工资）的影响。

回眸点睛:

一个市场中有许多厂商生产和销售有差别的同种商品的一种市场组织称为垄断市场竞争。市场上大量的生产非常接近的同种产品的厂商的总和称为生产集团，如快餐食品集团。

垄断竞争市场中各个厂商的产品不是同质的，但彼此间是非常接近的替代品。（因为不同质，所以具有一定的垄断力量；因为彼此是很相似的替代品，所以具有竞争。）一个生产集团中有大量厂商，每个厂商所占市场份额都很小。而市场厂商可以自由进入和退出。例如，高校周边的快餐食品市场是垄断竞争的，其他小店进入市场相对比较容易。如果利润很大，其他厂商就会花费必要的钱推出他们自己的特色产品，就会在一定程度上降低其他快餐店的市场份额和赢利性。

1.8 购买电脑的学问
——"消费者剩余"为你省钱

高考之前，爸爸就答应莫蓉睿，考上大学就给她买台电脑，本来说是要买笔记本电脑，不过因为价格比较高，莫逸飞就建议到学校后买台式机，性价比还高些。

莫蓉睿一直没忘这事，到学校一周之内打了几次电话，每次打电话都没忘了旁敲侧击地提到电脑，于是家人就让莫逸飞陪她一起去买，还嘱咐了很多遍：一定要多问几家，买个好点儿的，也别太贵。

这物美价廉的事还挺难办，不过难不倒莫逸飞。本来莫逸飞就是学经济学的，懂得其中的定价道理，而且他又练了一张不错的嘴皮子，砍价的能力还是不错的。

其实在家里的时候，莫蓉睿一家人也到商场逛过，在沈阳逛智宏数码城时，相中了一款联想的家悦 3000 的电脑，不过因为报价在 5200 元以上，而且打折的余地很小，还要运输到长沙，所以就没下决心购买。

到了长沙，莫逸飞和莫蓉睿一起去赛博数码城，逛了几圈，在联想的柜台果然看到了家悦 3000 的电脑在出售，标价 5160 元，比沈阳便宜一点儿，看到这款之后，莫逸飞和莫蓉睿便开始讨价还价，售货员是一个二十来岁的漂亮姑娘，人虽然热情，但价格咬得很死，一直让莫逸飞他们出价。莫逸飞比较了解行情，认为在 4900 元左右比较合理，就试着报了一下，小姑娘的态度有了一定的变化，她说："这个价格实在太低，我得请示经理。"一番电话沟通之后，就对莫逸飞说："那好，看你们是学生，就卖给你们吧，看你们朋友有要买的，帮着做做广告哦。"

小姑娘态度的突然转变反而使莫逸飞产生了一丝犹豫。一是因为他们还没有货比三家；二是根据买东西的经验，小姑娘有故弄玄虚之嫌，现在价已经出了，又有上当的感觉，正在不想买的当头，不知如何是好？莫蓉睿赶忙说："我们没带那么多现金，您先等等再拿机器，我们看附近哪有银行，取钱了再来。"却见柜台里的小姑娘面露遗憾之色，嘴里还说着："不要紧的，我给你开票，你们一个人去取钱，一个人在这儿等，很快的！"

"哥，你一个人去取那么多钱，我不放心，我们还是一起去吧。"莫蓉睿很聪明，一看莫逸飞的神态就明白怎么回事了，赶紧和莫逸飞配合起来，于是两人溜之大吉。

两个人又到附近多看了几家数码专卖店，发现价格和那家都相差不多，还有个别商场的价格更高。最后去了一家叫"QQ 数码"的规模很大的数码商城。一进商城，首先看到了一条很醒目的提示标语："如果您在本市其他地区购买了更便宜的同类商品，请持有关证明，无条件为您补差！"看到这条承诺，兄妹俩心里一下子轻松了，看来可能不虚此行，买东西还是要货比三家。

找到了联想专柜，果然看到了家悦 3000 的电脑。更使他们惊喜的是，上面赫然标价 4680 元！这是从来没有见过的低价，而且是在一家有信誉的大商城。物美价廉，兄妹俩一商量立马决定买下。当售货员拿出机器后，检测时发现显示器有两个亮点，虽然这在标准范围之内。莫蓉睿还是希望能买个没有表面缺陷的。于是问售货员："还可以再拿一台吗？"经过一番沟通和检测，两人终于买到了满意的笔记本电脑。"大功告成，这下你终于如愿以偿了吧。今天我们可是得到了大大的一笔消费者剩余呢。"莫逸飞得意地说道。

"剩余什么啊？你又在卖关子，快点说怎么回事！"

"呵呵，有些商家定价时会参考产品成本，根据目标客户的心理价位定价，在价格上有一定的波动。我们顾客买东西时心里有个意愿支付的价格，每个人都不相同，如果商家能够按照每个人的心理意愿支付价格出售每一单位产品，那就是我跟你讲过的价格歧视。如果我们最后成交的价格在我们这个个人的意

愿价格之下，我们就会感到多余的满足，这部分叫做消费者剩余，以今天为例，我得到了（4900-4680）=220（元）的消费者剩余。"

"原来是这么回事，看来砍价砍到的是我们的消费者剩余啊。这个学问很管用，我以后买东西可得好好用用。"莫蓉睿说道。

"嗯，你呀，学英语真是瞎了料，要不转行学经济！"

"我才不呢，我要两手抓，两手都要硬！"

回眸点睛：

消费者剩余是指消费者购买某种商品时，所愿支付的价格与实际支付的价格之间的差额。

这一概念是马歇尔提出来的，他在《经济学原理》中为消费者剩余下了这样的定义："一个人对一物所付的价格，绝不会超过而且也很少达到他宁愿支付而不愿得不到此物的价格；因此，他从购买此物所得的满足，通常超过他因付出此物的代价而放弃的满足；这样，他就从这种购买中得到一种满足的剩余。他宁愿付出而不愿得不到此物的价格超过他实际付出的价格的部分，是这种剩余满足的经济衡量，这个部分可以称为消费者剩余。"

用公式表示：消费者剩余 = 买者的评价-买者的实际支付。

根据消费者行为理论，消费者剩余最大的条件是边际效用（单位产品效用增量）等于边际支出（单位产品成本增量）。价格竞争是市场竞争的基本动力，它推动厂商不断降低价格、改善服务，将生产者剩余转化成消费者剩余。因此，发挥市场价格机制的基础性作用能带来更多的消费者剩余。

在社会主义市场经济中，可以通过发挥竞争机制和市场机制的作用增加消费者剩余。一方面，竞争机制是市场机制的核心。豪斯曼认为，竞争比保护竞争者更有利于提高消费者利益。如果竞争增加，消费者利益和社会经济效益也可以提高。消费者可以从竞争中获益，因为竞争有利于更多的创新和更低的价格。另一方面，价格机制对资源配置起到了至关重要的作用。市场通过价格调节来协调整个经济中各经济主体的决策，使消费者的购买量与厂商的产量保持平衡。

1.9 物美价廉的台式机
——学用替代品来理财

莫蓉睿买好了电脑，搂着莫逸飞一起去她寝室帮她调试上网。一回到寝室，姐妹们就围过来。莫蓉睿将买电脑的过程得意地说了一遍，大家羡慕得不得了。王珊珊和林蓉睿两人一边儿一个，赶紧把莫蓉睿拉到一旁低声说："馒头，我俩也想买电脑，可是我们什么都不懂，叫你哥帮我们一下吧。"

莫蓉睿左右歪头瞅了瞅两人说道："你们怎么不早说？我昨天不就说今天我和我哥去买电脑，你们早说不就可以一起去了嘛，而且可能还会再便宜一点。"

"我们也在犹豫之中嘛，再说哪知道你哥那么厉害，既懂得电脑知识，还会用'消费者剩余'省钱。你跟他说一声儿吧。"两人恳求道。

"你们两个自己去说！"

"你们说什么呢？"莫逸飞听到她们的谈话故意问道。

"逸飞哥，我们俩也想买电脑，你这么厉害，帮帮我们吧！"

"你们早点说多好，现在只能下午去了。"

"哥，你不能轻易答应他们，中午要她们请客！"莫蓉睿不依不饶道。

"行，行！现在中午了，正好去吃饭。"王珊珊和林蓉睿忙连声答应。

"算了，算了，我比你们大，怎好让你们请客。你俩说说打算买什么样的电脑吧。"

"我想买和馒头一样的笔记本电脑。"林蓉睿说道。

"馒头？"莫逸飞疑惑地看着莫蓉睿。

"呵呵，馒头就是莫蓉睿的外号。"林蓉睿吐着舌头说。

"我想买台台式机。"王珊珊不好意思地小声说道。

"你为什么想买台式机呢？买笔记本电脑多好。"莫蓉睿忙问道。

"我也想买笔记本电脑啊，不过台式机便宜很多，听说功能还相对好些。"王珊珊说道。

"呵呵，王珊珊说得很对，而且还说出了经济学的道理！"莫逸飞看出王珊珊缺钱买不了笔记本电脑的窘境，赶忙转移话题。

"经济学，怎么回事啊？"大家一听都充满好奇地望着莫逸飞，忘记了劝说王珊珊买笔记本电脑。

"对啊，这台式机与笔记本电脑的关系在经济学中可以被称为替代品，替代品可是个神奇的东西，可以在不减少个人效用的同时，节省支出，是个理财的好方式。"

"说得详细点啊！"王珊珊一听自己的选择还是理财的好方式，眼睛一亮。

"在开始之前，我先给你们讲个小笑话吧。"莫逸飞故作神秘地说道。

"话说有一家商店老板听到一个新来的伙计告诉顾客没有某种产品让客人空手而归时，教训说'没有客人需要的东西你就不会想想办法吗？怎么能让客人白走一趟？要知道了不起的商人就是一定要把替把品卖给客人。雨伞没有了，你不会卖雨衣吗？'店伙计记住了替代品。一天来了个客人。'我要买卫生纸。''先生，卫生纸刚好卖完了……但是，我们有上等的砂纸，您要不要？'"

大家听完哈哈大笑。

莫逸飞等大家笑得差不多了，接着说："这虽然是个笑话，却告诉我们一个经济学上金子般的术语——替代品。你们想想，笔记本电脑和台式机在某种程度上就是替代品，二者具有替代性。无论买笔记本电脑还是台式机，都可以满足使用电脑的基本需求。台式机虽然不方便移动，但是性能好很多，不过需要搭配键盘、鼠标、音箱这些配件才能使用，这些配件在经济学上被称为互补品，就像镜框和镜片，二者缺一不可。"

莫逸飞看大家专注地听着，继续说道："在商品中，替代品与互补品是具有一定血缘关系的商品组合。它们是企业定价的参照法宝，也是消费者有机会

消费、有效理财的方式。比如买台式机价格较低，性能较好，但需要搭配互补品。生活中，很多商品都不是孤立的，比如，女孩子用的化妆品、肥皂和洗衣粉，以及坐公交车和打出租车等。消费者通过选择不同的替代品可以实现消费多样化并减少支出，从而增加总效用。作为经济不独立的大学生，更应该了解各种替代品，以便少花钱还满足需求。"

听了莫逸飞的讲解，大家频频点头。

"有时，我们也会无意识地这么做，现在听了逸飞哥的经济学道理，一下子就明白为什么这么做了，以后就可以有意识地把寻找价格较低的替代品作为理财的好方法了，逸飞哥真是太棒了。看来我买台式机是十分正确的！"王珊珊称赞道。

回眸点睛：

对于消费者来说，要满足一种需求，往往有多种相似的产品可供选择。一种商品价格的高低或变动不仅影响该种产品的商品的需求量，还会对与之相关的其他商品自身的价格产生影响。反之，一种商品需求量变动，不仅会影响该商品自身的价格，还会影响到与之相关的其他商品的价格和需求量。

这就是说，商品之间存在着一种交叉关系，根据这种关系，消费者可以利用有关商品的不同组合合理地消费，以达到最大效用。商品本身的性质不同，决定了它们之间可以存在替代性、互补性。

所谓替代性，是指两种不同商品在效用上相似并可以相互替代，消费者可以通过二者的组合来满足同一种需要，并可以通过增加一种商品的消费而减少另一种商品的消费来保持商品的组合效用不变。

所谓互补，是指两种商品在效用上是互补的，二者必须组合起来、共同使用，这样才能满足消费者的需求，也可以把这种需求叫做联合需求，如台式机和音箱等。

替代品与互补品是企业定价的参照法宝，它们是由需求交叉弹性理论引发的两类产品。在激烈的市场竞争中，需求交叉弹性信息可以给企业的价格竞争策略提供依据。例如，"台式机"经营商就会非常想知道音箱、主板、显示器等产品降价对台式机的需求量有多大的促进作用。从而考虑是否应该给予相关供应商一定的支持。

由此可知，在市场经济中，需求交叉弹性具有广泛的应用，并有着十分重大的意义。企业掌握好需求交叉弹性的理论及替代品和互补品，就能减少盲目性与随意性，从而实现发展经济、提高效益的目标，而消费者明白了其中的道理也可以做到理性消费、有效理财。

1.10 我应该参加学生会竞选吗？
——机会成本

艰苦的军训在烈日炎炎和"一二三四"的口号中升温。升温的还不止这事儿，早在几天前，学生会竞选的事情就沸沸扬扬地在队列中传开了，有意参加

学生会竞选的人很多，竞争十分激烈，莫蓉睿和同寝室的姐妹也在思量着是否要参加竞选，大家都没有经验，一时也拿不定主意。

午餐时大家聚在一起聊着这事儿。

"莫蓉睿，你哥不是上一届的吗？他应该有经验吧，你去问问他啊。"林蓉睿问道。

"他是经贸学院的，再说他也不是学生会的啊。"

"虽然他不是咱们院的，不过毕竟比咱们大一届啊，而且他是学经济的，这事比咱们算得明白。"康文华附和道。

"嗯，晚上他过来看我，我问问。咱们还是快吃饭吧。"

大家见莫蓉睿这么说也就不再多言，赶紧吃饭、休息，准备下午军训。

下午军训还没结束的时候，莫逸飞就来了。看着妹妹一板一眼地走在队列中，心中不禁想着：这丫头长大了，这么热的天儿还在军训，在家什么时候吃过这苦。

等了不多时候，当天的军训结束了，随着一声"解散"命令，大家三五成群地拖着疲惫的双腿离开了操场。

莫蓉睿在走正步的时候就看到了莫逸飞，队伍一解散就奔到莫逸飞跟前。

"哥，你早来啦，这里的天儿真是太热了，看到我走正步了吧？我还不错吧？"

"你呀，差远了！没跟咱妈哭鼻子吧？"

"我很坚强嘞。不准小瞧我！鉴于你刚才的错误，今天你得请我吃饭！另外，我还有事要问你。"

"好，都是你有理。吃饭去，什么事边走边说吧。"莫逸飞说道。

"我们最近学生会竞选，你觉得我应该参与不？"

"你自己觉得呢，我想先听听你的想法。"莫逸飞反问道。

"听说进入学生会很锻炼人，不过我怕占用太多的时间，会耽误学习。"

"你说得有一定的道理，这是主要问题。加入学生会可能对自身能力是一种锻炼，也能做一些自己想做的事情。通过锻炼，可以提高你的工作效率、培养你的交际能力，也会为你以后的工作奠定一定的基础。不过正像你说的，每天的时间和精力是固定的，学生会的工作涉及方方面面，很牵扯精力。如果你选择进入学生会工作，那就必然减少学习的时间。这从经济学上讲就叫做'机会成本'。"

"哥，你又在说新名词，通俗点儿，什么是'机会成本'啊？"莫蓉睿怪道。

"对于每一个人来说，生活中每时每刻都要进行权衡取舍，而做出抉择的前提在于你知道每个选择给你带来的成本和收益，但是，很多人往往并不十分清楚做出选择时所面临的成本。打个比方，就拿你读大学这事来说吧，你说说读大学的收益和成本。"

"读大学可以实现我的理想啊，可以丰富我的知识，锻炼我的能力，以后才有实力做我想做的事业！当然我得交学费、住宿费、教材费和伙食费。这些就是大概的收益和成本吧。"莫蓉睿答道。

"怎么说呢，你说得没错，可是不全面。你刚才说的这些费用只是一部分成本，甚至是一小部分成本。你想想看，住和吃这部分，你上不上大学都要付出，这部分不多，暂且不去分析。但是，你如果来上大学就要付出至少四年的时间，这段时间如果你选择工作，那应该能赚很多钱吧。这四年时间及从事工作的最大收益也是你的一种成本！这部分成本数额可不小啊。从经济学角度来说，选择上大学而不得不放弃的工作收益是一项非常大的成本。所以说读大学的真正成本是你的学费与你选择工作所能获得的最大收益之和。如果你不好好学习，到毕业时，你既没有学到足够的知识，又付出了成本，就会'竹篮子打水一场空'。你明白了吗？"

"嗯，原来是这样啊。也就是说，如果我选择参加学生会，减少的那部分学习时间和所耗费的精力就是我获得其他能力的机会成本，对不对？"

"呵呵，差不多就是这个意思。其实在经济社会，由于资源的稀缺性，我们每时每刻都面临选择 A 而放弃 B 的情况，这时候 B 的收益就是 A 的机会成本。例如，你参加了军训，锻炼了身体和意志，减少的休息就是机会成本；你选择了学习英语，而放弃经济学也是种机会成本，反之亦然。我选择来看你，就减少了和女朋友约会的时间，那也是机会成本哦。这么说来你要请我吃饭才对，哈哈。"

兄妹俩说说笑笑地吃完饭，莫逸飞送妹妹到宿舍楼，又嘱咐了一些事情就回经贸学院了。

莫蓉睿军训了一天，又刚吃完饭，爬到 7 楼已经气喘吁吁了。

回到寝室，姐妹们还在议论着学生会的事情。大家一看她回来就围了上来，争问情况如何。

莫蓉睿喘口气说道："你们也太心急了，听我慢慢道来。"于是将莫逸飞的问题又照问了一回，解释了一番，最后总结道："机会成本就是为了得到某种东西而放弃的另一种东西，我们选择进入学生会的机会成本是学习时间，我们在做决定之前应该认识到这种行为潜在的机会成本。例如，我们现在选择在这儿讨论而放弃的休息就是一种机会成本，好了，我现在要休息啦。你们以后做决策的时候也要用经济学武装一下头脑哦。"

回眸点睛：

机会成本又称为择一成本，指任何决策，必须做出一定的选择，被舍弃掉的选项中的最高价值者即是这次决策的机会成本。对于商业公司来说，机会成本可以是利用一定的时间或资源生产一种商品而失去的利用这些资源生产其他最佳替代品的收益。

机会成本泛指一切在做出选择后的一个最大的损失，机会成本会随付出的代价的改变而改变，如对被舍弃掉的选项的喜爱程度或其价值做出改变时，得到的价值是不会改变机会成本的。

在生活中，有些机会成本是可以用货币来进行衡量的。例如，学生在没有课时，如果选择打游戏、逛街、看电影，就不能选择去泡图书馆，打游戏、

逛街、看电影的机会成本就是学习的收益。但有些机会成本往往无法用货币衡量，例如，在图书馆看书学习还是享受电视剧带来的快乐之间进行选择。

如果在选择中放弃选择最高价值的选项（首选），那么其机会成本将会是首选。而做出选择时，应该选择最高价值的选项（机会成本最低的选项），而放弃选择机会成本最高的选项，即失去越少越明智。

萨缪尔森在其《经济学》中曾用热狗公司的事例来说明机会成本的概念。热狗公司所有者每周投入60小时，但不领取工资。到年末结算时，公司获得了22 000美元的可观利润。但是，如果这些所有者能够找到其他收入更高的工作，使他们所获年收入达45 000美元。那么这些人所从事的热狗工作就会产生一种机会成本，它表明因他们从事热狗工作而不得不失去了其他获利更大的机会。对于此事，经济学家这样理解：如果用他们的实际赢利22 000美元减去他们失去的45 000美元的机会收益，那他们实际上是亏损的，亏损额是45 000-22 000=23 000美元，虽然实际上他们赢利了。

1.11 激烈的学生会竞选
——"需求与供给"来帮忙

军训的时候大家对彼此都有了一定了解，有能力的人也有机会得到一定的体现。在军训快落下帷幕之际，学生会竞选火热登场了。莫蓉睿寝室的姐妹在各自分析了自己的机会成本和收益后也做出了是否参加的决定。康文华是本届新生的状元，室友一直推荐她参加竞选学习部部长，而林蓉睿能歌善舞，交际能力也不错，打算竞选文艺部部长。莫蓉睿和苏海波选择好好学习，天天向上，大学期间，不当干部。

决定之后大家就开始忙活，分头行动，各自忙着草拟竞选演讲稿，有空时就到临近寝室聊天，顺便推销自己。竞选那天全院新生都在，按照不同的职位意向，依次到讲台上做竞职演说。康文华虽然是新生中的状元，不过并非志在必得，也没怎么准备。林蓉睿则做了很多准备，赢得了众多新生的支持，结果林蓉睿成功了。

"没想到一个学院的学生会竞选竟然能有如此人气，幸好我准备得充分，要不肯定不能成功，好啦，今天我请客，庆祝一下。"林蓉睿不无得意地说道。

"你呀，就别显摆啦！不过你的演讲加才艺真是太棒了！可惜今天我要去我哥那里混饭吃，改天你要给我补上哦。"莫蓉睿笑道。

热热闹闹的学生会竞选忽然间就结束了。成功的、失败的，参与的、没参与的，都有种失落感，好在林蓉睿宣布晚上请客，才冲淡了这种情绪。由于军训刚结束，这两天又没有课，莫蓉睿的思家情绪时常跑出来，于是就经常到经贸学院找莫逸飞。莫蓉睿一见到莫逸飞就叽叽喳喳地说起寝室竞选的经过和结果。

"参加竞选的人真是太多了，不做充分的准备、不付出，是不可能成功的。康文华和林蓉睿就是最好的例子。"莫蓉睿绘声绘色地讲着。

"呵呵，这很正常啊，同样一种东西对不同的人有不同的效用，个人的需求意愿也就不同，愿意付出的多少也不同，从而最终决定了能否最终获得想要的东西。学生会竞选可以看做是一种经济关系，它可以被比喻为经济学的'心脏'，即需求与供给关系。比如，林蓉睿参选的那个文艺部，就只有部长、副部长、干事三个职位，这是供给，且很少，而参加竞选的人要多出几倍，也就是说需求很多，这时构成的供需关系存在供需矛盾，不是每个参选学生都能满足自己的需求，这里的需求有两个意思：一是需求的意愿，它来自需求者（消费者）的嗜好或偏好，像林蓉睿，特别希望到学生会，这是一种纯粹的主观需要；二是需求的能力，它是一种客观的能力。像林蓉睿那样德才兼备、能演善做的人才是有能力的需求。如果她不是像你说的人缘好、能歌善舞，又怎么会成功当选呢。"

莫逸飞看妹妹在思考，就稍稍停顿。莫蓉睿沉默了一会儿，慢慢地点点头，好像明白了一点儿，一会儿又摇摇头说："看来还真要下一番工夫才行，幸好我没有参选，也就不用劳神弄懂这些供给与需求了。"

"此言差矣，身处经济社会的每一个'我'都是参与其中的'经济人'。例如高考，每年都是百万大军过独木桥，每个大学特别是名牌大学的招生名额有限，门槛很高，想考好大学的人很多，你不付出足够的努力，只有需求的意愿能行吗？如果考不上名牌大学，我们也倾向选择一个较好的大学作为替代的选择。"

"其实生活中供给和需求的例子比比皆是。美国著名经济学家萨缪尔森曾经说过：'学习经济学是再简单不过的事了，你只要掌握两件事：一个叫供给，另一个叫需求。'你明白了供给和需求，生活中的大部分经济问题就可以弄明白了。如果把大学比做一个生产部门，不同专业的学生就是不同的特殊产品，社会需求较大、工资较高的行业就是热门专业，学习的人增加从而供给就会增加，这是供给定理的表现，即在一定条件下，商品价格越高，供给量就越大。另外，如果你有能力，要求的工资还低，那么想雇用你的公司就越多，这反映了需求定理，即在一定条件下，商品的价格越高，需求量越大。这就是当今大学生毕业放低起点的部分原因。当然，如果能够将二者结合起来，使得供给的数量和需求的数量及相关的价格使双方都满意，就实现了我们常说的双赢，也就是实现了经济学中所谓的'均衡'。怎么样？供给和需求可不是事不关己！别看你学的是英语，别看你没参加学生会竞选，通过这件事可以让你看透很多大学生身边的经济现象吧。"

回眸点睛：

萨缪尔森在他的《经济学》一书中引用了一句话，"你可以使鹦鹉成为经济学家，但前提必须是让它明白'供给'和'需求'。"长期以来，经济学家都致力于供给与需求的均衡分析。

需求指的是消费者在一定时期内的各种可能的价格下愿意而且能够购买的该商品的数量。需求不是自然和主观的愿望，而是有效的需要，消费者既要有购买的欲望又要有购买的能力。

消费者有购买某种商品的愿望是因为该商品有满足人的某种欲望的能力，即效用。一种商品要具有效用，必须是有用的和稀缺的。影响需求数量的因素有：商品自身的价格、消费者的收入水平、相关产品的价格、消费者的偏好、消费者对商品的价格预期等。

供给指的是生产者在一定时期内，在各种可能的价格下愿意而且能够提供可出售的该商品的数量。这种供给是指有效供给，必须满足两个条件：生产者有出售的愿望和供应的能力。影响供给数量的因素有：商品自身的价格、生产成本、生产的技术水平、相关产品的价格、生产者对未来的预期等。

在供给和需求的平衡下，市场同样会达到一个均衡的状态。商品均衡价格是商品市场上需求和供给这两种相反的力量共同作用的结果。

当市场价格偏离均衡价格时，一般在市场机制的作用下，这种供求不相等的非均衡状态会逐步消失，自动恢复到均衡价格水平：当市场价格低于均衡价格时，商品供给量大于需求量，出现商品过剩，一方面会使需求者压低价格，另一方面又会使供给者减少商品供给量，商品的价格必然下降到均衡价格水平；相反，当市场价格低于均衡价格时，需求量大于供给量，出现商品短缺，一方面迫使需求者提高价格，另一方面又使供给者增加商品的供给量，这样该商品的价格必然上升，一直上升到均衡价格的水平。

1.12 盗版
——岂有此理

莫蓉睿的电脑买回来不久就因为没安装杀毒软件而中毒导致系统崩溃了，于是急忙找莫逸飞来解决。

莫逸飞一来就质问道："干嘛不小心点，刚买的电脑就中病毒了。"

"我小心也没用啊，我哪防得了电脑病毒，你就不能好好帮我弄弄。"

"也怪我，忘了给你升级病毒库，现在只能给你重装系统了，不过操作系统和其他软件就只能安装盗版的了。"

"盗版的怎么了？不好吗？是不是像书一样有很多错字啊？"莫蓉睿急迫地问道。

"唉……你真是个电脑白痴，其实盗版软件和正版软件并无太大区别，只是在稳定性上有些差别，不过我们这样的门外汉是看不出来的。"

"那我们就用盗版的呗，我就不明白盗版有什么不好。"

"你呀，这么说一点都不专业，大部分人都像你这么想，不过大学生在这个问题上应该看得更透彻一些，毕竟我们现在并在毕业以后很长的一段日子可能都要有盗版现象相伴。"

"那你说得专业点，啥是盗版？"

"盗版简单地讲就是一切生产、销售和使用包括诸如计算机软件、音像制品、书籍等的非法复制品以牟取利益的行为。这些非法复制品统称为盗版产品，与之对应的则称为正版产品。"

"这个我知道，只是没有你说得专业，呵呵！"

"你上了大学，对许多现象应该看得更深入、透彻一些才对，凡事尽量专业一点。"

"嗯，知道啦！不过有正版的为啥用盗版的呢？"

"呵呵，对于盗版现象，可以套用一句'存在即是合理的'，尽管这话有些唯心，不过盗版现象确实有其深厚的市场基础，这种市场基础既包括市场需求基础，又包括市场供给基础。"

"我看经济学主要就是需求和供给，你一说经济学就会提到这两样儿。"莫蓉睿撇着嘴不屑地说。

"那是，需求和供给可是经济学的核心。虽然'盗版'给人的感觉就是它绝非一个好东西，但并不是所有产品消费者都会一致喊打，假冒伪劣必须严惩，但像图书软件等，消费者往往在行动上给予了实际的支持，这就是盗版现象的市场需求基础。盗版能够存在主要是因为有市场需求。"

"那为什么人们知道是盗版品还会购买呢？不是说人都是理性的吗？为什么会选择盗版品？"

"虽然明知是盗版品，但理性或有限理性的消费者还会更多地选择盗版品而不是正版品，最直接的原因在于盗版产品的消费价值高于正版品的消费价值。"

"消费价值？消费怎么还有价值？"

"你想想，购买商品时你主要考虑什么因素？"

"价格和质量呗，物美价廉的才受欢迎。我说得没错吧！"

"没错，购买产品首先要考虑价格和质量这两个因素，如果某个商品的质量太差，价格再低也无人问津；反之，如果商品的价格太高，质量再好买主也是寥寥无几。现在假如某件商品的价格很低，而其质量又还不错，那会怎么样呢？"

"当然是购买的人很多了！"

"这就对了，消费者一般并不单独看待价格和质量，而是综合地分析价格与质量的关系，即性价比，在这里性价比就可以看做消费者所考虑的商品价值。"

"也就是说消费者购买盗版品的性价比高于正版品的性价比，对吧？"

"完全正确，在消费者看来，虽然盗版品的质量比正版品差，但是相差的程度非常有限，例如，Ms Office 软件和 Windows 系统，除去普通老百姓一般很少使用的一些功能外，盗版品与正版品在质量和使用价值上几乎没有什么差异。有时盗版品在功能上甚至更胜一筹，而且盗版品的价格远低于正版品，比如一张盗版软件最多只需要 5 元人民币，而正版动则上千元，这时盗版品的价格优势绝对让人心动。"

"我喜欢用 WPS，国产的、正版的、免费的！"莫蓉睿抢着说。

"你呀，我们是在用经济学分析盗版现象，你说哪儿去了？在经济学上有一种理论，叫做需求引致生产，也就是说生产什么主要是由消费者决定的，愿意购买的消费者越多，就像投向这种产品的选票越多，因此，人们越青睐某些盗版品，这类产品的生产也越多，你没看到最近山寨版的东西非常多，可以说山寨也是一种盗版的形式，而且在学校，我们的学习资料很多都是复印的或盗版的，因为它们的性价比很高，我们选择这些产品时带来的效用也最大，而且省下的钱还可以满足其他需求，明白了吧？"

"明白，不过盗版毕竟还是不好的。难道就该放任盗版了吗？"

"当然不是，短期看，盗版品便宜的价格的确直接增加了消费者剩余。但长期来看，如果始终不管制盗版品，正版品终会被挤出市场，造成无版可盗的结局。如果管理得当，将会增强竞争，使得正版品价格趋于盗版品，进而逐渐取代盗版品，消费者剩余才会有真正意义上的增加。不过也不能完全杜绝盗版现象，一方面，盗版有其存在的市场基础，彻底消除基本不可能；另一方面，盗版竞争也促进了正版的升级和降价，毕竟全世界基本都被 Windows 高价垄断，谁也接受不了。"

回眸点睛：

盗版是指在未经版权所有人同意或授权的情况下，对其拥有著作权的作品、出版物等进行复制、再分发的行为。在绝大多数国家和地区，此行为被定义为侵犯知识产权的违法行为，甚至构成犯罪，会受到所在国家的处罚。盗版出版物通常包括盗版书籍、盗版软件、盗版音像作品及盗版网络知识产品。

盗版出版物由于逃避了所在国应缴的版税，通常也不需要进行产品的研发，所以价格往往比合法的出版物要低，故而往往被版权意识不强的人所欢迎。表面上看，盗版在一定程度上限制了商业巨头对市场的垄断，但造成了不正当竞争，伤害了行业的公平竞争格局。

1.13 学业的本钱
——用"耐用消费品"保持健康

在家待了一个假期，身体都待废了，鉴于此，莫逸飞下决心锻炼身体，计划就是每天爬一次岳麓山，为了防止莫蓉睿步自己的后尘，莫逸飞也督促莫蓉睿每天爬山锻炼。

"我现在年轻，身体很好。"

"此言差矣，身体健康对年轻人非常重要，是完成学业的本钱，从经济学的角度讲，健康是一种耐用消费品，尽管耐用，维护是必需的。"莫逸飞严肃地讲。

"呵呵，别那么板着脸嘛，说说道理我听听！莫蓉睿调皮地看着莫逸飞说道。

"经济学告诉我们：产品是指能够给人类带来效用的东西，其存在形式既有物质的，又有精神的。而所谓'效用'，就是指对人的某种有用性，那么健康这种东西显然符合这一条件。我问你健康能够给你带来什么？"莫逸飞讲了一半故意问道。

"让我想想，平时健健康康的，也没想那么多，我觉得健康能够给人带来极大的效用。比如，能够提高人的学习能力，减少医疗支出，增加生活的快乐，延长人的生命。"

"你说得没错，但是你没注意到健康又是伴随着人的一生的，健康终止，生命终结。由此可见，健康是一种效用很高的耐用消费品。维护不好它，是要吃大亏的。"

"什么东西让你用经济学一说就都有道理了，看来锻炼身体还是非做不可了啊。"

"那当然，作为一位理性的消费者，就应该谋求效用的最大化。"

"我现在这么年轻，用不着锻炼身体吧。再说，要保持健康是需要支付成本的，有的是支付机会成本——如学习健康知识、锻炼、休闲，这都占去了人的宝贵时间，有的则是直接支付金钱成本——如参加各种健身培训活动等，这些费用你出！"莫蓉睿反驳道。

"无论是机会成本还是金钱成本，对健康都是非常值得的。再说，你看我们学校有这座岳麓山，多好的锻炼场所，早上还可以上山晨读。何必去参加什么健身培训。"莫逸飞语重心长地说。

"好啦，我记住了，健康是一种耐用消费品，身体是革命的本钱。我一定会作为一个理想的'经济人'，以最低的成本保持好自己的健康！"莫蓉睿自信地说道。

回眸点睛：

生命经济学中，产品是指能增加人们效用水平的东西。而健康显然能够增加人们的效用水平，能够给人们带来幸福。正所谓健康是人生最大的财富。

健康作为一种产品，其数量表现在人生某个时点上的健康状况，或可理解为健康存量，人们生来就有一个给定的健康状况或健康存量。一个健康的婴儿比一个生来有生理缺陷的婴儿有较高的健康存量。而婴儿起初的健康存量对其一生的健康都有重大的影响。

在人生任何一个时点上的健康状况的改善对以后人生的健康都产生影

响。如果通过采用锻炼或某种医疗措施使得人的健康得以改善或健康存量增加，则对以后相当长一段时期甚至终身都带来收益。从这个意义上说，还可以把健康理解为一种耐用消费品，就像住房、汽车甚至教育一样。

就像其他耐用消费品一样，健康也会随时间而磨损消耗，这就是所谓的衰老过程，用经济学的术语来讲，我们的健康在折旧。在 20 世纪，人们的寿命已大大地延长，这也可以理解为人们的健康折旧率已大大降低。作为未来国家建设主力军的大学生们，应该提高健康意识，从经济学的角度认识到健康这种耐用消费品无论对个人还是国家都是至关重要的。

1.14 轮流值日进行不下去
——"博弈"一下就明白

大二刚开学，莫逸飞寝室的卫生状况就大不如从前，检查卫生的阿姨每每来到寝室都会批评一顿。于是每次检查前，大家就来一次大扫除。但是检查过后，没几天就又恢复了原样。

莫逸飞比较干净，就经常主动打扫寝室卫生生。不过时间久了，莫逸飞就在心里嘀咕：寝室的卫生不能让我一个人干吧，于是他就提出建议，大家轮流值日。刚开始还不错，不过时间一长就又进行不下去了。楼下黑板上较差寝室中又经常见到自己寝室的名字。

正好这学期新开了一门博弈论的课，这是一门很有意思的课，英文名字叫做"Game Theory"。课堂上大家经常被分成几组，对身边的事情进行博弈分析。

大家能在游戏中博弈，自然兴致很高，三三两两地坐在一起侃起来。莫逸飞召集弟兄们组成一个小组。莫逸飞首先发言："大家看看能否就我们寝室卫生状况博弈一下，我觉得我们寝室的轮流值日的情况就很符合经典的'囚徒困境'的模型。"

"那你先说说看。"室友异口同声地说道。

"好！首先，我简化一下这个问题，就先说说只有两个人的情况。假定寝室两个人，每人都有 10 个资源，而打扫卫生共需要 4 个资源，每个人对干净寝室的正面评价是 3 个资源。这时打扫卫生带来的评价总和为 6 个资源，超过打扫卫生的成本 4 个资源，这时打扫卫生给每个人都带来了好处，因为每个人的付出为 2 个小时，所得却是 3 个小时，总的效用是 10-2+3=11。"莫逸飞首先分析道。

"那如果是四个人不就更好吗？每个人的效用是 10-1+3=12。"

"嗯，确实是这样，不过为了分析简单，就先假设是两个人。此时，每个人都会做出'打扫'或'不打扫'的选择。如果两人都选择打扫卫生，那么他们就要平均分摊劳动时间，这样当然很好；如果两人都不想干，结果当然就是不打扫卫生；如果一个人想干而另一人不想干，那么想干的人就只能自己干了，这么多天来我可一直就是这么付出的。"莫逸飞趁机说道。

"好啦，你快讲，一会儿讨论结果还要到讲台上说呢。"室友催促道。室友为了防止莫逸飞继续翻旧账，赶紧将问题岔开。

"这时，我们把每一种情况下每一个人的效用计算一下，列一个表：如果两人都同意打扫卫生，那么每人都将获得 3 小时劳动时间的享受，每人必须从

10 小时中拿出 2 小时进行劳动，这样，每个人拥有的剩余时间将是 11 小时；另一方面，两人都不同意打扫卫生，那么，各自将拥有 10 小时的私人消费时间。如果一个人认为应该打扫，另一个人认为不应该打扫，认为不应该打扫的人将获得额外的 3 小时评价时间，而认为应该打扫的将从 10 小时中拿出 4 小时打扫卫生，他的净福利为 9 小时。为了让大家看明白，我仿照'囚徒困境'模型画一个支付矩阵。"

		个人2	
		打 扫	不打扫
个人1	打 扫	11，11	9，13
	不打扫	13，9	10，10

"从这个表中大家不难看出，个人 1 决定打扫卫生，那么个人 2'免费搭乘'而不打扫符合他的利益。如果局中人 1 决定不打扫，则个人 2 出于自身的利益也会表示不打扫，否则个人 2 将被迫支付打扫卫生的全部时间。最终两人都会选择'不打扫'的策略。我觉得这就是寝室卫生抽查中我们总是不合格的原因。"

"好像很有道理啊，看来我们的决策还是正确的！"老四调侃道。

"你们决策正确，那我怎么办？寝室卫生怎么办？因此，我觉得大家以后还是必须要坚决执行轮流值日的制度。"莫逸飞愤愤地说。

"是啊，这还只是就两个人的情况分析，而我们寝室住着四个人，情况会变得更糟——因为可以在更多的人那里'搭便车'嘛，但是从个人角度来讲，我觉得找个傻瓜来打扫卫生是最好不过的了，但从寝室整体看，这样做效用却

很低。没办法了，要不咱们干脆雇一个打扫卫生的保姆吧！"

"老四，你真是语不惊人死不休，我们大学生怎么能找保姆打扫卫生呢！"莫逸飞反对道。

老四的突发奇想使大家的讨论欲望被调动起来，争论得热火朝天，全然忘记了博弈论的事。

"这群家伙，看来我莫逸飞如果不同意只能自己打扫卫生了，"莫逸飞暗想，"这样也好，解放了自己，节约了时间，总的来说还是件非常划算的事情。"于是迅速改变策略，一堂热热闹闹的博弈课在大家的讨论中落下帷幕。

回眸点睛：

"囚徒困境"最早是由美国普林斯顿大学数学家曾克于1950年提出来的。"囚徒困境"是博弈论里最经典的例子之一。讲的是两个嫌疑犯（A 和 B）作案后被警察抓住，隔离审讯；警方的政策是"坦白从宽，抗拒从严"，如果两人都坦白则各判 8 年；如果一人坦白而另一人不坦白，坦白的人放出去，不坦白的人判 10 年；如果都不坦白，则因证据不足各判 1 年。

在这个例子里，博弈的参加者就是两个嫌疑犯 A 和 B，他们每个人都有两个策略，即坦白和不坦白，判刑的年数就是他们的支付。可能出现的四种情况：A 和 B 均坦白或均不坦白、A 坦白 B 不坦白或 B 坦白 A 不坦白。A

和 B 均坦白是这个博弈的结果，也叫纳什均衡。在（坦白、坦白）这个组合中，A 和 B 都不能通过单方面地改变行动增加自己的收益，于是谁也没有动力游离这个组合。

囚徒困境反映了个人理性和集体理性的矛盾。如果 A 和 B 都选择抵赖，各判刑 1 年，显然比都选择坦白各判刑 8 年好得多。当然，A 和 B 可以在被警察抓到之前订立一个"攻守同盟"，但是这可能不会有用，因为没有人有积极性遵守这个协定。

上述例子可能显得不甚自然，但现实中，无论是人类社会或大自然，都可以找到类似"囚徒困境"的例子，社会科学中的经济学、政治学和社会学，以及自然科学的动物行动学、进化生物学等学科，都可以用"囚徒困境"分析，模拟生物面对无止境的"囚徒困境"博弈。"囚徒困境"可以广为使用，说明了这种博弈的重要性。

以学校运动会长跑赛事的比赛策略为例。长跑项目会出现这样的情况：选手们到终点前的路程常以大队伍方式前进，他们采取这策略是为了令自己不至于太落后，又出力适中。而最前方的选手在迎风时是最费力的，所以选择在前方是最差的策略。通常会发生这样的情况，大家起先都不愿意向前（共同背叛），这使得全体速度很慢，而后通常会有两位或多位选手跑到前面，然后一段时间内互相交换最前方位置，以分担风的阻力（共同合作），使得全体的速度有所提升，而这时如果前方的其中一人试图一直保持前方位置（背叛），其他选手及大队伍就会赶上（共同背叛）。而通常的情况是，在最前面次数最多的选手（合作）通常会到最后被落后的选手赶上（背叛），因为后面的选手跑在前面选手的气流之中，比较不费力。

第 2 章

学习中的经济学

XUEXI

ZHONGDE

DAXUESHENGHUO　JINGJIXUE

JINGJIXUE

2.1 选课经济学
——用"博弈理论"选到喜欢的课

刚上大学，莫蓉睿对宽松的学习氛围倍感新奇，大学上学期的基础课比较容易，莫蓉睿应付起来很轻松，没课的时候总闲不住，好在学校里有座岳麓山，将南北两个校区隔开，莫蓉睿在莫逸飞的督促下，逐渐喜欢上运动，就经常爬山到另一边的经贸学院，顺便看看莫逸飞，有些不懂的问题还可以请教一下。莫逸飞这两天刚在学校的教学系统上选修博弈论，这门课很有意思，就经常在妹妹面前卖弄一下。莫蓉睿听莫逸飞说到大学里可以自主选择上课老师甚至上课时间及辅修课程等的新闻后，更是对选课这种看起来相当高级的行为充满了期待。她在心里盘算着，如何能够在修好管理学的同时，辅修一下经济学，这样就不用老跑去问莫逸飞还被笑话了。于是就央求道："哥，你帮我选一门经济学什么的，我作为辅修课程吧，到时我也不用总烦你啦！"

"我不是都给你买了一本《经济学》吗？你可以经常看看嘛！为什么一定要选修这门课呢？"莫逸飞好奇地问道。

"书看起来多难懂啊，而且自己看总有不明白的地方，总不能凡事都问你吧。再说一本死书哪有你说得那么明白，我比较笨，要有老师教教才行！"莫蓉睿一副理所当然的样子。

"你呀！你才刚入学，先把你本专业的基础打好才对！而且经济学的课你还要跑到北校区来上才行，多不方便。"莫逸飞劝道。

"没关系的，我们基础课很简单，我应付得来，你没看我整天没事老爬山嘛，一翻山不就过来了嘛！再说我选了课，自己听也就不用打扰你啦。"

"这倒是很有道理，呵呵，不过不是我不帮你。你们要等下学期才能进选课系统选修喜欢的课程，那个系统很简单，你那么聪明到时一看就什么都会了，哪里还用我帮你。"

"那可不行，我比较笨，得提前一步了解这些东西，你就教教我嘛！"

"好吧，其实选课系统很简单，重要的是如何选到自己喜欢的课程。像经济学这样的课程选修的人很多，特别是讲得好的老师开的课，那是很难选到的。没有一番理论加实践是不行的。正好我最近学了博弈论，我就用这里面的知识教你如何选到自己喜欢的课。"

"其实，我个人觉得大学开设选课不仅是为了考察每个老师的受欢迎程度，或者是维护学生自主选择的权利那么简单，从深层次的目的来看，是给予老师和学生一定的激励。根据经济学十大原理，我们都是理性的'经济人'嘛，会对激励做出反应，学校这么兴师动众地举办选课，就算有人不爱学习，也会跟着凑个热闹。于是乎，讲课精彩的老师被挑选出来，面对熙熙攘攘、座无虚席的教室，讲起课来自然也有劲儿。好不容易挤进来的学生坐在下面也会想，好不容易选上这个好老师的课，至少也要专心听一些。这样，学生学习的积极性也被带动起来。这种激励，对学校、老师、学生三方面来说可谓三赢，因此选课如此兴盛也就不难理解了！"莫逸飞感慨地说道。

"你跑题啦！哥，你又在滔滔不绝了！"

莫蓉睿嘴上反对，但心里暗想：他讲得有些道理，我得认真听听。

莫逸飞白了妹妹一眼，继续讲着："在选课中存在一个博弈的问题。选课开始之前，你需要了解一些情况，要询问上一届的学长、学姐，哪个老师讲得精彩、不点名、给分高。毕竟你选了这门课就需要付出很多时间和精力，这就像我给你讲的机会成本一样，所以在选择之前要掌握充足的信息，做到信息的基本对称，这是个前提，否则可能会吃亏。"

"我倒是不在意点名什么的，主要是老师要好就行！"莫蓉睿插言道。

"我们以经济学为例。假如一名经济学教师的学生限额是 40 人，但第一轮选择中，被认为最好的老师已将近 200 名学生选择。这样看来供给需求有了极大的差距，市场极不均衡，必然就会引起价格上涨。"

"这里怎么还有价格呢？"莫蓉睿不解地问道。

"你说得没错，现在是在学校里，没有价格之说。我所说的并不是真的价格，只是一种类似的衡量指标。在这种供求有差距时，学校的举措就是，结束第一轮选课，随机在 200 人中选取 40 人组成一个班，余下的 160 人再惨烈地进行下一轮厮杀。"莫逸飞介绍道。

"这种做法是不是太残酷啊，一定有人每次都出局吧！"

"唉……这也是没办法的事情，表面上看这种随机的做法看似公平，但是无法在整体上达到最优。因为在选课系统中是没有价格的，上涨的只是个人的运气，也可以这样认为，运气是价格在选课中的表现形式。本应疯狂暴涨的价格被替换成了运气，怪不得有那么多的同学在选课结束后大呼运气太差。其实，这时如果主动选择最适合自己的而不是最好的教师，情况反而会好些，可能就不会像你说的那样从头到尾被踢很多次……"

"无语啊，那我该怎么办呢？"莫蓉睿听得心凉了一大半。

"没关系的，正所谓知己知彼，只要掌握充足的信息，同时了解大家都是理性人，那么在选择的时候就可以更容易选到适合自己的课程。"莫逸飞一边讲一边比画着。

回眸点睛：

博弈论又被称为对策论，或者赛局理论。在经济学中有着广泛的应用。

《博弈圣经》中写到：博弈论是二人在平等的对局中各自利用对方的策略变换自己的对抗策略，达到取胜的意义。2005 年因对博弈论的贡献而获得诺贝尔经济学奖的罗伯特教授认为：博弈论就是研究互动决策的理论。

所谓互动决策，即各行动方的决策是相互影响的，每个人在决策的时候必须将他人的决策纳入自己的决策考虑之中，当然，也需要把别人对于自己的考虑纳入考虑之中……如此迭代考虑情形进行决策，选择最有利于自己的战略。

对于在校大学生来说，无论是在校学习还是未来走上社会，面临很多问题时都要做出决策，掌握了博弈论对于做出最优决策是十分有帮助的。

2.2　选课时你被"踢"了吗？
——用"帕累托改进"规避风险

虽然进校后得知大一上学期还不能够自主选课，只能听从学校安排，但莫蓉睿心里还是对选课这件事念念不忘。终于，在进校半年后，学校下发了选课指南，薄薄的一个绿色的本子，满满地塞上了各种名目的课程。尚处于新生状态的莫蓉睿及全寝室姐妹为了选到自己理想的课，一大早就起来，守候在电脑旁。等到系统开放时间一到，便迫不及待地进入系统选课。可是选课的人太多，总是挤不进去。

"莫蓉睿，赶紧给你哥打电话，他选过课，肯定有经验。"林蓉睿嚷嚷道。

于是莫蓉睿赶紧给莫逸飞打电话。

"哥，怎么选课啊？"莫蓉睿太着急了，电话一通就没头没脑地问。

"选课？你别着急，怎么了，慢慢说。"

"我们寝室在选课，可是怎么也选不到最好的课。快告诉我们点儿经验。"

"呵呵，选课可是门学问，上次我不是跟你说了吗？选课是一种博弈。"

"我一时忘了，你再说一次嘛。"

"好吧，咱们就以体育课为例，学校尊重学生不同的偏好，提供差异化课程，可以说是一种更人性化的设计，不同的人对于体育项目的偏好完全不同。学校提供篮球、排球、羽毛球、乒乓球、网球、体育舞蹈等选择，当一个人在能够选择羽毛球时而选择了网球，可以断定其对于网球的偏好大于羽毛球，也可以说其对于网球的评价要高于羽毛球。因此，当其拥有自主选择的权利时，其获得往往会和评价相符。但是在选择时会面临各种约束，比如说这门课和其他课程时间是否冲突，以及既定资源的约束，因为差异化课程并非无限供给，一般来说不同的项目仅限于特定人数。参与者的竞争往往取决于谁先参与交易，即谁先登录选课系统。"

"我知道啊，第一个登录系统的人，其面临的资源最多，轻易就会获得最大化的选择。第二个登录的人面临的既定资源约束变大，因为第一个登录者已经占有部分资源，但第二个人仍然可以在自己既定资源的约束下获得效用最大化的选择。以此类推，越是往后登录的人面临的资源越少、约束也越大，最优选择只能在更大的约束下做出。可是我们起的非常早，不过还是没有做到较早的登录系统。"莫蓉睿着急地说着。

"呵呵，你说得没错，显而易见，最后虽然每个人都可以在面临自己既定资源约束下获得最优选择，即使是最后一个登录的人，只剩下最后一个位置，选择也是最大化的，因为选择仍然要优于不做出选择。但是这时可能所选择的并不是自己最喜欢的。"

"那怎么办呢，我们起得也很早了，难道只能坐以待毙吗？这种选课制度怎么能是最优的？难道就没有办法避免选课被踢吗？"

"你问得很好！这种网上选课制度是否是最优的呢？是否存在一种帕累托效率改进呢？"

"你别说得这么专业，什么是帕累托效率改进啊，对我们选课有帮助吗？"

"所谓帕累托效率改进，是指在没有使任何人的福利受损的情况下，至少使某人的福利增进。帕累托效率作为衡量效率的标准在现实生活中也许只是一种理想。目前来看，网上选课并不符合帕累托效率改进。首先，网上选课和过去学校统一安排课程相比，增大了交易费用。至少这种交易次序的竞争造成了排队等候，而排队等候作为一种时间的支付并不能给任何人带来福利，只是一种无谓的损失。就像你们一大早起来但没有成功选到课一样。"

"让你哥说说怎么顺利选到课啊。"大家七嘴八舌地说道。

"你们别急，我这不正问着吗？"莫蓉睿大声回答道。

"你舍友们着急了吧，你们在选课之前，为了选到满意的课，应该提前收集信息，做足功课。一个讲课精彩、不点名、给分高的老师被认为是好的，符合大众偏好。因为讲课精彩，给分又不错，这对学生来讲效用就很高，而每个人对于同一科目只能选择一名老师，当然会费尽全力争抢对自己来说效用最好的那个。另一方面，学校的师资力量并不算充足（资源的稀缺性嘛），而符合大家条件的老师的供给就更是不足，可所有的学生都必须选上老师，在大量的需求下，第一轮选课就出现相当恐怖的现象。"

"是啊，我们一早进了很多次，都因为人满了被踢了出来。现在怎么办啊？"

"这时，你们应该理性分析最适合自己的信息，而不是选择扎堆儿。按照经济学的道理来说，由于每个人面临的时间约束不同，如果忽略交易成本，我可以先选一门竞争不激烈的课程，然后在选课后通过互换课程达到至少使一方情况不变坏却让另一方情况更好的效率改进。"

"那谁会换给你啊！"

"你们可以选择学分较高但点名不勤的老师。这样一来就可以和那些经常逃课只要学分的同学互换。在这种情况下，因为你选择了较高学分的课程，即便不能交换成功，你们的效用也较高，同时避免了一次次被踢最后不得不选择最不喜欢的课和最差劲的老师的结果。"

"那好，我们先试试，你先挂了吧，有事再打给你。"

莫蓉睿一挂断电话，舍友们就忙着你一句我一句地问。

"我哥说了，我们为了避免被踢必须懂得使用帕累托效率改进以便规避风险。"

"莫蓉睿，怎么你打了个电话就满嘴的专业术语了，我们听不懂，到底怎么选课不被踢？"

"就是咱们不能扎堆，我们可以首先选择第二好的，这时，就可以避免因为人数太多被踢的局面，虽然选择次好的但比总扎堆总被踢到最后不得不选最差的课好得多，而且还可以通过换课改进自己的效用。"莫蓉睿说完吸了一大口气。

大家也面面相觑，似懂非懂。不管怎么样，这总比一次次挤不进去系统或好不容易挤进去又被踢的结果好。

回眸点睛：

从经济学的角度来看，当前，很多大学都开通了网上选课系统，大学这

种制度设计的一个最大的优越性就在于尊重不同个体的偏好差异，不同个体的差异在现实生活中确实存在，课程、时间、授课教师等都成为学生在选择课程时考虑的要素，过去由学校统一安排的模式假定所有人的偏好一致，这与现实显然不符，从而不可能获得既定约束下的最优选择。

现在学校开通网上选课系统，为了选到好的老师和喜欢的课程，大家巴不得一开系统就冲进去占个先，但是这样做并不可取，因为每一个人都是利己的，都考虑追求最利于自己的课程，于是那些热门的课和比较好的老师就受到大家热捧，而且更多的人还是看哪儿人多就向哪儿扎堆，事先并没有收集足够的信息。

2.3　选课中头彩
——用"酒吧理论"选到喜欢的课

在莫逸飞的指导下，莫蓉睿很快就帮林蓉睿选好了课，大家一看这个方法有效，赶紧分析哪些是适合自己的次好的课程。没有电脑的姐妹赶紧趁机给其他寝室的好姐妹打电话传授经验。

"莫蓉睿，你倒轻松了，快过来帮帮我嘛！"王珊珊看林蓉睿很快就选好了课，也不让莫蓉睿闲着。

莫蓉睿赶紧问清楚王珊珊想报的课程，一阵分析加忙活终于帮其他舍友选好了课。不过接下来轮到自己选课时就不灵了，怎么也进不了次好的课程，试了好几次才发现原来大家都挤到了次好课程上。

"刚才谁那么多嘴啊，到处打电话，现在好了，大家都知道这个经验了，我选不上课了怎么办？"

莫蓉睿埋怨道，大家赶紧过来安慰她。

莫蓉睿突然灵机一动，赶紧再次打开选课系统，尝试进入最优选择，没想到非常顺利，一下子就选上了喜欢的课。

"太过分了，怎么你就那么幸运？"刚才同情的语气一下子酸了很多。

"我也不知道，刚才还那么拥挤，怎么会出现这么好的运气？"莫蓉睿喃喃道。

"我要飞得更高……"

莫蓉睿的电话恰好响了，要不大家非得把她吃了。莫蓉睿一看是莫逸飞。

"蓉睿，课选得怎么样了？"电话一接通莫逸飞就大声问道。

"选好了，不过我帮舍友先选的都是次好的，轮到我时进不去次好的课，次好的课程变得很拥挤，可能是大家都知道这个窍门的原因，于是我就试试其他的，没想到我幸运地选到了最好的课程。现在她们都瞅着我不顺眼呢！"莫蓉睿笑呵呵地向莫逸飞汇报。

"哈哈，你们遇到了典型的酒吧理论！"莫逸飞在电话里大笑地说着。

"什么酒吧，我们在选课，怎么讲到酒吧了。"

"这是个经济学定律，呵呵。"

"怎么经济学定律的名字都这么怪！"

　　"有意思吧，酒吧理论是指一群人每个周末都想去酒吧活动，因集体觉得当日酒吧会爆满，大部分人就选中留在家里，所以使得酒吧因没人光顾而有很多空位子。这表明有时经验也是一种陷阱。"

　　"真有意思，就是这么回事，刚才她们还到处通知你说的帕累托效率改进选课法，估计很多人都接受了这种经验从而都扎堆到次优的课程，我才有机会选到最好的课，哈哈！"

　　"你呀，这是靠运气，这个理论是要告诉我们，做出正确预测的方法是要先知道其他人是如何做出预测的，再决定自己的选择。"

　　"嗯，知道了。其实我觉得生活中有很多这种幸运，或者不幸运，听你这么一说就明白其中的道理了，还是懂点经济学好啊。"

回眸点睛：

　　1994 年，美国著名经济学家阿瑟教授提出了少数人博弈这一理论。

　　此理论的模型描述为：有 100 个人都非常喜欢泡酒吧，每个周末这些人都要决定是去酒吧还是待在家里。因为酒吧的座位是有限的，如果去的人多了，在酒吧里的人就会感到不舒服，这个时候，他们留在家里还要比去酒吧更舒服。

　　现在假定酒吧有 60 个座位，若某人预测去酒吧的人多于 60 人，就会选择不去。反之就去。那么，这 100 个人该如何做出去还是不去的决定呢？此博弈的前提条件做了限制，即每个参与者面临的信息仅仅是过去去酒吧的人数，他们行动的策略是根据过去的历史经验得出的，没有更多信息供参考。这就是经典的酒吧理论。

在现实生活中，有许多例子和这个理论相通。比如，学生在选课的时候就是这样。

2.4 为什么蔡依林的《花蝴蝶》很畅销
——产品差别与垄断竞争

选课系统依然忙碌，大家无聊地等待着，林蓉睿于是将音箱调到最高，蔡依林的《花蝴蝶》就震破耳膜地唱起来。

"环游了世界全世界，却发现美丽没有旗舰店，谁穿着钉鞋不肯变，停止了自转变成一个茧，你我都希望特别，又不敢太过于特别 yeah，流行是一种安全，搔着闷骚的太阳穴……"

"怎么样，我刚刚下载的新歌不错吧！蔡依林的最新专辑，看看人家唱的，前几天咱们寝室谁说要参加快女来着？"林蓉睿笑着说道。

"不要嘲笑我，后果很严重！说不定一不留神我就成为未来的歌后呢。"王珊珊故作深沉状，一本正经地说道。

"就是啊，每个人都有自己的特点，没有必要嘲笑谁嘛！"

大家七嘴八舌地群起而攻之。林蓉睿连忙讨饶。

"好吧，那就原谅你吧！其实，蔡依林的歌我也很喜欢，传给我听听。"王珊珊说道。

大家这边吵闹的声音太大了，莫蓉睿那边电话听不清楚，于是大吼："小点儿声！"

大家一下子静了下来，面面相觑了一下又爆出一阵笑声。

"怎么了？"莫逸飞在电话里忙问道。

"没什么，大家紧张了一早上，课没选好，但兴奋劲儿挺大。林蓉睿在放蔡依林的最新歌曲《花蝴蝶》，最近听说这首《花蝴蝶》很畅销，你说人家的歌怎么就那么畅销呢？"

"你们喜欢这首歌啊，这首歌确实连续六周位居榜首。说得专业点，用经济学的术语讲，不同歌星的歌曲都是差异产品。尽管都是歌曲，但彼此有差异，而产品差异会引起垄断。这是因为每一种有差别的产品都会以自己的特色吸引一部分消费者，从而形成对这部分消费者的垄断。"

"确实，每个人的特色都不一样。我就不喜欢蔡依林的歌。"莫蓉睿说。

"呵呵，现在每年新出的歌曲多如牛毛。然而，有些歌曲却能长期榜上有名，而且销量非常好。为什么在一段时间能一枝独秀，而其他音像制品也有自己的市场。解开这个谜的关键是音像市场的结构特征。"

"怎么讲？"莫蓉睿一听也忘记选课的事了。

"音像市场既不同于生产矿泉水这样同质产品的完全竞争市场，又不同于铁路运输这样只有一家企业的完全垄断市场。它是一种既有某种程度垄断，又有竞争的市场结构。而形成这种市场结构的关键原因就是产品差别。"

"是啊，上次你讲到替代品和互补品也说到产品的差异。"

"没错，有差异的产品才有替代性。不过产品差别不是指不同产品的差别。例如，衣服与书籍的差别。而是指同一种产品在质量、牌号、形式、销售条件、服务等方面的差别。例如，同一种风格的歌曲因歌手的名气、词曲的质量、发行公司、宣传设计、出售地点或相关配套服务等方面的差别。这种差别满足了消费者的不同偏好，消费者就是通过选择差异产品进行消费从而达到不降低效用又满足消费多样性的。"

"原来如此。那差异越大就会越好吧！"

"也不尽然，产品差别会引起垄断。这是因为每一种有差别的产品都会以自己的特色吸引一部分消费者，从而形成对这部分消费者的垄断。这就使生产这种有差别产品的市场具有某种垄断程度。但有差别的产品又是同一种类物品，相互之间存在相当大的替代性，这些有替代性的产品必然为争夺消费者而竞争。这就使这种市场有竞争性。产品差别既引起垄断，又引起竞争，所以，这种市场就是一种垄断和竞争以不同程度混合的垄断竞争市场结构。"

"垄断不好吗？"莫蓉睿反问道。

"这个不能一概而论。在垄断竞争市场上，短期中有差别的产品可以以自己产品的特色形成垄断地位，从而提高价格或扩大销售获得经济利润，即由垄断带来的利润。但在长期中，其他产品也会创造出自己的特色吸引消费者，各种有差别产品之间的激烈竞争会使经济利润减少或消失。在这种市场上，企业

实现利润最大化的方法就是创造产品差别。"

"让你这么一说我也有点明白了，为什么有些连发音都发不明白的歌星能大行其道，还是因为'与众不同'。蔡依林的《花蝴蝶》能在这竞争激烈的市场上获得成功，就在于她创造出了自己的特色。许多人只要是她唱的歌曲都会觉得好听。曾经看过一本杂志对歌迷的调查结果，竟然是迷恋上她的声音，至于唱什么倒不重要了。王菲仅仅凭声音就可触动人的灵魂，深入内心最细微敏感的神经末梢。我说得没错吧。"莫蓉睿得意地说着。

"没错，音像制品之所以是垄断竞争市场，就在于这些是有产品差别的产品。同样道理，高考时，可供选择的不同学校也是教育市场的差异产品。有些学校名气虽然不足，但是有些专业在全国排名很好。而现在我们学校提供选择的课程也可以作为一个产品差异市场。在选课的时候就会发现，不同课程有不同学分、授课老师和开课地点，这些因素等都构成差别。即便是同一门课，因为授课老师不同也会有很大差异。此外，还要考虑你们自己所处的位置再进行抉择。唱歌如此，做人亦然，你在学习上也要树立自己的风格，在学习上兼收并蓄，拓展自己的知识，才能成为与众不同、备受欢迎的人才。"

听了莫逸飞的一席话，莫蓉睿陷入了深思之中。

回眸点睛：

产品差别是指同一种产品在质量、包装、品牌或销售条件等方面的差别。

它是企业实现产品差别化最具竞争力的工具。企业往往抢先发展产品新的功能作为一种竞争手段。

产品差别有些是客观的，有些则是消费者的主观感觉，甚至客观存在的产品差别也要得到消费者的认可才能作为一种产品差别发生作用。因此，这种市场上企业不仅要生产出花色品种不同的产品，还要通过广告宣传使消费者认识到这些产品差别，并愿意购买。

经济学告诉我们：只有市场不欢迎的产品，没有卖不出去的产品。只要你能创造出自己有特色的产品就不怕没有市场。

在梁小民的《生活中的经济学》中也提到过在市场上相似的产品很多，但是只要有产品差别就有市场。如果不在创造产品差别上下工夫，只"克隆"别人成功的产品，恐怕连生产者自己也不想要。这个道理当然也适用于所有企业。

2.5 图书馆刷卡器喜与忧
——你身边的"技术效率和经济效率"

因为忙着考六级，莫逸飞很久没有去图书馆了，考试过后，莫逸飞想到终于有时间可以歇息一下，正好去图书馆借本小说看看。一进图书馆就看到一些怪怪的卡口拦住了去路。这是怎么回事，几天没来都安上新设备啦。这可怎么办，怎么进去呢？好像记得同寝室的人说过这事，当时自己也没在意。正犹豫间，听到一位管理员说到要用校园一卡通刷卡才能进入。莫逸飞将背包翻个底朝天也没找见，想想可能平时只有吃饭时才用这东西。莫逸飞怎么请求都没有用，还惹了一肚子气，没办法，莫逸飞只能打道回府。到了寝室就和哥们儿说起这事来。大家先是嘲笑莫逸飞消息闭塞。

"怎么能怨我啊，搞个高科技就了不起啊，也不通知一声，还以读者为本呢。"莫逸飞愤愤不平地说着。

"那个刷卡器太麻烦，一旦忘了带卡，走那么远腿都溜细了。前几天我也遇到这事儿，那个管理员就是不让进。"老五听到莫逸飞的遭遇立刻产生了共鸣。

"就是，全天下就他最大，有一次我要去还书，用借的书证明我是学生，他都不让进，也太不通情理。"

"是啊，这么费劲的事不知道学校是怎么想的。"

大家你一句我一句地对刷卡器批判了一通。

过够了嘴瘾，出够了气。大家静下心来一时无事就思考起为什么学校要安装这么个东西。

"其实，图书馆搞这个先进科技还是有一定道理的。学校图书馆管理存在漏洞由来已久。前段时间就听说图书馆失窃的事情。入馆的人很多很杂，无法有效区分是否为学生，就算是学生也不一定是本校的，所以尽管增加了几个管理人员还是难以解决问题。如果从图书馆的角度来看，假设图书馆作为一个企业引进刷卡器，只需一人管理，每日可接待学生借阅图书 1000 人次。如果用人工管理，则处理 1000 人次借阅可能至少需要十人。不仅增加了人工成本，而且还不一定有效。图书馆刷卡器的运用是实现利润最大化的一个举措。但是图书馆能否达到这一目的呢。这就要看技术效率和经济效率的比较了。""小博士"说道。

"你说得对，技术效率就是产出既定时投入最小，或者投入既定时产出最大。当不增加成本不能再增加收益时就实现了经济效率。换言之，经济效率是收益既定时成本最小，或者成本既定时收益最大。技术效率是生产中投入与产出之间的物质技术关系，不涉及产品与要素的价格。经济效率是生产中成本与收益之间的经济关系，涉及产品与要素的价格。如果把图书馆看做一个企业。企业要想实现利润最大化，既要实现技术效率，又要实现经济效率。技术效率是基础，没有技术效率，就谈不上经济效率。但只有技术效率而没有实现经济效率，也谈不上利润最大化。"

"我觉得在这件事情中，是否实现了经济效率取决于生产要素（刷卡和管理员）的价格。如果刷卡器价格没变，而增加一名管理人员工资每年 1 万元，则这两种方法都实现了经济效率。如果工人工资高于 1 万元，或刷卡器价格下降，则使用刷卡器可以实现经济效率。"

"现在的学校管理也要讲科技，讲利润。你们注意到没有，随着我们学校信息建设步伐的加快，多媒体教室又新增了一批，这种教学方法将老师从黑板上解放出来，不用浪费过多的时间进行板书，我们也可以将精力放在听课而不是记笔记上。如果把学校当做一个企业，充分发挥了现代教育技术的优势，切实提高教学效率和质量，用技术效率提升经济效率，从而就看可以实现学生和老师的双赢。"

"是啊，现在听完课后找老师复制一下课件，回去还可以好好回忆一下，也容易补充自己的理解。要是多媒体教室中我们每人也有一台电脑就好了。"

"呵呵，那就是远程教学了，躺床上就能学习，那不得美死你。不过学习了经济学还真有用，要不大家无休止的埋怨，争论下去，就算最后知道那些设备是个好东西，也不能有这种升华的感觉。你看，用技术效率和经济效率在经济学的框架内分析，既做到学以致用，又激发了我们学习的兴趣。"

回眸点睛

这件事告诉我们：如果两种生产方法都能达到同样的技术效率，那么，使用哪种方法能实现经济效率则取决于生产要素的价格。目前来说，随着新劳动合同法的实施，人工成本上升，而资本设备价格下降，使用资本密集型方法（用刷卡器）是合适的。

对一个社会来说，用哪种方法还要考虑不同方法对整体经济的影响。对像我们这样人口众多、就业压力大的国家来说，是否用自动刷卡器代替工人不仅要考虑企业利润最大化，而且还要考虑增加就业机会这个大问题。

2.6　今天天气不错，早起去占座
——共有资源配置中的抢占问题

"今天天气不错，风和日丽的，我们下午没有课，这的确挺爽的，我一大中午早早地跑去上自习，心里琢磨着大学生活是多么美好啊，这一眨眼的工夫我就进了主楼，要说俺们这儿疙瘩自习室，其实挺多的，可是你桌上没有书包占座那就难找了，我是跋山涉水啊，翻山越岭啊……"

这首大学自习曲在校园流行了一阵子，莫逸飞刚刚考完六级就又要为期末考试奋斗了。然而，天下没有免费的午餐，要想在自习室混到一个座位是要付出一定代价的。这不，莫逸飞找了好几间自习室，人都很多，没人的座位也都占着，没办法，只好在图书馆转了一圈就回寝室。

寝室不是个学习的地方，一进寝室，三个室友正在斗地主，老二就喊道："阿飞回来得正好，正好打双升。"

"别烦我，快考试了，你们不急我还急。"莫逸飞毫无兴致地说着。

"莫大才子别这么拼命，期末考试不算啥，你那脑子比谁都好使，我们都不急你肯定没问题。"

"刚考完六级，休息休息，谁惹你，脸那么长。"老四也跟着调侃。

"没什么，这不是去上自习嘛，可是到处都是占座的，而且还占着茅坑不拉屎。害得我跑了好几圈儿都没找到个座位，只能回来了。"莫逸飞一副无精打采的样子。

正说话间，那边两个兄弟已经拼好了桌子，莫逸飞一想，心情不好也学不进去，还不如打牌来得好。于是和大家一边议论着一边开始打双升。

"要说在这里，占座现象那是相当的严重。这占座的也是经济学惹的祸，经济学首先不就是讲资源的稀缺性嘛。"大家继续着话题。

"呵呵，要不咱今天就来个头脑风暴，也用经济学分析一下占座这个问题！"

莫逸飞听大家对这个话题挺感兴趣，想想不如深入探讨一下。

"好啊，学以致用！那我就先说说占座分析的前提和假设。这第一就是座位的稀缺性；第二，假设占座的目的有两种：听课和自习；第三，假设座位供给状况不变且占座者是理性的'经济人'。"老二抢着发言。

"说得对，这些假设都比较符合实际，正因为座位稀缺才会出现抢占。"老四理论基础不强，跟着附和着说道。

"尤其是那些大一大二的学生，占座特凶，不仅上课占座，自习也占座，害得我们都没有地方自习。"

"我们那时不也一样嘛！高中刚毕业，才进大学，还保持着高中时勤奋学习的习惯。要说大一大二还真有拼劲，那时我们比谁起得都早，现在老啦！"老大感慨道。

"关于第二个假设我觉得要具体说一下：一般大一大二的学生以听课时有个'好位置'而占座。占座动机源于座位质量差异，这时优质座位是稀缺的。越有利于听课的位置，偏好越强。这类占座者大多是学习型的，听课对他们来说至关重要，为了获得好位置，他们不惜支付高昂的成本，价格越高的座位，需求者越多，当然，也有为女朋友占座的。"老大不无感慨地说道。

"呵呵，为了女朋友那时可是起得比鸡早啊，然而大三大四的占座者自己多是为了有个位置。对他们而言，座位之间差异很小，可以忽略。这里不妨假设这类消费者面对的是同质的产品。占座动机起源于同质座位数量上的稀缺。这种由数量稀缺引起的占座与前两类由质量稀缺引起的占座最大的不同在于，收益只有两种情况，要么是一个既定的值，要么为零。在这种情况下，消费者不愿支付额外的成本，他们会尽可能把自己的成本降到所有人的平均成本上。所以，价格略有增加，需求人数就急剧下降，需求价格弹性趋于无穷。"莫逸飞有条有理地分析。

"不愧是西经科班出身，分析得这么专业。我记得大一时上什么课都感兴趣，一个满意的座位可意味着轻松地看清黑板板书，清楚地听清老师的讲课，获得更好的听课效果，从而更容易取得好成绩。兄弟我那阵占座可没少给你们出力！回想当年占座可不轻松的事啊，每天我都是起得比鸡早，你们却能在床上多躺一会儿，有时我甚至早餐都要在匆忙中完成，我占座付出的机会成本多大啊，你们得补偿我！一会打完牌你们请吃夜宵！"老大回想起当年为了服众不惜早起占座的经历，话一下子多了起来。

"要我说那是你自愿的，要说是否占座就看在机会成本与收益比较孰轻孰重了。你为了听课有效率，获得好的学习成绩，早起是必需的，再说，早起有益于身体健康嘛，你不仅自己有收获，还可以为兄弟姐妹占座，多好的人啊！"

虽然心里感激老大，不过挑衅老大已经成了老二的习惯。

"我觉得，从经济学的角度看，这里包含了'理性人考虑边际量'的原理。当你已经提前赶到了教室，占一个座位是占，多占个座儿对你来说也不过是举手之劳。在这里边际成本几乎不存在，而这一行为将带来怎样的边际收益呢？首先，我们会认为你人缘很好，肯助人为乐，因此提高对你的评价；其次，即便是你所服务的人不认为这是美德的表现，而将之视为一项投资，那么遵循等价交换的原则，在适当的场合下，你也必定会得到某种程度的报酬。在这种情况下，俗话叫做'顺水人情'，本小利大，何乐而不为呢？"老四也随着老二发表见解。

"你们这群忘恩负义的家伙，都怪我当时博弈论学得不好，如果轮流占座大家分享，那占座付出的机会成本就很小了，而得到的收益却大得多，都怪我当时没有做好理性的'经济人'啊。"老大一看当年的付出都成了沉没成本，捶胸顿足。

"别这样，老大，你要保重身体！其实占座这事学校也有问题，在没有恰当的分配制度情况下，占座才应运而生。像我们这些大三大四的学生，都习惯自己看书，虽然上课积极性不如低年级学生，但自习的积极性是十分高的。于是占座战场由课堂转移到自习室或图书馆，而这些适宜学习的地方往往座位不足，所以供不应求。"老二继续挑衅道。

"你们呀，别那老大寻开心啦，要我说，占座这个校园特色事物貌似简单，却反映了共有资源配置中的抢占问题。我认为座位作为一种校园里的共有资源，是通过学生的占座行为完成自发配置的。那些没有明确或无法明确分配规则的共有资源，在使用过程中也会出现这类抢占的问题。"莫逸飞一看赶紧出来做和事老。

"行啦，问题扯远了！"老大赶紧说。

"如果要给占座下个定义，我觉得所谓'占座'就是在一次活动开始前占有活动场地内某个或某些位置在活动期间的使用权，并以放在该位置的物品作为标识或是直接守在那里。而这是狭义的占座概念，校园里的占座现象就属于此类。如果把占座的含义推广到资源概念上，包括有形的和无形的资源，广义的'占座'概念就是一种抢占资源的行为。"老二说道。

"对对，二哥说得没错，不过咱还是早点吃东西吧，老规矩 AA 制，该死的六级害得我们好久没聚了，今天一醉方休！"老四向来对学术探讨不感兴趣。于是赶紧建议大家变更战场，由牌桌换到饭桌。

"老四说得对，都 6:00 了，要是再不早去饭馆'占座'，恐怕我们就白讨论了。"

回眸点睛：

由于占座现象代表了一些共有资源配置中的抢占问题，我们可以通过对占座现象的深入分析来考察共有资源的抢占问题。

可抢占的资源实质上是共有资源，而且是那些产权难以界定、收费难、分配规则无法明确的稀缺的共有资源。我在这里称其为"可占的共有资源"，比如海洋资源、生态资源、市场资源等。这类资源在配置过程中都会遇到抢占问题，而且会由抢占行为在各自系统内形成一个特殊的市场，在这个"抢占市场"上，资源的使用者作为买方形成需求，资源的存在状况构成供给，抢占者支付的抢占成本形成了市场价格。主动权在买方手中，价格在买方的竞争中形成。

占座本质上就是一种校园里共有资源的抢占行为，这类现象在现实生活中随处可见。例如，海洋生物的过度捕捞、林木的滥伐、环境污染等。

一般来讲，消费者使用某个座位会获得一定的效用，这些效用可分为两类：一类是物质的，另一类是精神的。这两部分合起来，可以看做消费者使

用该座位所获得的收益，对某一特定消费者而言，他使用座位所获得的收益会随座位属性的不同而变化；对某一特定的座位而言，它所发挥的效用会根据消费者偏好的差异而变化。

2.7 读书真的无用吗？
——学会"使用价值和培养成本"

临近考试大家都忙碌起来，然而老四依旧每天哼着小调，不急不愁地往来于寝室和舞蹈协会之间。他的口头禅是"六十分万岁"。

听到这个口号，莫逸飞感到非常刺耳，但是最近似乎常听到这句话。早些年在大学里流行着的这种思想，不过随着就业压力的增大，大家都很注重学习和考试了。然而最近"多数省份高考人数减少"的热点新闻让莫逸飞不禁思考起这个问题。

莫逸飞粗略地计算了一下，一个家庭要培养一个大学生，花费大概在 10 万元以上，而毕业后参加工作每月却只有 1000 元，有的甚至是 800 元也找不到工作。想到这些，莫逸飞担心起莫蓉睿起来，这个丫头不知道有没有用功学习。于是赶紧拨电话过去约莫蓉睿一起吃饭，顺便了解一下莫蓉睿的学习情况。

两人一见面，莫逸飞就赶紧问起莫蓉睿的学习状况，告诉她快考试了，要好好学习。

"你放心吧，我记性好，老师画了考试范围，就是一学期不上课，我临时抱佛脚背上两天也能考个前几名，拿个奖学金。"莫蓉睿洋洋自得地说道。

"怎么能这样呢,那你平时听课怎么样?"莫逸飞一听赶紧追问道。

"唉,现在讲得精彩的课太少了,而且很多知识更新换代太快,有些书不读也没关系。"莫蓉睿无奈地讲道。

"我觉得读书有用与否,关键看你怎么读书,要派什么用处。首先,死读书基本无用,死读书、考前突击只有在考试的时候能派上用处,得个奖学金什么的,家长在得高分的时候炫耀一番,自己脸上也有光,但是对于增强个人的能力毫无益处。"莫逸飞严肃地说道。

"可是很多人都这样啊!"

"你经济学一定没学好,每个人只有与众不同才行,你怎么能人云亦云、自己不做思考呢?"

"哦!"

"如果把上学读书作为一种产品,根据经济学原理,任何产品的'有用性'都是由两个方面构成和决定的,即外在的使用价值和内在的劳动价值量——制造成本,对于读书上学,就当成一种培养成本。这意味着,一种产品如果要具有较大的'有用性',就必须满足使用价值较高而培养成本较低。通俗地说,也就是'价廉物美';反之,'质次价高'的产品就不会有市场。同样道理,眼高手低的学生在就业时也不会有市场。依据这一分析,如果我们把'读书受教育'也看做一种产品的话,就会发现,它与其他社会产品一样,都具有使用价值和制造成本。"

莫逸飞为了让莫蓉睿有个清醒的认识,开始从经济学社会学等角度深入说明这个问题。

"我们先看看'使用价值'。虽然'素质教育'作为口号已喊了多年，但从全局尤其就农村教育来看，'应试'仍然是其本质。一旦进一步升学无望，'应试'这种技术和能力显然就无用了。然而我们不能忽视的是读书的制造成本，这方面的数据和例子不胜枚举：最近的数据显示，安徽省一般平均教育支出占家庭收入的近四成，对于农民来说，培养一个大学生需要 18 年的收入。与之相呼应一句民谚就是'一人读书，全家吃糠'。"

"是啊，有时听到这些，感觉也很无奈。经常听人说'做导弹的不如卖茶蛋的'，'学了十几年英语，仍然开不了口交流'。这时也会感到迷茫，感觉学习挺没有用的。"

"有时事情确实如此，在使用价值低下，从而无法赋予受教育者切实的生活技能、人生素质，而培养成本又畸高，即远远超出了居民尤其是农民的实际承受能力，就会出现'念也考不上，考得上也供不起，供得起也找不着工作'这样的想法。但是学习还是非常重要的。你只有在大学这个生产部门把自己培养成真正的社会需要的人力资本，才不会出现找工作难、工资低的情况。所以说，考虑一个学生的培养成本，更应该把自己塑造成有'使用价值'之才。"

回眸点睛：

使用价值是能满足人们某种需要的物品的效用，如粮食能充饥、衣服能御寒，是商品的基本属性之一，是交换价值的物质承担者，是形成社会财富的物质内容。空气、草原等自然物，以及不是为了交换的劳动产品，没有价值，但有使用价值。

商品的使用价值是指能够满足人们某种需要的属性。使用价值是一切商品都具有的共同属性之一。任何物品要想成为商品都必须具有可供人类使用的价值；反之，毫无使用价值的物品是不会成为商品的。使用价值是物的自然属性。

马克思主义政治经济学认为，使用价值是由具体劳动创造的，并且具有质的不可比较性。比如我们不能说橡胶和香蕉哪一个使用价值更大。使用价值是交换价值的物质基础，和价值一起，构成了商品的二重性。

2.8 经典一部，胜读杂书万卷
——事半功倍的读书经济学

"最近比较烦，比较烦，总觉得日子过得有一些艰难……"

到了大一下学期，学校的课程多了起来，光学习课本是不行了。莫蓉睿就经常到图书馆借些参考书。然而一进图书馆就被浩如烟海的书淹没了，也不知道该借哪本，而且有些书还要跑到北校区才借得到，借不到的就得买。这一天莫蓉睿"翻山越岭"到北校区借书，因为对北校区的图书馆不甚熟悉，就先打电话请莫逸飞帮忙。

莫蓉睿翻过'校山'，刚到北校区体育馆，大老远就瞅见莫逸飞在图书馆门口溜达，赶忙奔了过去。

"你怎么才来啊，都等你半天了，你爬山速度不是挺快嘛！"

"干嘛那么着急，这爬山不得工夫啊，你当我是天使有翅膀会飞啊！"莫蓉睿反驳道。

"你要借什么书？"

"图书馆那么多书，具体我也不知道，这不才找你嘛。"

"那总得说说是哪方面的，我们北校区基本都是经济类书籍。"

"就是经济学的，我选修了经济学，但是很多地方不懂，但是图书馆图书太多了，我也不知该借哪本好，有些书在我们院图书馆里还找不到。"

"呵呵，经济类的当然基本在我们院啦，其实当今时代知识更新很快，图书浩如烟海。面对书海，我们确实有些无措，借书、买书、读书、藏书也涉及很多的经济学问题。"

"我好不容易来一次北校区图书馆，你帮我多借几本。"

"嗯，关于这个问题，著名是经济学家茅于轼曾深有感触地讲过'书其实是不能滥读的，读书不在多，而在精，而在透！'这话说得多有道理啊。我们不应该是为了读书而读书，主要应是为思考而读书，书是启发我们进行思考的，滥了何用？多又何益？事实上，如果没有自己思考的加入，读书可能还真是桩害人的事。"

"那你先说说我借什么书？哪本书最好！"

"唉，现在图书馆的图书也是汗牛充栋，鱼龙混杂，判别一本书是否值得精读十分重要，这当然少不了高人——比如我的指导。"

"别吹牛啦，快点找！"莫蓉睿催促道。

很快莫逸飞就找到两本通俗易懂而且内容比较丰富的经济学参考书。因为在图书馆耽误的时间比较久，出来时已经 5:00 多了。去饭堂的路上，莫逸飞还在一直不停地说着有关读书的经济学。

"其实在图书馆借书用经济学的术语讲是一种效用外溢，学校图书馆购买成千上万的藏书，全校师生享用，有的时候外校朋友还会来借，这个时候书本的拥有和消费就产生了外部性，而且是正的外部性，借书读的人会有效用满足。而且这还不用担心侵犯知识产权。"

"那倒是，我最近借了很多小说书呢！"

"图书馆里小说多的是，不过也要读些经典的才好！其实，读书也体现了你的消费偏好。以你为例，除了专业书籍，你现在还选修了经济学，因此要阅读这方面的书籍，以满足你的偏好和效用。而像我比较喜欢阅读历史类、文学类书籍，这就存在明显的消费偏向性，在我的消费习惯中，历史书籍的需求弹性很大，一打折或展销，我就忍不住跑去看，而小说的需求弹性就比较小，有的时候别人送我的都读得较少。"

"读书虽然能够带来效用，不过很多我想读的书在图书馆都没有。"

"呵呵，可以买啊，书籍是一种耐用消费品。一方面体现在初次消费的时间消耗上，在我第一次阅读的时候，一本书少则花上一周，多则一两个月；另一方面，书籍可以长久保存，时翻时新，知识不会变质，而且每次读都会有不

同的心得体会，尤其是一本内涵丰富的作品，它给人的感受是全方位的，因此在个体不同时期消费过程中体现出差异化服务：领悟智慧，寻找慰藉，或掌握武器。"

"现在书好贵的，你帮我买！嘿嘿！"

"购买书籍可是个学问，要实现收益最大和成本最小。其实，就算是借阅图书，那也是要付出交易成本，这时交易成本主要表现为搜寻成本。有时为了找到一本确实有用的书，踏破铁鞋也不一定能在图书馆的书架上搜索到，因此就要经常逛书店，这时的时间成本也是一种支出。事实上，女孩子往往都喜欢逛逛街、看看电影，这样算来，读书的机会成本是非常高的。"

"那确实！都是你害得我喜欢上了经济学。幸好你才借了两本，要不得耽误我多少时间啊！"

"呵呵，这正是我要说的。看书要做好选择。正所谓"经典一部，胜读杂书万卷"。经典书籍和其他书的关系，好比蜂王浆和蜂蜜的关系，是以一当十，以一当万，很经济。如果你在借书之前不做鉴别，借来就用，借到好的幸运，借到不好的那甚至会起反作用的。"

"这些道理说起来容易，做起来我看挺难的，选书就是个难事儿！"

"嗯，这个就需要些技巧，例如，借阅系统里有关于图书借阅次数的数据，经过排序可以找到那些借阅次数较多的参考书。这里面的道理和人类的发展史差不多，人类历史大浪淘沙，剩下的经典就越淘越纯，越来越精。"

回眸点睛：

　　在读书学习中，最经济的方法就是以简驭繁，以少数经典带动海量知识的学习掌握。其实，历史的筛选是反复重演的，重演多了，留下来的就越来越浓缩、越来越经典。好比我们复习功课，越复习速度越快，所需记住的东西越少，越到后来越是只需要记住极少数关键点，所谓"书越读越薄"，这是个加工提炼过程、创新过程。最后甚至可以把一本厚书压缩成几个基本概念和基本原理。只要抓住要领，纲举目张，无量信息都可以一网打尽，就如"海纳百川，万叶归根"；否则，不得要领，一杯水也可以呛死人。

　　所以要讲究读书经济学，掌握窍门，以简驭繁，以少数经典带动海量知识的学习掌握。经典和其他书的关系，好比蜂王浆和蜂蜜的关系，是以一当十，以一当万，很经济。这是历史选择的结果，历史大浪淘沙的结果，其实也花去了不少成本，因为选择的过程要去伪存真，要去粗取精，要费工夫、动脑筋。前人费了工夫、动了脑筋、花了成本，后人不利用，那就浪费了，是不继承祖业。

2.9　人气最旺的马经课
——点名中的经济学

　　"知道吗？今天马经课快下课时点名了！"

"老师太狡诈了，我熬了一节课他不点名，这下可惨了！"

"要说在大学里，有些老师就喜欢上课点名。点名的方式也是千奇百怪，让人摸不到头脑！想逃都不敢逃！"

"这马经课点名那是最勤的，要我说这点名和老师的能力绝对成反比关系！君不见，水平越不怎样的老师就越喜欢上课点名，但是那些名师很少有上课点名的偏好。"

"也不能这么说，有些必修课确实很晦涩难懂，通过点名方式强制学生上课还是管用的，这样可以让学生学习更多的知识，因此是一件好事。"

"我不这么认为。点名是否是好事应该放到整个学校来看，是否更有效率和使学生在有限的四年获取更多的知识才是最重要的。"

"你说得有理，但是学生的任务主要是学习，不管什么理由，逃课往往是无心学习的表现，那么就非常有必要通过上课点名的方式解决这种现象。如果每个老师都不点名，疏于管理和约束，那学生可能会堕落下去。"

"这些道理大家都懂，不过如果一个人真的不想学习或自习更有效率，逼他来上课，效率岂不是更低？那可能就会'身在曹营心在汉'，或者他却睡觉或干别的事情，心思不一定在课堂上。强制就是无效的了。"

"我同意这个看法，一直以来，我们观念上总是认为一个合格学生的最基本要求就是不逃课、不迟到。可是经济学告诉我们资源是稀缺的，时间也是稀缺的，学生的时间资源尽管相对宽裕，但是两个小时用在上课上，这两个小时就不用来到图书馆看自己喜欢的书。因此就必须做出选择。如果这两个小时用在上课的效用是 4、到图书馆看书为 8、睡觉是 2、显然到图书馆看书的机会成本最小，效用也最大，可以说图书馆自习的一小时顶得上上课两小时。但是如果老师上课点名，那么他的行为就发生改变，只能选择上课。这时，上课点名无非就是扭曲价格信号的作用，让资源得不到最有效配置。"

"你说得有道理，不过无论怎么说，读大学不是免费的，作为学生，交了学费却不愿意上课，那么说明什么问题？我想这个就好比顾客到饭店吃饭，自己花钱点菜，但是不愿意吃这些菜。为什么自己花钱点菜却不愿意吃？所以，我想问如果那些课程趣味无穷，我们会选择逃课吗？有些教授上课从来不点名，但是不仅没有出现严重逃课现象，反而每个人都很愿意听课。"

"你说的其实和我说的是一个意思，如果课程趣味无穷，那效用可能就会是 10，当然我也选择听课，但具体问题要具体分析。只有建立在自愿基础上的资源分配，才能增加整个人的效用。老师上课点名，本质上就是强制学生来上课，像一种强买强卖的行为。作为老师，拥有在课堂讲解知识的自由，但是作为学生，也有不购买的自由。"

"我觉得老师那么辛苦给学生上课，哪怕讲得不好，作为学生也应该来上课，尊重老师的劳动成果。"

"你说得不对，如果这个理由成立的话，我也可以说，我最近辛苦写的那篇文章，哪怕写得不好，报刊也应该发表。事实上，并不是我们付出成本就需要社会认可，而是提供产品或劳务是否满足这个社会需要，这是产品的使用价值。"

"上课点名看起来理由很多，似乎还很有道理，但是难以站住脚。我认为上课点名行为侵犯了学生自由选择权，阻碍老师之间积极改进教学质量，从而无法增加社会福利。因此，如果以增加社会福利为目标，那么就应该取消上课点名。"

"但是不可以否认，确实存在一些无心学习的学生，他们整天沉迷游戏之中。如果上课不点名，那么他们就不会来上课，更加不会主动学习。因此，很多老师觉得对付这种学生，非上课点名不可。"

"这就不对了，你得想想为何学生喜欢以应付方式混个文凭？什么原因导致学生不喜欢学习或上课？这些都是值得思考的，没有把问题弄清楚，就开出上课点名药剂，我想不仅问题没有得到解决，还会一错再错。其实，通过上课点名方式提醒他们要努力学习，还不如从最根本问题入手。只要严格把握考核这关，以考试结果论英雄，我想那些学生肯定会认真学习的。"

"但是如果考试时，学生可以作弊，或者老师提前告诉学生试题，那么还有多少学生会认真学习？一个学生经过严格考试之后，能够取得好成绩，那么他就是优秀学生，而不是他到底有没有逃课？即使他一节课都没有上，一样可以考出非常好的成绩，那么就应该给他掌声。因此，作为老师，应该在最关键的地方把关，对学生进行严格考核，那么就不用老师动员学生努力学习。"

"我觉得这是老师和学生的博弈，虽然上课点名可以增加积极性。但是背后的代价是沉重的。老师希望通过点名方式维持上课人数，可能导致不思进取。在这种点名体制保护下，作为老师，不改进上课质量来吸引学生上课，长期下去，就会形成恶性循环。"

回眸点睛：

大学里最重要的是老师。在商业化的社会氛围下，很少有老师专心学术，都想出去赚钱。这反映了现在教育制度的一个缺陷。对于一般大学教师，应该引进竞争。取消点名，根据愿意到课情况判断老师的讲授水平。没人愿意去的课，该课的老师会被惩罚甚至开除，对于总是满课的老师，进行奖励，这样老师的积极性就调动起来了，也断了那些混日子的老师的路。

但是实行起来有困难。必须有一个假设，就是学生都是爱学习的，如果不是这样，评判老师水平的标准就没科学性了。这一点，我想在好的大学是存在的；另一点，教育毕竟是个人性的事，学校也不是企业，引进竞争似乎缺乏了人文情怀，对于这个学校也不是很好。所以这是个不得已的方法。

2.10　点灯熬夜为考试
——校园中的绩效考核

"好紧张，完了，考不好了……"

莫蓉睿寝室的王珊珊考试前压力很大，夜里总说梦话，弄得大家也紧张分分的。

一早儿起来大家就批判她夜里说梦话，害得大家都没休息好。

"我也不想啊，可是我真的担心考不好啊，听说考试不及格须交费重修，多可怕啊。"

"不用那么紧张，好好复习不就得了。"

"你说得轻松，你高数学得好当然不用愁，那个微积分也太难了，我看我是要挂了……"

"要说学校也真是的，考不好补考不就得了，还得要交费重修，还开那么难的课，没办法，谁叫咱们是学生来着。"

"唉……学校也是为了有助于管理和学生学习的进步，好好努力就是了。"

"是啊，没人喜欢考试，但是不考试又是不可能的。"

"其实，也别把考试想得多恐怖，学校的考试制度类似于绩效考核，虽然没人喜欢，但确实是一种衡量学习效果和学业完成状况的方法，如果不考试，那谁还会认真学习那么多晦涩难懂的基础课程啊。"

"对，这点其实就像公司里的绩效考核，换位思考一下，学校老师其实不也要出卷子、监考、评分，占用时间不说，还出力不讨好，可是没办法嘛，家长把学生送到大学学习，学了一学期总不能连个凭证也没有吧。学校就只能采用考试这种绩效考核制度，一方面提高学生的学习效率；另一方面检查教师的授课能力。"

绩效考核本质上是一种工具，关键是如何利用好它。一把好剑用在好人身上可以除暴安良，用在坏人身上则是滥杀无辜。所以说绩效考核本身没有错，错在我们没有理解它、用好它。其实不需要学校的督促，我们在做事情时也常会用绩效考核的方法对自己获得的能力和收益做出评估，比如，小花天天喊着减肥，你看她平时经常锻炼，每天都测一下体重，体重减少了就高兴，增加了就紧张，还会惩罚自己少吃一顿饭，这和考试不及格要交费重修差不多嘛！"

"是啊，林蓉睿天天督促男朋友戒烟也是一种绩效考核，虽然这种说法有点庸俗化，不过道理差不多。看来还不能小瞧了绩效考核。"

"其实我们身边有许多的经济现象，只是我们不去了解，只有通过有目的的学以致用才能真正发挥作用，也才能对身边事物的认识升华，而不仅是抱怨。"

当然，学校的考试如果能够达到我们这种讨论的效果，并对自身的完善性常做一下'考核'也是不错的。"

"新出的考试制度对学校来说是一种变革，考试不在于要把人分成'三六九等'，和增加学校收益，当然，学校应该对这种考试制度的推行进行宣传，让学生知道学校考试制度并非恶魔，而是一种'爱你也是爱自己'的方式，同时，不断根据反馈结果进行改进。"

回眸点睛：

绩效考核也称成绩或成果测评，绩效考核是企业为了实现生产经营目的，运用特定的标准和指标，采取科学的方法，对承担生产经营过程及结果

的各级管理人员完成指定任务的工作实绩和由此带来的诸多效果做出价值判断的过程。

绩效考核是一项系统工程，涉及战略目标体系及其目标责任体系、指标评价体系、评价标准及评价方法等内容，其核心是促进企业获利能力的提高及综合实力的增强，其实质是做到人尽其才，使人力资源作用发挥到极致。

学校的考试制度也是一种绩效考核方式。促进学生学习是这项制度设计的目的。学生也可以通过学习理解这种制度，对自身的发展和收益进行有效的自我考核。另外，随着社会发展和文明程度的进步，学生越来越追求个人的解放和个性的自由。为了维护学校及学生的利益，学校有必要通过结构调整来约束和重塑学生的行为，以达到制度设计的目的。而学生也应该更主动地参与到这种制度中。从而达到制度考核的双赢，而不是害怕考试，抵触考试。

2.11　抄还是不抄
——学会用博弈的方法思考

临近期末考试了，只剩下博弈论的课还没有讲完，要说这个课虽然很有意思，不过学起来还真很难，最后一节课老师带领大家做了一个小结，回顾了一些比较经典的博弈。剩下的时间交给学生自己复习。本来挺好的事，没想到几个平时不用功的学生在课堂上准备考试小抄被老师发现了。要说这个老师很有策略，并没有直接指出，而是要求大家用博弈论分析一下考试作弊的事情。

"先给大家几分钟思考时间，一会儿有想法的站起来讲讲。"博弈老师说道。

大学生考试作弊经常出现，特别是一些不太重要的选修课或比较难的课程。所以大家的兴趣一下子被调动起来，你一言我一语地讨论起来。

讨论了一会儿后有同学起来发言了。

"我觉得大学生考试作弊的博弈问题是典型的建立在'个体行为理性'基础上的'非合作博弈'。学生的个体行为始终也是以实现自身的最大利益为唯一目标，当然，学生考试时，其最大利益就是要想方设法取得高分，学生作弊是只有一个博弈方的单人博弈。在考场上，考生（即博弈方）不知道在考试作弊是否会被老师发现，于是出现了一个不确定的因素，即存在作弊时会被老师发现和不被发现的概率分布。"

"有道理，教师在这个博弈中尽管负有维持考场纪律的责任，但基本不想追求自己的所谓'得益'，因此我们也不必过多费心去考虑他的'得益'。"

"我觉得大学生考试作弊的决策问题虽然表现为实质上的单人博弈，但形式上是两人博弈。重点需要考虑的是学生最后应如何决策，最后他的得益结果如何？由于此问题本身带有许多不确定因素，因此最终的结果一般是无法预先确定的。"

"这位同学说得很好，能不能再具体些？"

"我还没想好！"

"这个思路是对的，那你们一般在解决带概率分布的具有不确定性的问题时常用的什么指标来判断呢？"

"数学期望值！"有人说道。

"好，那你有什么想法？"

为了将问题简单明了地表达出来，我们做一些假设就可以大致确定学生的选择了。如果学生没做好复习，在考试时学生选择作弊，假设得益为 80 分的概率为 80%（不被老师发现）；得益为 0 分的低分的概率为 20%（被老师发现）；而考试不作弊时，得益均为 50 分的概率则接近 100%。于是，学生为达到个体的最优化问题，一般会在没做好复习的情况下选择考试作弊。"

"说得没错，博弈过程中最重要的信息之一是关于得益的信息，即博弈方在每种结果（策略组合）下的得益情况，你刚才的假设就解决了这个问题。但除此之外，对其他博弈方在各种结果下的相应得益也要完全清楚才行。在学生决定考试作弊与否的决策中，学生完全了解监考老师的得益，是'具有完全信息的博弈方'，而老师作为形式上的博弈方，并不完全了解学生是否会作弊，因此是'具有不完全信息的博弈方'。从这个重要的信息上看，考生在考前没做好复习的情况下，选择作弊的'最佳策略'就很好理解了。"

"同学们说得很有道理，大学生考试作弊在国内外的学校中具有相当的普遍性，可以说是屡见不鲜。当一个学生个体只为自身的利益打算时，就会选择考试作弊这种策略。但我们知道作弊的这种个体的行为不一定真能实现自己的最佳利益，可见这种形式上的最优策略并不可靠。"

"我认为，一次考试中的作弊是一次性的博弈，学生的选择与最终结果都无法确定，这只能根据机会、运气来决定结果。可是考生在没做好复习的情况下，会有冒险就可以及格的侥幸心理，每一位想作弊的学生（博弈方）在做出自己的选择时（作弊或不作弊），虽然不能完全确定对方（监考教师）的选择（被发现或不被发现），但不能忽视对方的选择会给自己的得益带来什么样的后果。因此，考生会根据对方面临的选择机会做出最有利于自己得益的选择，也会因此选择最为隐蔽的作弊方式。"

由于目前的考试结果和很多事情挂钩，许多大学生在考前都在作弊与不作弊的两难选择中徘徊，但也不得不重视作弊后被老师发现所面临着的惩罚。如果选择不作弊而考前又没做好复习，其结果必定是不及格，其利益必将会被选择考试作弊的学生所蚕食；而如果选择了考试作弊，则能够在众多作弊的同学中选择主动，率先获利，得到高分，从而成为成绩竞争中的强者。面对这种局面，越来越多的大学生会在考试中选择作弊，以保持自己在同学中间的竞争优势与既得利益。这样，考试作弊的现象就会这样一次次地发展下去，导致一种恶性循环。

回眸点睛：

我国著名经济学家汪丁丁曾说："考场作弊的经济学理由在于：获取知识所必须支付的成本大大高于知识的市场价格。作弊是知识的普遍的异化，知识的内在价值完全被忽略，知识沦为外在标签的附属品。"学生作弊现象是飘浮在教育业晴朗天空中的一块阴云，久聚不散，也是困扰了各高校多年的顽症。

大学生们往往"为了考试及格而作弊"，这已成为学生冠冕堂皇的理由，这充分表明了考试的功能已经异化，学习也蜕变成为一种急功近利的行为，

考试也失去了它本来应有的作用与价值，由此看来，考试带来的负效应甚至大于考试的正效应。

作弊作为考试的产物，必然与之并存相当长的时期，对于预防大学生作弊，有人倡议无为而治，有人认为要加强思想政治教育、加强学风建设，使大学生树立远大理想和正确的学习动机，增强公平竞争意识，并加强考试各个环节的管理及师资队伍的建设，从一定程度上缓解考生作弊的行为。

2.12　考试作弊面面观
——教你几个理财小常识

最近学校出台了考试新规定，规定不及格的学生要交重修费，挂科多的学生还要留级，这条消息在莫逸飞寝室一下子炸开了锅。

大家一时间议论纷纷。

"要不留级还不简单，只要把分数考得高一点不就得了！"老六说道。

"哪有你说得那么轻松，你是状元，我可不是啊。这可怎么办，怎样才能把分数考得高呢，像我这样的人应试的水平已经摆那儿了。且不说学校考试，你看英语四级考试现在还一大批没过呢。"老四愁眉苦脸地说道。

"不是说'临阵磨枪，不快也光'嘛，考前突击，要不怎么办？"

"唉……考前突击只怕没有用啊，平时熬夜打游戏，第二天都得睡到大中午才起来，这要是考前突击，上了考场睡着了岂不更惨。听说有一男生做梦梦见自己在考场睡着了，一下子惊醒了，发现真的是在考场，那是郁闷至极啊。我本来就不能熬夜，要是临阵磨枪，那还不把体力都消耗没了，到时候一上战场就体力不支，直接举白旗得了。"

"谁叫你平时不上课，那你打算怎么办？"莫逸飞问道。

"我呀，准备选择一条捷径！"

"作弊！"大家异口同声地说。

"你这招不行，现在监考可严了，弄不好更惨。"

"说实话我也知道作弊不好。但学校突然袭击，我也只能身先士卒，死而后已了！其实，考试作弊的方法千奇百怪，掌握几种实用的就行。"

"你学习不咋样，研究这个还挺在行啊，'砖家'嘛！"

"那你看，要说作弊和经济学可是息息相关，我就是靠这理解很多经济学概念呢。"

"你倒是说说看，说好了，本大爷有赏。"

"要说这第一招就是偷看，这种方式就像银行储蓄。收益虽小但风险也小。尽管往往看不到多少东西，可能还平白无故浪费了不少时间。但它安全系数比较高，就算被监考人看到了，也只是叫你注意一点儿。"

"呵呵，你真行，都和经济学联系上了。"

"那是！这第二招就是打小抄，这种方式好像是买债券。收益还凑合，风险也一般。可以说是深受广大学生朋友的支持和喜爱的方式，有人甚至觉得要是考前不准备一张小抄，就不能静下心来考试，尽管有时候这张小抄一直放口袋里，完全没用到过。但它能给人带来心理上的安全感啊。"

"有点儿道理，继续继续！"

"什么叫有点儿道理啊，那是非常有道理的！接下来就是作弊器。这都是科技惹的祸，随着社会的发展，人类历史的进步，作弊也是更上一层楼，君不见每年四、六级考试什么手机短信、作弊器之类的。这些高科技作弊就好像买股票，别人发过来答案直接就能抄了，收益非常大，但风险也不小，一旦被抓到，耳朵上的作弊器、手机里的短信记录铁证如山，绝对逃不了，而且会惹起老师的暴怒，就好像股票套牢。绝对让你吃不了兜着走。"

"行啊，你小子歪理是一套一套的，看来金融实务考试你肯定没问题了，不过你可忘了一种方式——替考！"老大提醒道。

"小瞧我不是，要说替考，那简直就是借高利贷去赌博的。风险和收益那是贼大，成功了，无限快乐；失败了，两人全玩儿完。"

"真服了你小子了，看来什么场合都可以做到学以致用啊。"

"难道你真的打算选择作弊吗？"莫逸飞盯着老四问道。

"唉……要说选择作弊，虽然无奈，不过，作弊与否就像我们博弈论课上讨论的一样，也是理性的选择。不管怎样，我是不会选择作弊的，这有违做人的诚信原则。"

国外学者莫福特曾说："在大学，作弊似乎像呼吸一样自然。像阅读、写作、数学技能那样，作弊是大学生的一种重要学术技能。"

大学生作弊是大学校园中一个非常普遍的问题。在高科技飞速发展的今天，大学生作弊的手段层出不穷，除了传统的偷看、换考卷、传递纸条等方式外，更是充分利用现代化工具如手机、BP 机、对讲机、作弊笔等工具。

在一考定乾坤的今天，作弊已成为一种考试时的流行现象，这是缘于大学生的投机心态。学生从某种程度上讲处在一种弱势地位，考试成绩成了一个硬指标，更加刺激了学生的作弊动机。作弊的学生也不是一开始就有作弊动机的，而是经历了一个过程。

种种考试作弊的方式就像一些风险和收益不同的理财方式一样。风险和收益总是对等的，而收益是要付出成本的，收获了高分的成绩，付出的却不仅是道德的丧失。

2.13 挂科的经济学分析
——基本经济学概念的回顾

折腾一周的考试终于落下了帷幕，没几天就出来成绩，寝室里老四点儿背得很，挂了一科。大家本以为他会十分沮丧，没想到挂科和他好像没关系一样，他一点都没在乎。最后反倒是大家先沉不住气了，于是晚上大家准备集体批判老四。

晚上，老四如期而归。老二首先做了开场白："老四，你快点洗漱、上床，大家有话说。"

老四一听二哥发话，不敢怠慢，赶紧以最快的速度完成洗漱任务，等待大家发言。

"老四，你知道不，这次我们寝室只有你挂科了，要不是你挂了一科，咱们寝就是唯一没有挂科记录的寝室了。这个先不说，你说挂科还得重考，你平时就不能好好用用功！"老大首先发言，定了主题。

沉默了好一会儿，老四也没开口，大家都纳闷，看来这次对他的打击真不小，"你们说话也别太重了，还是早睡吧。"眼看批判进行不下去的时刻老四开口了。

"其实，挂不挂科，也在于自己的选择，不是我不用功，这不是学习态度问题，从经济学的角度去看，这是利益权衡的问题。从某种意义上说也是我理性的选择。"

"什么？还理性选择，你经济过了头吧！"

"你们听我说，这就像你们选择不加入社团是因为想好好学习，因为你们觉得加入社团太耽误时间和精力，机会成本比较高。而我觉得放弃社团工作的机会成本比较高。就拿考试这事儿来说，考试要想取得好成绩，需要很大投入，如果想得高分，光备考阶段搞好还不行，平时也必须认真，其中就会丧失某些个人的自由，还需要大量的时间投入、精力投入，甚至资金投入。就像鲁迅先生说的，要把喝咖啡闲谈的时间全部用来读书。相比之下，如果我能够在社团获得更高的收益，我就需要放弃一些用于学习的时间和精力，从而才造成挂科的出现，从这个角度讲挂科是我的自然与理性选择的结果，就像年龄较小的体育运动员为了参加奥运会暂时放弃学业一样。有时只能宁愿先选择挂科然后再利用假期时间补上来。"

"嘿，还没瞧出来，你这些歪理解释得很不错嘛！不过你别拿经济学当幌子，给自己找借口。"

"别讽刺我了。其实，你们明白选择不挂科还可能付出更高的'沉没成本'，谁也不能保证学了就一定能过，像'高级微观经济学'那玩意儿，就是学两年我也过不了，因此，往往这时候主动选择挂科的可能性就会增加。反正学不会，又不打算作弊，只能选择先挂科、再补考。"

"按照你的意思，挂科是一种经济、理性的选择，甚至有时候是上策！"老大吼道。

"我完全不是这个意思，学生首先要好好学习，并且学着处理好学业与其他事情的关系，挂科的选择实在是下下策。"老四看老大发威了，赶紧解释道。

"那你还振振有词！"

"我这不也是郁闷着嘛，权当安慰一下自己，挂科了，我自己最难受！"

沉默了一会儿，见大家都不言语，老四继续说道："挂科是有很大风险的，不过这也说明挂科本身是一种经济行为，有风险、有收益，最主要的是计算投入产出比，如果我不挂科，我能得到什么收益，不用支付重修费，不需耗费更

多的精力搞重考，而且，说不定还可以拿一笔奖学金，当然可以像你们一样其乐无穷；然而，虽然我挂科了，但那是因为我一开始就分析过我在这门课上付出很多也不一定学会，尽管这是一门必考课，但不是主专业课，所以一开始，我就逃课，从而也就不必在课堂、书本、备考上浪费时间，而且整个学期我都可以安心地去做自己喜欢的事情，搞社会实践活动、参加社会公益活动等，在这个过程中我收获颇丰。因此，虽然现在痛苦，但是我其他科目考得很好，这门课我假期没事的时候用用功，还是可以考个及格。没办法，我也是被逼无奈。"

"经你这么一说，倒是该我们同情你啦？"

"同情倒是不用，我很在意你们的关心，你们也是为了我好。"老四真诚地说。

"还行，咱哥们儿真不在乎你拖了寝室后腿，主要还是为了你好！"

"我知道，那你们就再行行好，让我说个痛快，要不我会后悔得拿块豆腐撞死。"

"唉……真拿你没办法，每次卧谈都变成你的演讲会！"

"那我先谢谢各位兄弟。另外，我考虑如果把考试当做一个消费品来看待，那么我们学生就是选择是否通过考试的消费者，拿我来说，是选择通过还是不通过就看我对这个消费品的偏好程度，众所周知，当消费者享用消费品每增加一单位效用与这种选择的付出相等时，他就实现了效用最大化。"

老四顿了顿，看大家没有反对，继续说道："理解做出挂科的选择的关键是对效用的解释。效用是消费者享用消费品时获得的满足程度，如果他觉得为了通过考试而进行的各种准备是一个痛苦的过程，那么他就心甘情愿地选择挂科。效用是主观的，完全取决于个人偏好，不同的学生偏好不同。当然，老生常谈的就是机会成本，挂科之后需要重修、重考。这里面就有个时间机会成本、精力机会成本的问题。但是没有重修，我的假期也大部分用来睡觉和打游戏了，因此假期复习重修也不一定是坏事。当然，前提是重考必须得过。"

"行了，你不用说了。总之一句话，你选择'挂科'是没办法中的办法，但是很值得的，因为时间精力的稀缺，机会成本的存在及个人偏好的不同，作为一个'经济人'，在不能两者兼顾时，只能用较小的机会成本换尽可能多的收益。没错吧？快睡吧，你看只有我陪着你了。"老大坚持说完也睡着了。

夜已深，大家又被老四的长篇大论讲睡着了。

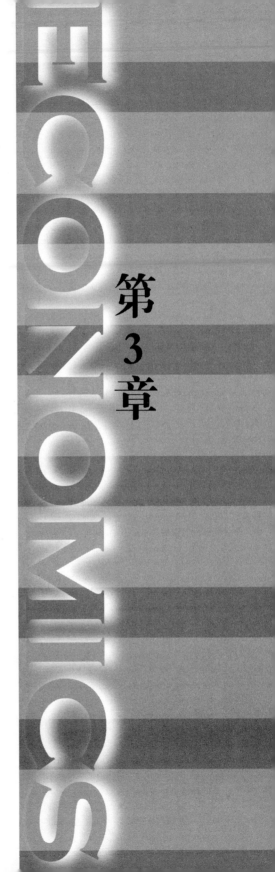

第 3 章

恋爱经济学

LIANAI

JINGJI

DAXUESHENGHUO

JINGJIXUE

XUE

3.1 选课经济学
——用"博弈理论"选到喜欢的课

"哥们儿，今天我们舞蹈社团新招募来一个美女，身材超级棒，那舞跳得好极了。"老四一从舞蹈社团的活动回来就赶紧向大家传递情报。

"怎么？你有想法……"老二瞟了老四一眼说道。

"那是，超级有想法，瞧瞧你们，萝卜白菜都能将就，我等了这么久没出手，就等这一天呢！"老四得意地说着，好像美女唾手可得一样。

"算了吧，你就别癞蛤蟆想吃天鹅肉了！"

"别损人啊，什么癞蛤蟆，本人可是一表人才！"

"快行了吧你，就算你是帅哥，那漂亮女生也不能为你留着，那么多帅哥都死啦？甭想了，人家肯定早被追到手了！"老二随口说道。

"此言差矣，你怎么就知道我见到的美女都名花有主？"老四不服地追问道。

"那还用说，像你形容的那么优秀、那么漂亮、集能力与容貌于一身的，不早被人家'挖掘'了才怪！"

"我就真不相信，下午我就打探一下去。"

"不用打探，她要是没有，那就是精神有问题，要不就是有啥毛病，不然怎么会这么优秀还没有男朋友？"

"你这是形而上学，你肯定经济学没学好。"老四不屑地说道。

"我经济学没学好？这跟经济学有啥关系，用脚大拇指都能想明白的事情，还用得着经济学，还什么形而上学。你会的还挺多？"老二讽刺地回敬道。

"要我说你就是吃不到葡萄说葡萄酸。你想想，你说她肯定有男朋友，她要是没有男朋友，那肯定是有病。你这个结论的前提是她优秀的信息所有人都完全了解，用经济学的术语将就是市场是完全有效的，市场的高效率保证它时时出清。这确实是遵循了新古典经济学的一个很重要的假定。然而，实际的情况是，由于存在信息不完全及不确定性等因素，市场并不总是完全有效的，很有可能这个女生刚刚失恋，还没有发现身边有合适的对象。也有可能之前没有遇到我这样的帅哥，再不就是那些帅哥都是你这样的想法。所以我说你得出这种结论的前提错了。"

"行啊，别的学得不咋样，用经济学分析爱情的能力很强嘛，你可以成为'砖家'啦！"老二哈哈大笑着说道。

"你还别说，用经济学分析爱情是很有意思的事情，我最近就在研究，咱这可绝对是学以致用。你们那是光学不用，就是用也没用到地方。"

"好了，不和你斗嘴了，其实你用经济学中的'完全信息'这一原理对分析爱情是很管用的。在爱情市场上只有力争掌握更完全的信息，成功的概率才能增加。比如，全面去了解你所追求对象的性格爱好、学习经历、父母等家人的情况，甚至情敌的信息，只有充分交流、掌握信息，才能获取爱情。"

"那是，你没看成功的男生对女友的室友及身边的人都非常好，那是为啥？

还不是想通过这些人掌握必要的信息。那些只知道一门心思暗恋而不懂得搜集信息的人，没有几个能成功。信息不完全就是不行。"老四俨然成了一个专家。

"道理是没错，不过总有信息不完全的时候。"老二提醒道。

"我觉得信息不完全不仅是指那种绝对意义上的不完全，即由于认识能力的限制，人们不可能知道在任何时候、任何地方发生的任何事情，而且是指'相对'意义上的不完全。所以，这时才要千方百计地通过各种渠道'购买'信息。只和女朋友的室友相处得好不行，还得三天两头用各种美食什么的'贿赂'一下。"

"看来想达到'信息完全'真不是一件容易的事情，也要付出很多啊，我当年就是这么走过来的。"老二感慨万千地说道。

"那当然，作为一种有价值的资源，信息可不同于普通商品。人们在购买普通商品时，先要了解它的价值，看看值不值得买。但是，购买信息商品可无法做到这一点。人们之所以愿意出钱购买信息，是因为还不知道它，一旦知道了它，就没有人再会愿意为此进行支付。这就出现了一个困难的问题：卖者让不让买者在购买之前就充分地了解所出售的信息的价值呢？如果不让，买者就可能因为不知道究竟值不值得而不去购买它；如果让，买者又可能因为已经知道了该信息而不去购买它。在这种情况下，要能够做成'生意'，只能靠买卖双方并不十分可靠的相互信赖：卖者让买者充分了解信息的用处，而买者则答应在了解信息的用处之后购买它。显然，市场的作用在这里受到了很大的限制。"

"你太厉害了，我是自愧不如了，不过按你说的，你想打探消息也得先请人吃饭什么的，而且还不一定弄到你需要的信息，为你的信息完全而战吧！不过你有一点可别忽略了，正所谓'知己知彼'，你也要对自我有个相对完全的信息才行，否则，付出了成本，得不到回报，那可就变成沉没成本了。加油吧，兄弟！"

"嗯，不成功便成仁，不管怎样，到时我可以总结一本大学生爱情经济学。"

回眸点睛：

所谓完全信息，是指市场参与者拥有的对于某种经济环境状态的全部知识。

新古典一般均衡理论认为经济主体在既定约束条件下按照收益最大化原则进行选择，即使在不确定的世界中，市场中每个变量的概率分布对经济主体来说都是已知的。即消费者在每个时点上都了解市场上各种商品的全部可能价格及自己的偏好、存货，并且能够在个人的环境状态（偏好和资本）和市场价格基础上计算出超额需求。

其实，一般均衡理论描述的是一个静态的理想的经济世界，在这个世界中，具有完全信息的信息体系被每个市场参加者无偿使用，而每个市场参加者也都具有有限的信息需求，市场价格将灵敏地反映市场供求变化，而供求也能服从价格指导，进行合理调节，这样，价格将最终处于均衡位置上。当然，这个均衡价格在某些时候有可能会发生轻微波动，但价格体系在总体上

完全承担管理市场供求和指导市场出清的责任。

显然，一般均衡体系是以环境状态中存在完全信息及经济主体具有完全信息需求为条件建立起来的。完全信息需求是经济主体在经济活动中所表现出来的一种心理和理想的信息需求，这种信息需求在本质上是难以实现的。所以，即便从信息需求角度看，一般均衡体系也是一个极为典型的理想化均衡模型。

在现实经济中，没有人能够拥有经济环境状态的全部知识，尽管某些新古典经济学家声称：我们并不需要完全信息，但是，市场机制事实上并不集中所有经济主体所需的市场信息，价格体系也不能长期保证社会稀缺资源的有效配置。更为重要的是，不同的信息结构将导致经济体系发挥不同的经济功能。

3.2　有花堪折直须折
——爱情的偏好和效用无差异曲线

"老五，咱们寝室老四都要出手了，你怎么打算，还想一个人啊？"

"我是'好好学习，天天向上，大学期间，不找对象'！"老五坚定地说。

"我说你小子行啊，还真能忍得住。我看你别死撑着了。像你这样面似小贝、貌比潘安、帅而有形、英俊潇洒的，你要是不赶快解决个人问题，那不仅害死很多痴情女生，而且连我们这些有女朋友的也不放心，那些没女朋友的可更是恨得手都痒痒着呢。"

"唉……那也不能怪我啊！大家还是快睡吧。"

"你小子，看来今晚卧谈又泡汤了，我们这不也是为你好嘛，找个女朋友多好，一来缓解异乡独身一人之凄苦，二来也免去你父母着急，都大三了还没个女朋友怎么行。"

"那你们觉得什么样的女生比较好呢？"老五顺口问道。

"要说这男生追女生，要求无非就两方面：一是人品加性格；二是相貌加身材。可惜近来世风日下，人心不古，大家越来越追求脸蛋和身材，虽然大家嘴上说只要性格合得来，不管丑俊都可以，但暗地里一个个只瞅着美女下手。至于什么样的女生好，就看你的偏好了！"老四戏谑地说道。

"我看咱们老五虽然看起来十分随和，但对未来女朋友的要求肯定有他自己的一套想法，你自己说说喜欢什么样的？"

"其实我也没什么要求，在我心里，我觉得女生基本都是心地善良的。我对女生身材要求不高，只要不是水桶腰就行。但是咱这么帅怎么也得找个漂亮的不是，所以我比较看重相貌和性格。"

"就是嘛，你自己长得这么帅，身边没个美女怎么像样子，再说你性格有些内向，找个性格和你合得来的很重要。"老四在一旁出谋划策。

"不过，好性格和好相貌很难两全。"

"这个倒是没关系，我也不是非要两全其美，我认为性格和相貌这两方面在一定程度上是可以互相替代的，只不过这两方面给我带来的边际效用是递减的。"

"这都能互相替代？还边际效用递减呢，什么意思？说明白点儿。"

"很简单嘛，二者相互替代就是指一个相貌不好的女生可以通过自己温柔的性格弥补自身魅力的不足；同样，一个女生如果气质与相貌俱佳，就算脾气有点儿坏，我认为也可以慢慢磨合。二者的边际效用递减是指，一方面，美女看得太多了，会造成审美疲劳，时间久了，再多的激情也会像人家说的'左手牵右手，一点感觉都没有'；另一方面，如果一个女生的脾气太好了，处处照顾你、体贴你，有时候反而让人觉得她没有个性，生活失去新鲜感。"

"行啊，老五，平时没看出来，你用经济学分析爱情不比我差啊！"老四似乎找到了知音一样。

"那是！我们通过对自己的一番分析，可以得出爱情需求的无差异曲线，以横轴代表女生的相貌，而纵轴自然就是性格。只要将没有男朋友的女生在坐标上进行了定位，然后将各点连起来，这样各种相貌和性格的组合就构成了凸向原点的无差异曲线。"老五得意地说着。

本来是大家劝老五，现在老五说到兴奋的地方，大家就只有听的份儿了。大家暗想，别看老五此人性格内向，见身边朋友皆成双入对，心中也不免着急，再被我们这群室友一顿"训斥"，肯定是想通了。

于是老大做总结性发言时语重心长地对老五说："我觉得室友说得都很有道理，特别是你一番高屋建瓴的分析让我们也大彻大悟，你还是痛下决心，背弃'大学期间不找对象'的豪言壮语吧，赶快暗中寻觅一红颜知己共度此生才是！"

回眸点睛：

大学，是美好的岁月，拥有自由，没有压力，单纯的校园环境，充满幻想的你我他……很多人说，谈恋爱是大学里的必修课。面对众多美女究竟该如何决策？最好还是在开始前对自己的需求进行分析，此时，效用无差异曲线就是个非常好的工具了。

无差异曲线是一条表示线上所有各点代表的两种物品的不同数量组合给消费者带来的满足程度相同的线。一般来说，无差异曲线是一条向右下方倾斜的线，斜率是负的。表明为实现同样的满足程度，若增加一种商品的消费，则必须减少另一种商品的消费。不同消费者的无差异曲线反映了他们不同的偏好。

正所谓，鱼与熊掌不能兼得，往往，容貌姣好的女生的脾气不如相貌平平的。当二者不能兼具时，通过理性的分析，在不降低效用水平的情况下，运用无差异曲线可以有效地做出决策。

3.3 都是"信息不对称"惹的祸
——避开信息陷阱赢爱情

话说老五在大家的一番劝说之中，用经济学对自己的需求进行了仔细的分析。因为老五很帅、很有才，他在确定了自己的标准之后，开始注意起学校的

女生来。然而，脸蛋的差别可以轻易看到，但性格的信息就不是很好了解了。因为老五内向，又不太善于交际，无法像其他兄弟那样通过请女孩室友吃饭等方式获取女生信息，这就出现了信息不对称的情况。不过他十分善于观察，绞尽脑汁，老五终于想到一个办法，他认为如果女生在寝室和大家相处和谐，那么性格就比较温柔善良、大度诚恳，如果三天两头就和室友闹一场，三天不打，上房揭瓦，或者冷战不断，那肯定是从小娇生惯养，为人处世比较自私自利，这样就是性格不好的女生。

经过仔细的分析和多日的观察，老五终于在图书馆发现一个目标，于是平日里就对女孩的言行举止和为人处世等方面进行仔细观察。

在暗中观察了月余之后，老五终于锁定一个性格较好、相貌也不差的女孩。一想到就要做决定，心情那是激动无比。开始还犹豫了很久，最后终于在室友们的鼓励下，于某天午夜下定决心，给女孩发了一条祝福短信，而后就一发不可收拾，每天晚上 10:00 准时发短信，开始女孩没察觉出什么，便不紧不慢地回复老五的信息，然而，数日后女孩感觉不对，便委婉地在短信中透露出自己已经有男朋友的信息。闻听此言，老五觉得简直是五雷轰顶，顿时天昏地暗，太阳也失去了光辉。

当室友们知道此事后，赶紧召开紧急会议，商量对策，以防老五想不开。

"老五，你说你搜集了这么多的信息却忽视了最最重要的一条，这就是信息不对称。前车之鉴，你要振作，再接再厉，屡败屡战！"莫逸飞故作沉痛地说道。

"唉……出师不利，都怪我没有掌握完全信息，我怎么就犯了这么大的一个错，都是信息不完全惹的祸。"老五低声喃喃道。

"要我说，老五主要是对信息付出的成本不足。对心仪对象信息的获得是要付出成本的。不对称信息实际上可以被看做对信息成本的投入差异，消费者往往没有对商品的诸如生产信息等信息投入成本。你每天只是靠自己观察，却没有真正投入成本，当然不能获取核心的信息。"莫逸飞说道。

"莫逸飞说得没错！而且信息经济学认为，买者对所购商品的信息的了解总是不如卖商品的人，信息不对称造成了市场交易双方的利益失衡，正所谓'买的没有卖的精'。此时，卖方总是可以凭信息优势获得商品价值以外的报酬，那个女孩不就免费享受你多日来的关注和关心吗？如果你早知道如此可能就不会这样了。"老四赞同地说。

"老五，你不能这样，你要执著。"老二劝道。

"算了吧，你看咱老五这么内向，又是非常传统的男生，哪里肯做横刀夺爱之事。老五也真命苦，注定大学要孤单四年了。"老四同情地说道。

一场爱情大戏就这样落幕了，老五又回归了"正常人的生活"，不同的是，经常会看到他捧着一本《少年维特之烦恼》在苦读，还经常在电脑上搞些神秘的东西。谁知道他在想些什么、葫芦里卖的是什么药。

回眸点睛：

阿克洛夫在 1970 年发表的著名著作《柠檬市场》做了阐述：所谓信息

不对称，指交易中的各人拥有的资料不同。

从经济学方面解释，信息不对称就是指交易一方对交易另一方的了解不充分，双方处于不平等地位。即一方比另一方占有较多的相关信息，处于信息优势地位，而另一方则处于信息劣势地位。

信息常常是不完全的。即实际生活中人们的抉择常常不能包含或无法包含市场的全部信息。这样的表现是，决策结果不正确，结果风险就形成了。

在现实经济中，信息不对称的情况如此普遍，其影响如此之大，以至于影响了市场机制配置资源的效率，造成占有信息优势的一方在交易中获取太多的剩余，出现因信息力量对比过于悬殊导致利益分配结构严重失衡的情况。因此，纠正以上问题、减少信息暴利及维护资源分配的效率及相对公平应该成为信息经济学的主要任务。

在现代经济系统中，信息已经是一种重要的经济资源，像资本、土地一样成为必须的生产资料并且作为一项产业被纳入国民经济核算。信息作为一种资源，其参与社会财富分配的作用一直在发挥着，并且贯穿着整个人类社会历史的始终。

3.4 不能轻易挖墙脚
——后来者策略

老五在爱情的战斗中阵亡之后，再次立志"好好学习，天天向上"。不过性格变得外向了许多，鉴于这次失败是因为没有掌握充分的信息，存在着信息不对称，他格外叮嘱最近也要出手的老四：要搞好情报工作再下手。

那是一个周五的晚上，老四阴沉着脸，无精打采地走进寝室。大家一开始都没注意，忙着自己的事情，老四是个心里搁不住事儿的人，过了一会看大家都没理他，就嚷嚷开了："你们这群乌鸦嘴，真被你们说中了，我们舞协的协花确实名花有主。唉……这可咋办？"

大家一听忙放下手头儿的事情，围着老四嘘寒问暖，了解情况。

"你看看，我们说什么来着，名花有主不是！那你打算怎么办？难道要步老五后尘不成？也'好好学习'不成。"老大首先发言。

"唉……那能怎么办？"老四唉声叹气道。

"别总唉声叹气啊，挖墙脚！看上个好姑娘多不容易，就这么放弃了？"老五说道。

"你就说我行，你干吗去了，墙角能好挖吗……"

"你看看你，怎么说到我身上，咱俩不一样！而且我听说你喜欢的那个女生的男朋友在外地。你还是很有机会的。"老五鼓励道。

"此言当真，你小子整天闷头学习，居然比我掌握的情况还多，怎么不早告诉我？"一听到还有希望，老四又有了精神。

"我这还不是不想打击你，要是早告诉你你可能就不会开始追了呢，我是看你这一表人才的，相信四哥有这个本事才没透露那女生的信息，而且你'近水楼台'嘛，挖墙脚总容易些吧！"

"我终身大事，可不能开玩笑，这么来说我也不是没有机会？"老四双目放光，希望又重新被点燃。

"那当然，不过得讲究策略？"老五神秘地说道。

"什么策略？快说，明早豆浆我负责！"老四豪爽地说。

"一顿早餐就搞定啦？我实话实说吧，自从我'失败'后，我痛定思痛，好好反省了一下自己的经历，分析了失败的原因，本来我也打算挖墙脚来着。"

"你小子可真行，这事儿都瞒着哥们儿！"没等老五说完，老二就插嘴说道。

"听我说完呀！不是说'本来'嘛，鉴于我失败的原因是因为信息不对称，我就想，要想挖墙脚也得知己知彼、掌握信息才行！于是我多方打探消息，仔细分析挖墙脚的可行性和成功的概率，最后发现挖墙脚这事儿不能轻易做？"

"快说说怎么回事儿，明早包子我也负责！"

"哈哈，你可真够抠门的。大家不知道吧，最近我一直在读《少年维特之烦恼》，看看我们和维特差不多，碰到自己生命中的绿蒂：她是那么天真淳朴，却善于明辨是非，那么温顺和蔼，却非常坚毅刚强，心灵是那么宁静，生活却是那么活泼……一句话，在你见到她的一瞬间，她就已经俘虏了你整个心。可是当时，绿蒂已经许给了人，许给一位很出色的人儿——阿尔贝特。"

"说这些干啥，到底该怎么办呢？"

"对，事情已经摆在了面前，你就必须下个决定：作为后来者，有没有必要介入这份注定是悲剧的三角恋爱？于是我采用不完全信息下动态博弈模型对最后可能的结果做一个预测，并通过求解这一模型的纳什均衡，为第三者提供一个最优的选择。从分析上看，我是没戏了。"

"先别讲你，我到底应不应该介入挖墙脚？"

"我给你看看我电脑上的分析，你自己做决定吧。"老五指着电脑上的一幅图说。

大家一看，惊叹道："这么复杂！"

"其实就是个不完全信息下的动态博弈模型，我之所以采用这个模型，是因为在这种挖墙脚的情况中，首先要选择参与者的类型，但是只有参与者自己知道自己的类型，其他参与者是不了解的，比如，我们不知道她的朋友是不是比自己更优秀，能否给她更多的幸福，所以信息是不完全的；在明确类型之后，参与者开始行动，参与者的行动有先有后，后行动者可以观测到先行动者的行动，但不能观测到先行动者的类型，像我和老四就是这样，作为后行动者，虽然可以观察到她的朋友对她如何，但还是不能精确判断其男友的能力及类型，所以博弈是动态的。"

"我套用市场进入阻扰博弈模型来描述挖墙脚这种事情。你们都能看明白吧，简单起见，假定刚开始她只有一个追求者——现任男友，而我作为一个潜在的进入者，面对这种情况要考虑是否介入；如果我选择介入，其男友就知道了我的存在，于是两人进行'库诺特博弈'。"

"为了简单，只假定其男友比我们优秀或没有我们优秀，在我们决定是否介入之前，作为垄断者的其男友要选择对待女友的方式，假定只有两种可能的对待方式：A＝{频繁相见}或 B＝{两地分离}。如果其男友是不优秀的，两种方式女生的收益分别是：6 和 7；如果其男友是优秀的，对应的收益分别是 9

和 8。因此，其男友'不优秀'的单阶段最优对待方式是 B，即两地分离，因为这是成本最低的方式；而优秀的男友的单阶段最优对待方式是频繁相见，因为优秀的男友能够同时在学业和爱情上做到游刃有余，通过在这两方面的合理安排，自然可以获得最大的收益。"

"省去分析过程，单说结论！"

"好，尽管我们不能判断其男友是否优秀，但是根据其行为我们会做出判断，如果我观测到其男友没有因为我的介入而跑来和女朋友天天见面，就可以推断其男友一定是不优秀的，选择介入是有利可图的。当且仅当我认为其男友是不优秀的概率大于 1/2 时，我才会选择介入。"

"那要是我判断其男友优秀的概率大于 1/2 呢？"

"其男友如果优秀就会选择跑来经常见面，而其男友如果不优秀就会选择'不跑来'；还是那句话，不管我先前是否认为他优秀，只要他跑来经常见面，我就会选择不介入，而其男友如果和她两地分离，即便我介入仍然无动于衷，那就应该选择介入，所以基于现在的情况，我是没戏了，因为女生最近总有人陪，而你可以先试着挖一下墙角，因为他男友在外地，这样就很容易判断其男友是否比你优秀，然后再选择是否介入。"

"这么简单！"

"当然，如果他或她也懂这一套的话自然可能制造假象，比如她如果特不喜欢你，就可能找个男生顶替陪着，这就要靠你的信息是否完全和智慧了。"

回眸点睛：

　　诗人通常把爱情比做"情网"，就是说一旦陷入将难以自拔。爱情像一个神奇的魔方，具有使局中人在一定时期疯狂投入的"锁定"效应，这就等于自己给自己营造了较高的退出壁垒，相对于潜在进入者就是进入壁垒了。更重要的是，由于学生们面对经过一番博弈已经"成交"的爱情，一般遵守"不干涉原则"。即如果不是得到局中人一方强烈的暗示——他/她不喜欢对方，局外人是不会轻易去"破坏"现成的"交易"的。在一个彼此比较熟悉、相互之间本来没有利害冲突的校园中，没有人想被人指责为"第三者"。

3.5 丑男们不要泄气
——格雷欣法则帮你追美女

　　老四按照老五的分析和策略先探了虚实，结果差点招来杀身大祸，在寝室猫了几天才敢出门。不是他无能，而是对方很丑很凶悍。

　　"我十分不明白，那么漂亮的一朵鲜花怎么就插在牛粪上了呢？你们倒是说说这是为什么？"自从老四见到那个美女的男朋友就总唠叨这句话。

　　大家也跟着欷歔长叹一阵。

"我觉得，美女配丑男现象可以用著名的格雷欣法则解释！"老大不发言则已，出手定是语出惊人的。

"老大，何解？"老四忙问道。

"莫急，且听我慢慢道来，美女配丑男现象同货币市场的'劣币驱逐良币一样'。我们将那些相貌略差的男生比喻成劣币，而将少数帅哥比喻成良币。良币最终被劣币驱逐出市场。帅哥们不愿屈尊选择身材不玲珑、脸蛋不可人、性格不娇柔的女生，但是丑男们却渴望找到女友，再加上他们自知资质不如帅哥，于是追得更加奋不顾身：甚至是敢冒着被楼管阿姨大骂的风险，在女生楼下或手抱吉他，载歌载舞，或点亮爱心蜡烛、爱心焰火之类，总之，在勇气和用心的攻击下，碉堡终于被攻破了，美丽的女生被丑男追到手了。"

"老大说得有理，不过你只从丑男的角度做了解释，我来补充一下！"老大不发话时老二总是沉默，只要老大一发话，老二就会出来挑战。

"二哥，有何高见！"大家一起问道。

"也不是什么高见，我只是想从美女的角度来分析一下，不过分析前为了证明我的严谨，需要做下假设，第一，美女只想找到能让自己仰望的人；第二，假定每个人最后都一定会与一个异性结合。"

"为什么这么假设？"老大不服地问道。

"假定 1 的现实基础是两性的性别特征。一般来说，求偶过程中男性是主动的一方，在资源不能平滑流动的条件下，男性的主动将形成局部的需求大于供给，女性处于卖方市场的有利地位，拥有更大的讨价还价的能力。当然就眼高一些。第二个假设就不用解释了吧。"

"二哥，继续说！"大家听得正到关键处便催促道。

"嗯！简单起见，就把男生、女生按条件由好到次分为甲、乙、丙、丁四个档次。如果女生想和比自己优秀的男生在一起，第一轮选择应该是：甲女找不到自己能接受的男性；乙女与甲男搭配；丙女与乙男搭配；丁女与丙男搭配；丁男找不到能接受自己的女性。只有这种情况，搭配的对数最多。但是，如果男生和女生都要和一个异性在一起。此时只有甲女和丁男，因此，往往结果会是：甲女配丁男。也就是美女配丑男。"

"那甲女为什么最后选择呢？"老大不依不饶地问道。

"没错，理性的甲女在做选择时，相对丁男，当然会更加愿意接受从甲男到丙男中的一个。但是我这里只假设了四个人，事实上一个美女面对万千的男生，由于信息不完全，甲女了解信息需要相当长的时间，最后才能发现甲男是最好选择。而在这段时间内，甲男到丙男都已经分别与其他女性相配。因此来晚一步的甲女就只能配丁男了。这就是求偶市场上局部供求不平衡和信息不完全的结果。"老二慢条斯理地说道。

在老二严密的论证下，老大不得不佩服地说："综合我和老二的解释，充分地为丑男追求美女提供了理论依据。同时也为帅哥美女们敲了警钟。特别是在信息不对称的情况下，帅哥美女更是高处不胜寒，不是在人人敬仰爱慕的顶峰孤独着，就是很有可能和丑女丑男们走到一起。"

回眸点睛：

　　格雷欣法则由托马斯·格雷欣爵士首次提出，他在 1558 年发表的《劣币驱逐良币》中阐述了这一见解。即当货币的实际价值高于名义价值时即为良币，相反，实际价值低于名义价值时则为劣币，当良币与劣币同时在市场上流通时，良币将被收藏、融化，而劣币继续流通，久而久之，良币被劣币驱逐，退出市场。

　　二手车市场是格雷欣法则的经典范例。由于信息不对称，在二手车市场上，买主通常不能准确地为每一辆车定价，所以他愿意支付的价钱应该是所有二手车的质量平均价格。但是卖主很清楚他自己的二手车质量如何，所以他不会愿意以买主出的平均价出售实际价格高出平均价格的优质二手车，而是很乐意以平均价格卖掉实际价格低于平均价格的劣质二手车，这样逆向选择的结果，就是市场上很少出现优质二手车，二手车市场于是充斥着劣质汽车。

　　同样，在校园中穿梭时，大家都发现了一个现象：美女身边总是丑男，或者帅哥身边总是丑女。这种现象也是能用格雷欣法则解释的。

3.6　网上征友很忙碌
——交易成本理论轻松用

　　话说老四在寝室也没闲着，这家伙面对电脑搞起了"网络征友"。

大家一看这样下去可不行，于是开会集体批判老四，勒令他不要在网络上浪费时间。

"你知道网友可能没有你预期的那么好吗？你知道网友见面会不会有危险吗？"老大首先问道。

"我觉得你这纯属浪费时间，咱院里那么多美女还不够你挑啊？"老二终于赞同了老大一次，对老四教育道。

"此言差矣，上次一出手就受伤，还闹个满院风雨，我哪还有脸面对经贸院 mm，只能在网络上寻找爱情。"老四委屈地回答。

"老四啊，要不就向人家老五学习，天天向上，不搞对象。"

"别拿我做榜样！你们这些家伙，要我说网络爱情怎么了，这网络上就没好人啦，而且我发现一个安全地发现网络资源的地方。保管你们没女朋友的都想知道。"老五此话一出惊倒一片。

"看来咱们老五是闷骚型的啊，没事就琢磨这个。"

"别搞得神神秘秘的，你不说我也能猜到，你说的是学校 BBS 和校内网吧？"老四不以为然地说道。

"原来你知道！"老五惊呼。

"BBS，校内网？这些地方你们都不放过？"老六实在是听不下去了，质问道。

"唉，我也是没办法，网络爱情既是如此充满不确定感又容易隐藏危机，但是有越来越多的人在网络上寻求爱情，网络恋情和一般恋情间有大不同，双方最初认识与彼此互动的管道是网络，网络恋情在一开始透过计算机媒介传递私密性的文字，会使得彼此间的关系很快地就发展到带有一点神秘、刺激和无限遐想的色彩，进而发展出俩人心灵上的亲密关系——恋爱。"老四一边辩解，一边作无奈状。

"但是，你们不感觉网络上很不安全吗？在马斯洛的需求理论中，安全感及爱与归属的需求是人的基本需求，安全需求又比爱与归属的需求更基本。"老六问道。

"话是这么说，但是在现代社会由于个人内在稳定性的根本失落，都有一股深深的不安全感，追求爱情有一个很大的原因，就是希望能借由爱情找到情感的归属，解除内心的根本失落、不安感，所以，为了爱暂时忍受一点不安还是可以的，而且谈得来的网友总是要见面的。"老五备感惆怅地说道。

"你有没有想过这样一个问题，你通过这种方式寻找爱情的成本和费用是很高的？假设一段恋情的确认是交易成功，那交易成本是怎么样的呢？"老大语重心长地问道。

"老大一语中的！但是你不能否认，网络爱情确实在迅速发展，理由之一就是其具有最主要的优势——信息；网络上环肥燕瘦一应俱全，可供选择的'资源'实在太多，那感觉就像在市场上买东西，可以随便挑自己满意的购买一样，而且它还提供了方便的搜寻方法，让人可以轻易地找到比较中意的目标。在网络中，人们自愿交往，经过一段时间的熟悉，彼此从相识到相见，最后相知，而且这一过程的交易成本是非常小的。"

"四哥说得对，传统的交友方式只是在自己的生活圈中，因为一个人的生活圈相当有限，此时，资源就是严重稀缺的了，符合自己需求的更是有限。而网络的出现就完美地解决了这样的问题，因为上网的人很多，就说我们学校BBS，有多少人在线啊，甚至有人发帖征友，回复的人颇多，这样交易成本就大大降低了，网络爱情是一种趋势，我们不能安于本院，只有市场比较大时，可供选择的资源才比较多。"老五终于找到了网络征友的"知音"，动情地吐露了自己的心声！

"老五，你不是一个人！"老四连忙握着老五的手说道。

"呕吐，呕吐，受不了你们两个啦！"

回眸点睛：

交易成本又称交易费用，最早由美国经济学家罗纳德·科斯提出。

所谓交易成本，就是在一定的社会关系中，人们自愿交往、彼此合作达成交易所支付的成本，即人与人的关系成本。从本质上说，只要有人类交往互换活动，就会有交易成本，它是人类社会生活中一个不可分割的组成部分。

总体而言，简单的分类可将交易成本区分为以下几项：搜寻成本、议价成本、决策成本、违约成本、约束成本、监督交易进行的成本等。

3.7　全面培养，重点选拔
——分散爱情风险

　　鉴于寝室老四、老五的失败，两人在一起谋划了很久，达成一致意见：爱情是存在风险的，必须同时考察多个对象，从而分散风险。也就是通常所说的"不把所有的鸡蛋放在一个篮子里"，这在经济学里有个专业的定理——投资组合定理。

　　"我们常常观察到一个被追求的局中人同时在多个追求者之间游刃有余地周旋。也有些风险规避者，在向对方发出试探之后，一旦遭到明确的拒绝信号，会马上改变战略，追求其他目标。风险分摊定理证明，由于股票之间的相关性，如果将资金用于多于 15 只以上的股票，风险就接近于零了。因此，我们打算在网上同时至少考察 15 个以上的中意对象，这样就可以大大降低我们失败的风险。"

　　老四和老五将密谋的结果高调向大家宣布，两人决定今后不再被动，而要主动出击，而且是全面培养，重点选拔。

　　"你们考察15个对象？小心你们也是被考察的 15 个之一。"莫逸飞开玩笑地说道。

　　"这样也没什么不好啊，大家在一个资源更充分的环境中互相选择，那么成功的可能性当然也比较大。"老四说道。

　　"我看你们是太寂寞了，你们讲的投资组合定理虽然符合现实中人的倾向，每个人都愿意与多个异性来往，并从中选择最优，但是我认为这一现象并不适用'投资组合原理'。你们好好想想，投资组合原理描述的是分散投资在等风险程度下取得最大收益，这一原理的关键假设主要在于交易成本很小甚至可以忽略。而像你们这样在网络上全面培养、重点选拔，交易成本何其巨大，倘若要维持与某个异性的"暧昧"关系，必须有一定的付出，从而形成潜在的交易成本。所以如果把恋爱当做一项投资的话，你们这样的策略恐怕收益率是不能让人满意的。"老大苦口婆心地劝道。

"上次我们已经说过交易成本的事情了吧，在网络上全面培养、重点选拔的成本已经比现实中的付出少很多了，现实中你只要对一个人有好感，去咖啡厅聊聊天儿的成本也不小啊，但是在网上，你同时可以和几个人聊天，只要你打字够快，不被怀疑。然而，在现实中就做不到这一点，你能今天和这个见面、明天和那个吃饭吗？同在一个校园，是不可能实施这种策略的。"

"老五说得没错，我认为，我们这种全面培养，是一种以获取信息为目的的行为，这种信息的获取方式是比较隐蔽的，基本可以同时进行，你同时了解的几个目标，她们之间彼此不会发现对方的存在，但是现实生活中男女间的多线来往，获取信息很难，而且容易被发现。"老四支持道。

"在发达的证券市场中，马科维茨投资组合理论早已在实践中被证明是行之有效的，并且被广泛应用于组合选择和资产配置。但是在'爱情市场'上，情况要复杂得多，而且需要考虑心理、个性等非理性因素，从而只能在某种程度上起到一种解释作用。"老大提醒道。

"爱情非常复杂，而且存在风险，因为你无法真正了解对方是否真心喜欢你，有时可能一件小事就会造成爱情的崩盘。在这种情况下，为了减小风险，通常的做法是'不在一棵树上吊死'。所以我们常常能看到一个人同时追求很多人，或一个被追求的人常常在多个追求者之间游刃有余地周旋；这是因为，这场交易具有昂贵性，如果仅将感情、财力、时间这些成本投资在一个人身上，风险非常巨大，一旦交易没有成功，追求的一方不仅'赔了夫人又折兵'，自己的元气也会大伤。而分散投资则大大增加了交易的成功率。"老四深有感触地说道。

"看来你们俩是被女生'伤害'得入了魔了，非要找到女朋友不可，岂不知，感情的事是要随缘的。再说女生在网络上征友，我实在难以理解。"

"这你就不懂了，现在女生在网络上采取这种方式的更多，因为女生爱面子，不会轻易打探心仪男生的信息，信息不完全的情况更加严重，而通过在网络上与不同异性来往的经历，可以形成自己的经验与评价标准。现在的爱情讲的是'感觉'，感觉对了就在一起，感觉不对就分！当然，我们选择的网络有很大的真实性，比如学校的 BBS、校内网等网站，基本都是实名的，至少这些人离你并不远。"

回眸点睛：

美国经济学家马科维茨（Markowitz）1952 年首次提出投资组合理论（Portfolio Theory)，并进行了系统、深入和卓有成效的研究，他因此获得了诺贝尔经济学奖。

投资组合理论被定义为最佳风险管理的定量分析。无论分析的单位是家庭、公司，还是其他经济组织，为了找到最优的行动方案，需要在减小风险的成本与收益之间进行权衡，对这些内容阐述并估计的过程即投资组合理论的应用。

对选择追求对象而言，自我的消费和风险偏好是已知的。但是偏好会随着时间而改变，投资组合理论在爱情市场上的应用主要是阐述如何在众多追求目标中进行选择，以使其特定的偏好最大化。通常，最佳选择包括对获取较高预期回报和承担较大风险之间权衡的评估。

人们进行爱情投资时，本质上是在不确定性的收益和风险中进行选择。人们希望在给定期望风险水平下对期望收益进行最大化，或者在给定期望收益水平下对期望风险进行最小化。而追求恋爱对象是风险很大的事情，因为无法真正了解对方是否真心喜欢自己，有时可能仅仅因为一件小事就会造成爱情的崩盘。在这种情况下，为了减小风险，通常的做法是"不在一棵树上吊死"。

3.8 满院女生皆性感
——边际效用递增的嗜好品

在网络上鏖战多日，老四在屋里也顶不住了，于是决定出去走走。今年夏天，湖南的天真是热死人，天气预报上一再提醒紫外线很猖獗，要人们在出行时小心自己的皮肤。可老四出去一看，和气温一起升高的还有女生们的着装打扮，满校园最酷、最热的打扮就是那火辣辣的暴露装。

结果老四第一个出去吃饭却最后一个回来，一进门，就被大家起哄道："刚才看什么了？"

老四脸一红，马上正色道："难道你们都没看到，女生宿舍进出的女孩们基本上都是吊带连衣裙、吊带短背心配及膝短裙或低腰七分裤、牛仔短裤，个个看上去太性感了。"

"罪过，罪过，都说大学是象牙塔，是最后一块纯净的土地，现在也是满院女生皆性感了。我也真佩服那些女生们阳光下的美丽！"老四装作君子状。

"别伪装，美女你还不爱看啊，我可是认为对于广大男生来说性感的女生是'嗜好品'。要说看美女那是'会上瘾的'，这类物品具有'边际效用递增'的特性，看了第一个还想看第二个、第三个，总之是多多益善。一般来说每个性感美女都是有差异的，不会有什么'看烦了'之类的问题。"老大一针见血地说道。

"那可不见得，性感美女也是要分成几种类型的，我觉着至少粗略地分为'背多分'和'真正美'两类。当然，个人分类的标准不同，也可以考虑身材、肤色，外加相貌和气质。差异总是千差万别的，也可以更精确地细分，不过这样就太过烦琐了。"老二补充道。

"没错，说性感美女是'嗜好品'非常正确，这时每多看一个性感美女所增加的效用是递增的。这种东西很可怕的，轻则牵扯大量精力，重则像毒品，边际效用无穷大，经常有报道吸食毒品过量致死的例子。"

"我觉得你说的边际效用递增的物品一般初始效用很低甚至是负的，只有你经常待在寝室，你看我们的反应就不如你大。你在寝室待得久了，边际效用增加得比较明显，再过一段时间就有可能出现审美疲劳了。"莫逸飞说道。

"苦海无边，回头是岸，作为一个有未来、有理想、有抱负的有志青年，你可要抵制住诱惑，在好好学习和看美女之间做出一个选择！"老大调侃道。

"你们这群自私的家伙，性感美女本来就有外部性，光天化日，朗朗乾坤，别人看得，我看不得？"

"不是说你看不得，而是你要秉承'理性人'的精神，做出精力上的分配，追求效用极大化。你不能光看美女啊，要知道边际效用递增的东西可是会上瘾的。"

"这个倒是一个很难解决的问题。难道只能非礼勿视，见了美女就躲，这不符合常理啊，我觉得还是正大光明地看美女是正常的。"

"别听老大吓人，每次看美女他都是最积极的。其实生活中边际效用递增的东西并不多，只有上瘾的东西才边际效用递增，比如网络游戏，你要是能多看看美女、少打游戏，会更健康！"

"还是莫逸飞比较公正客观！"

寝室里的争论仍在继续，莫逸飞还要去见莫蓉睿，就没多听他们的闲聊了。

莫逸飞一见莫蓉睿大吃一惊，莫蓉睿不知道什么时候也买了一条吊带连衣裙，还别说，穿起来真是气质与容貌俱佳，平日只知道莫蓉睿像个男孩子，没想到这么一打扮绝对是'院花'级人物。

"怎么样？看到超级校花了吧。"莫蓉睿一看莫逸飞的表情哈哈笑道。

"你……怎么能……"莫逸飞一时语塞。

"我怎么啦，不是你说的'有花堪摘直须折，莫待无花空折枝'嘛。我终于发现我还有另外的一面，我要展示自己美好的一面！很多男生看我的表情都夸张至极。我准备吸引一个大才子！"莫蓉睿得意地说道。

"幼稚！"

"你怎么能这么说，大学校园是美女资源相对集中的地方，从经济学角度来讲，这是美女资源的合理配置和有效利用，我不敢说女大学生性感是过于成熟，但绝不是幼稚！如今，象牙塔与社会越来越融合，社会上可以性感，校园当然也可以性感，这是社会发展的必然趋势，无可厚非！再说我只是展现我自然美的一面，又没有过于打扮自己，难道这都不行吗？"莫蓉睿不服气地说道。

莫逸飞一直拿这个妹妹没办法，不过还是将寝室里舍友的那番言论旁敲侧击了一番。随后，问起莫蓉睿叫自己出来有啥事。莫蓉睿说："其实也没什么，我们快考完试了，和你商量一下回家的事儿，本来上午就想找你，不过林蓉睿最近失恋了，自己神经兮兮的，把我们也弄得跟着不好过。"

回眸点睛：

边际效用递增是指消费者对某种商品使用得越多，增加该商品消费量的欲望就越强，出现了边际效用递增规律。之所以如此，原因主要在于这类产品往往具有锁定效应，比如网络游戏，参与者一旦进入其中就难以自拔；另外，像习惯使用 Office 的学生就很不愿意转学 WPS，尽管 WPS 可能更好用，不过用 Office 越久，使用这种产品而不是其他产品的欲望就越强烈。

网络游戏容易上瘾也是边际效用递增现象的一个例证，在网络经济时代，产品或服务的网络价值比其自身的价值更加重要。由于互连，尤其是实时的、超越了空间限制的互连，产生了非常奇妙的结果。在所有的经济网络中，都会产生收益递增，收益递增可使加入网络的价值增加，从而使塑造平台的经济驱动力越发强大，吸引更多的公司加入网络，导致网络价值滚雪球般地增大。因此，在网络经济中，较小的努力会得到巨大的结果，产生令人震撼的"蝴蝶效应"。

从消费者的角度来说，由于网络效应，使用某种产品的数量越多，该产品的效用就越大。因此，单个消费者增加某种产品的使用量时，其边际效用在递增。

3.9 用"卖方市场"在恋爱中掌握主动权

老四闭关修炼多日，一出关就发现众多美女，歆歆之余，想想在经贸院找个女朋友那应该是十分容易的事情。为什么这么说呢？这不老四正在和寝室的兄弟们卖弄最近的心得。

"据我分析，在咱们经贸学院，爱情市场中男同学居于卖方市场地位。"

"闭关修炼很有成就嘛，解释来听听。"老二好奇地问道。

"很简单，卖方市场就是指市场在具有压倒优势的卖方力量的控制下运行，即交易是由卖方左右的市场。我最近在读《红楼梦》，就以《红楼梦》中贾宝玉在大观园里的抢手程度来解释经济学里的卖方市场那是再合适不过了。"

"几日不出寝，当刮目相看啦，明天我也闭关修行！"老五戏谑地说。

"别嘲笑我，你们也都读过《红楼梦》吧，读了可不能白读，你看，在大观园里，贾宝玉可是众多美眉的白马王子！喜欢他的女孩多到几乎数不过来，基本所有到达恋爱年龄的女孩子，都会对宝玉心怀爱恋，上至黛玉、宝钗这样门当户对的贵族小姐，下到麝月、晴雯这样的卑贱草根，没有一个不倾慕宝玉的。因此，在大观园里，作为卖方市场的宝哥哥总是春风得意，跟'皇帝的女儿不愁嫁'一个道理，贾府的少爷不愁娶。而那些对宝玉朝思慕想的女孩子，就处于从属的地位，要为最终成为宝玉的太太或二奶、三奶展开激烈竞争。而我们学院的情况也类似，男生很少，女生极多，男生就处于卖方市场的地位。因此，我们是不用愁找不到到女朋友的。"老四唾液横飞地得意地讲着。

"唉……照你这么说，女孩子们岂不很惨，天天都要祈祷：神啊！什么时候能赐给我一个买方市场。"

"呵呵，你提出了一个对应的概念。所谓买方市场，当然是指交易由买方左右的市场，即市场是在具有压倒优势的买方力量的控制下运行。"老四继续唾液横飞。

"那你说说什么情况是买方市场？"大家看老四说得起劲，忙配合地问道。

"这你算是问对了。首先，要先说说买方市场的基本表现形式，在买方市场上，商品那是琳琅满目、种类繁多，正所谓供应量严重超过需求量，这时买方可以随意挑拣和相互比较，有充裕的选择空间。比如说咱们学校的外语学院吧，总共就几个男生，所以只要是不错的男生，面对众多女生时就可以选上一选。而作为卖方的女生，则处于次要地位，不得不经常开动脑筋展示自己。"

"照你这么说，外院的女生和理工学院的男生岂不是永远都很惨吗？"

"那倒也不会，卖方市场和买方市场都不是永恒的，它们之间经常相互转换，当由卖方市场转换为买方市场的时候，原来的优势就会不再，选择的余地也大大缩小，所以从爱情经济学的角度讲，寻觅爱情的时候，一定要积极营建和维护自己的'卖方市场'。"

"怎么讲？"大家正在为自己是经贸院稀有的男生而洋洋得意时，忽闻老四说到市场不是永恒的，忙惊慌地问道。

"想更清楚地了解买方市场和卖方市场的转变过程，比如，外院和体育系挨着，有一天一个体育系的男生大胆地闯进外院，尽管他不够帅，但是在众多美女的包围下，他享受着典型的'卖方市场'的好处，可能很轻松地就找到心仪的女孩。但是随着时间的推移，越来越多的男生闯进外语学院来寻找爱情，外院美女对外来男生的反应不像以前那么强烈了。倒是那些期待在外院艳遇美女的外系外校男生不得不随行就市，处于买方市场的地位了。而作为外院的男生，更是风光不再。"

回眸点睛：

所谓卖方市场，指市场在具有压倒优势的卖方力量的控制下运行，即交易是由卖方左右的市场。

在卖方市场条件下，市场上商品短缺，供不应求，商品价格保持持续的上扬倾向，商品交易条件有利于卖方而不利于买方。买方被迫处于从属地位，常常要为购买某种商品而展开激烈的竞争，形成蔚为壮观的"购买难"现象。

所谓买方市场，是指交易由买方左右的市场，即市场是在具有压倒优势的买方力量的控制下运行。

买方市场的基本表现形式，在买方市场上，商品琳琅满目、种类繁多，正所谓供应量严重超过需求量，这时买方可以随意挑拣和相互比较，有充裕的选择空间。

3.10 男生花心为哪般？
——"边际效用递减"告诉你答案

莫蓉睿向莫逸飞汇报了考试情况，商量了一下回家的事情，顺便说了林蓉睿失恋的事儿，因此很晚才回寝室。没想到一进寝室就听到林蓉睿的声音。

只见林蓉睿神情愤怒："他太不道德了！偷偷摸摸就又有了新的女朋友。"

"快别伤心了林蓉睿，你呀，一头扎进感情里，一点理性都没有，也不听劝，早就说他是个花心大萝卜，你们不可能最终走到一起。只怪当年你没跟我辅修经济学，做个经济学的理性人就不会这么惨了。"莫蓉睿赶忙劝道。

"现在还说那么多有什么用啊！他都变心了，听说还是网恋！"

"现在给你好好分析一下，免得你以后犯同样错误啊！"

"那你说说吧，再没个人和我说话我就要疯了。"

"其实，用经济学的理论很容易解释男人花心的问题。经济学中有个规律，就是边际效用递减。什么意思呢？就是说一样东西当你拥有得越多的时候，对你的作用就越少，比方说，你饿的时候，吃第一个包子特香，第二个很香，第三个饱了，第四个吃不下，第五个看见都烦！也就是说第五个包子给你的作用为零甚至为负。边际效用递减是个现实生活中常遇到的经济学公理。"

"你说的这些和我失恋有什么关系啊？"

"从恋爱的角度看，由于边际效用递减，你们长时间亲密接触，每天腻在一起，你给他的效用当然比不上那个网上的女孩，不都说距离产生美嘛。经济学认为，人在约束条件下都是追求利益最大化的。他与你刚谈恋爱时，生活基本无忧，追求激情就是恋爱利益的最大化；而今，你们之间的激情已经没有了，边际效用接近为负。"

"你说边际效用递减是公理，那为什么花心的女生比较少？我对他多专心啊，早知道我也花心找一打男朋友，周一到周日天天换。"林蓉睿气愤地说着。

"其实不然，花心的男生和花心的女生差不多，花心的男生基本上和花心的女生对等，女生在结婚之前不也是摇摆不定嘛。你还不是经常看帅哥。"

"我不就是看看嘛，也没付诸行动。"

"那是因为外界的舆论对女生花心的压力比较大，但这并不等于说，边际效用递减在女生身上不起作用。只是一般女生不会采取花心的行动。"

"就是啊，我只是看看，而且平日里对他照顾有加，他却一点道德也不讲。"

"这你就不懂了，经济学一般并不研究道德，因为道德要求的是多为他人着想，而他是个典型的经济人，当然会在你给他的边际效用接近零的时候选择再找一个新女朋友。"

林蓉睿似懂非懂地点了点头。

"而且花心与否关键在于心里的一本成本收益账"。

"成本收益账？"

"对，也可以叫做成本收益分析，经济学有一条基本原则叫做'收益越高，风险越大！'你当时看到了他是研究生，学历高，知识渊博，年龄稍长，可以更好地体贴、照顾你，你看到了这些收益，却没有看到他比你毕业早，很可能花心的风险。一般来说，收益越高的事情，就意味着风险越大。就像美女找个丑男，风险就小很多，甚至对你百依百顺，但是收益也很小；如果你找个博士，还是帅哥，那收益肯定会很高，因此分手的可能性就很高了！毕竟稀缺资源是很多女生都喜欢嘛。"

"可我就是这样的，优秀的谁不喜欢啊，最好能有什么办法控制风险就好了！"林蓉睿喃喃自语道。

"当然有，领结婚证！不过你现在上学，这个办法还不太可行，唉……苦命的孩子，咱这么好的条件伤心啥，放弃你是他的损失，噢！"

回眸点睛

微观经济学里有边际收益递减规律和效用概念，爱情经济学分析中的爱情边际效用递减，是指当爱情持续到一定时点后，其给人身心带来的满足感、快乐感下降。

边际效用递减通俗地讲是指当你极度口渴的时候十分需要喝水，你喝下的第一杯水是最解燃眉之急、最畅快的，但随着口渴程度的降低，你对下一杯水的渴望值也不断减少，当你喝到完全不渴的时候即是边际，这时候再喝下去甚至会感到不适，再继续喝下去会越来越感到不适（负效用）。

消费者购买物品是为了从消费这些物品中得到效用，这样，消费者为了购买一定数量物品所愿意付出的价格就取决于他从这一定数量物品中得到的效用。效用大，愿付出的价格高；效用小，愿付出的价格低。随着消费者购买某物品数量的增加，该物品给消费者带来的边际效用是递减的，这样，消费者所愿付出的价格也在下降，所以，需求量与价格反方向变动。

3.11 恋爱谁买单
——浅学浅用"沉没成本"

"爱情是种奢侈品，谈恋爱更是昂贵！两个人在一起时，吃饭、看电影、旅游、娱乐等都需要用钱，这段时间真是花钱如流水。"老二感慨道。

"别不知足了，你们至少现在还在一起，如果你们哪天分手了，你就亏大了。你现在所有的付出都将付之东流。你不知道经济学上还有一个'沉没成本'吗？看来你是'不识庐山真面目，只缘身在此山中'啊。"莫逸飞见老二愁苦状，无奈地提醒道。

"我当然知道沉没成本，所谓沉没成本，简单地说就是不可收回的成本，或者说是无法通过收益来补偿的成本。"

"你还知道这个啊，那怎么不在恋爱中应用！男女双方在交往的过程中所发生的金钱开支、耗费的时间等也是一种沉没成本，因为一旦双方决定分手，那么这个成本是收不回来的。这你没考虑过吗？"

"是啊，沉没成本就不是个好东西，我付出的那么多都沉没了，唉……"

"其实也不完全是坏事啦，你看你平时不是付出的越多对人家越好嘛，沉没成本是有利于造就严肃认真的恋爱关系的。你想想，你在恋爱时付出了金钱、时间，你才会严肃地对待这个关系。一旦你反悔，你的这个沉没成本是收不回来的。所以从这个角度说，沉没成本的存在有利于严肃、认真的恋爱关系。"

"我是很严肃啊，我对她多好啊。"

"你啊，别怪我说你，你是没学会应用沉没成本啊，在恋爱中，所有的费用或绝大部分费用都由你出，那么对于你女友来说，她就没有这个沉没成本，因此她就可能会为一点小小的原因而轻易地选择终止恋爱关系。"

"我那是心疼她，谁知她会对这段感情那么轻易地就放弃了啊。"

"所以我说嘛，男女双方都有一些付出才行，使得双方都有沉没成本，从而约束双方都去严肃、认真地对待双方之间的关系。所以说 AA 制要比单方付费好得多。"

"我觉得男女交往该谁买单这个问题就是在寝室里说说，男生不买单多没面子！到了场合我还是忍不住。"

"你是典型的北方男人，被宰高兴型的！你就不能好好分析一下。"

"经你这么一说，我也冷静了很多。但我觉得你分析得不完全对，按你说的，根据沉没成本的原则，如果男生在花了大笔钱后不会轻易地提出终止双方关系，这听起来似乎对女方来说是一件好事，因为女生大抵不想被抛弃。那么那些女生是否就可以由此而认为男方的沉没成本越多对女生就越好呢？我刚刚看过《经济学家茶座》里的一文，独辟蹊径，令人信服。我还记得文章也是支持男女交往应该 AA 制的。不仅和沉没成本有关，更和社会平均投资回报率相关。"

"哦……你是西经专家，说来听听！"

"西方经济学认为，从长远说，如果经济发展处于一个平稳的时期，期间没有任何的波动，那么全社会各行业平均投资回报率必趋于相等，否则，就必有投资者将资金从回报率低的行业转向回报率高的行业。"

"你的意思是说平均投资回报率趋于相等的经济学原理既适用于经济领域，又适用于人与人之间的交往吧。"

"没错，人与人之间的交往必然要花费时间、金钱等。如果一方在你身上花了钱，花钱者就必有所求，并且他的这个所求与其支出基本成正比。他在你身上的投资回报率从长远来说必与在其他人身上的投资回报率趋于一致。否则，这个'投资'就不可能持续下去，他就必然将资源转移到投资回报率更高的地方，这也就意味着双方关系的终结。无论《资本论》还是边际收益递减律，都说明确实存在一个社会平均投资回报率。假设某对男女交往久了，总是男方买单而女方不以为然，男方付出沉没成本越来越多，按照你说的沉没成本，他该继续投入，为何却常见他放手黯然离去？因为他预期在女方身上的'投资回报率'低于社会平均投资回报率。"

"经济学的理性真是令人齿寒，却揭示了生活的真实。正所谓'天涯何处无芳草'，你被提出分手也是好事，不要纠缠，及早收手转投他女未为不可！免得沉没成本太高而不可收拾！毕竟我们普通人多是风险规避者。"

回眸点睛：

沉没成本是指由于过去的决策而产生的、不能由现在或将来的任何决策改变的成本。在经济学和商业决策制订过程中会用到"沉没成本"的概念，代指已经付出且不可收回的成本。

人们在决定是否去做一件事情的时候，不仅看这件事对自己有没有好处，也看过去是不是已经在这件事情上有过投入。我们把这些已经发生不可收回的支出，如时间、金钱、精力等称为"沉没成本"。

举例来说，如果你预订了一张电影票，已经付了票款且假设不能退票。此时你付的价钱已经不能收回，就算你不看电影钱也收不回来，电影票的价钱算做你的沉没成本。

男女交往时，若总是男方买单，一旦女方提出分手，男方付出的沉没成本太高。所以男人这个钱不能白花，他必有所求——或者是女人的肉体，或者是女人嫁人的承诺。天下没有免费的午餐，付出越多，索求越多。当然，男女都有所付出（金钱、时间、精力），沉没成本对双方都有约束，有利于双方更严肃地对待彼此之间的关系。若总是一方买单，另一方几乎没有沉没成本或相对很少，这种不平衡的关系总倾向被打破——也许结局大多不那么愉快，甚至是悲剧。

3.12　今晚去看演唱会
——在站与坐中明白博弈的纳什均衡

"知道吗，周杰伦要来长沙开演出会了！"身为他歌迷的寝室老二一听到也很兴奋，赶紧行动起来，排队买票。排了整整一上午队才买到票，一看，不前不后，在中间，于是赶紧约女朋友。他女朋友晓芸是个周杰伦迷，两人拿着票还没看演出就兴奋了一晚上，自习室都没去。

终于等到演唱会那天，两人早早去了，很晚才回来，因为大家知道老二能侃，他不回来，谁也甭想睡，于是边各自忙着事情边等老二。

到了晚上 11:00，老二终于拖着两条疲惫的腿回到寝室，一见到大家就又来了劲，一看就知道今晚又要卧谈，大家早有准备，买了些干粮以备聊得晚了饿着。

"我说老二，你就是找罪受，好好在寝室陪我们打打牌多好，你看三缺一，我们也没玩好，你看你还累成那样！看演唱会就是受罪吧。"

"唉……没办法，有家之人嘛，女朋友想去我也没办法，不过真的很过瘾，一晚上兴奋得足足站了三个多小时。"

"呵呵，你小子陪女朋友够敬业的！"

"那是当然，咱可是好男人！不过场面很热烈，内场的歌迷几乎都是站了整场来观看演唱会的。"

"我记得你的位置不错啊，干嘛站着啊！"

"我的座位是不错，比前不足，比后有余，但前面的人一旦站了起来，我们后面的也就不得不站起来，就这样一排排地就都站着了。如果只站一会儿还好，但时间一久，像这样站两个多小时下来，真是够受的。"

"你们也怪，都有座位干嘛都站着，都站着和都坐着不都一样吗？"

"谁说不是来着，其实大家也都清楚，如果坐下来的话，大家每个人都可以看得清清楚楚、舒舒服服，可大家最后站得脚都快抽筋了，还是只能坚持站着。谁知道为啥？"

"你看你天天逃课搞生意，现在吃亏了吧？如果上了博弈论的课，就很容易明白为什么大家坐着都看得清楚和舒服，却又不得不辛苦地站两个半小时来看演唱会？"

"去去去，别拿我开涮！你倒是说说，我听听。"

"看你那头脑我也不说得太复杂，现在我们把问题稍微简化一下，假设会场只有两排座位，即前排和后排。当前排和后排都坐下时，他们都在自己的位置上获得了应有的效用，设为（10，10）；两排都站着的时候，站着看会比较辛苦，而对于第二排来说，不仅要站起来，还要站得高，因为当大家都坐着的时候，舞台都比歌迷要高，抬着头就可以看清楚，但当前排也站起来时，前面的人很可能把视线挡住，站得会更辛苦，所以效用会相对降低，为（7，6）；当后排坐着而前排站着的时候，前排的歌迷觉得站起来更能表现出自己激动和兴奋的心情，同时偶像可能因此而注意到他们，而且站着看他们会感觉更激动、更 high，因此，只单独一排站起的时候效用变为 12，而此时第二排因前排站起的关系，什么都看不到，所以效用为 0，即（12，0）；而当前排坐着而后排站着的时候，前排虽然仍能看，但是由于不能像后排那样兴奋，所以效用为 9，即（9，11）。"

为了大家能听明白点儿，老二还专门画个了潦草的表格。然后指着表格说："可以看到，当前排站着时，后排当然选择站着，前排坐着时，后排还是选择站着；当后排站着时，前排会选择站着，后排坐着时，前排仍会选择站着。因此，我们可以发现，两者都站着时达到了纳什均衡，尽管不能达到帕累托有效。"

前排 后排	站着	坐着
站着	(7, 6)	(9, 11)
坐着	(12, 0)	(10, 10)

"那难道就没有什么方法可以让大家都坐下观看吗？"老四不服地问道。

"这就要从客观和主观两方面入手了，如果前面的歌迷能顾及后面歌迷的感受，追求的不仅是个人效用的最大化，而是整个群体效用的最大化，通俗一点儿说就是不要那么自私，那么大家都可以看得舒舒服服的。当然，看到盼望已久的偶像那种激动的心情是可以理解的，但是大家如果能守秩序还是可以做到的。"

"这只是理论上吧，现实中就会像你一样，全都选择站着，呵呵！"

"没错！要想达到这个目的，可能还需要采取一些措施，比如，若前排的人站起则要被强制赶到后排，或被告知如果他们更安分地坐好，那么偶像可能会走得离他们更近等。让他们明白自己坐下来可以使效用增加。当然，现场进行这种强制的可行性很小。"

"要我说，最好的办法是，偶像主动承担维持秩序的作用，此时歌迷当然会比较听话。但是这样会影响现场气氛和大家的情绪，偶像肯定不会这么做。因此，基本上所有在场的人都会'理性'地选择站着忍受煎熬。这也是没办法的事情，你不就是个例子嘛！"莫逸飞揶揄道。

回眸点睛:

纳什均衡又称为非合作博弈均衡,是博弈论的一个重要术语,以约翰·纳什命名。约翰·纳什 1948 年作为年轻的数学博士生进入普林斯顿大学,其研究成果见于题为《非合作博弈》的博士论文。纳什在论文中介绍了合作博弈与非合作博弈的区别。他对非合作博弈的最重要贡献是阐明了包含任意人数局中人和任意偏好的一种通用解概念,也就是不限于两人零和博弈。该通用解概念后来被称为纳什均衡。

假设有 n 个局中人参与博弈,给定其他人策略的条件下,每个局中人选择自己的最优策略(个人最优策略可能依赖于也可能不依赖于他人的策略),从而使自己的利益最大化。所有局中人策略构成一个策略组合(Strategy Profile)。纳什均衡指的是这样一种战略组合,这种策略组合由所有参与人最优策略组成。即在给定别人策略的情况下,没有人有足够理由打破这种均衡。

纳什均衡,从实质上说,是一种非合作博弈状态。就像看演唱会一样,大家都选择了不合作的站着。

3.13 老婆和老娘同时落水该咋办?
——学用效用理论巧回答

"真不晓得女生是咋想的,今天晓芸居然问我如果妻子和母亲同时落水,

只能救一个，我会救谁？"

"呵呵，别郁闷了，现在女生都这样，上次我被女朋友问过。"

"那你怎么回答的？"

"我就说哪个最近就先救哪个？结果被咄咄逼问，前提是救起妻子和母亲的成功概率是一样的情况先救哪个？我当然说先救母亲，结果被狠狠地批了一顿。"

"哈哈，那是肯定的！不被批才怪。"

"于是啊，我就痛定思痛，拼命思考这个问题。还请教了很多女生。"

"确实如此，对于一个男人来说，妻子和母亲是他生命之中最重要的两个女人。因此，要在妻子和母亲之间做出取舍，这是非常难的，并且很痛苦。可是非要选择不可，到底是救妻子还是母亲？事实上，不管是救谁都有一定的道理，毕竟母亲是给自己生命的人，妻子是陪伴自己终身的人。你思考的结果如何，说来听听？"

"呵呵，其实我就是问了一个女生，要是她在母亲、丈夫、儿子之间失去一个，她会选择谁？那个女生就说放弃母亲，接着问她，要是再失去一个，她会选择谁，她说是儿子。她的理由是虽然父母给自己生命，但是父母是先她而去；儿子虽然小时会在自己身边，但是有一天长大了、成家了，也会离开自己；唯一能够陪伴自己终身的人就是丈夫。因此，她的答案就是丈夫是她生命中最重要的人。"

"你说这个故事啥意思？"

"别急啊，从这个故事之中，我们是否也可以得出一个结论，对于男人来说，妻子也是他生命最重要的人。"

"不对，这么回答是要有个前提的，那就是两人一生不分离，但是不管丈夫还是妻子，都是可以重新选择的，现在离婚率可是非常高，但是母亲就不同了。母亲就这么一个，失去就再也没有了。因此，我觉得那个女生的回答忽略了一个很重要的条件，就是配偶不是一成不变的。"

"要我说你们俩也别争了，都说旁观者清，我觉得用经济学就很好回答这个问题。"

"你可别，一提经济学就感觉冷飕飕的，太理性了。"

"哪有那么可怕，要我说，从经济学上看，妻子给男人满足的效用往往要大，正如水给人的效用比钻石要大。一个人，如果没有钻石，他活下去没有任何问题，但是如果他几天不喝水，那么就有生命危险。但是水很便宜，而钻石很昂贵。你们都知道这个悖论吧。我觉得老婆和老娘的问题和这有点儿类似。"

"快说！"两人异口同声地吼道。

"干嘛这么大声，有理不在声高！"

"找削是不？"

"唉……都说四肢发达的人头脑简单。其实，这个问题一点也不难理解，水的效用虽然非常大，但是它的边际效用非常小；钻石的效用虽然很小，但是它的边际效用非常大。道理很简单，水虽然对人类生命非常重要，但是多出部分的水用途却不大。因此，在正常情况下，妻子给男人的效用大，但是边际效用没有母亲那么大，经济学的看法当然是先救母亲！"

"好像有点儿道理……"

"你的意思是说，母亲只有一个，而妻子可能有很多选择，也就是资源越稀缺就越贵对吧。"

"就是这个意思，但必须是在能够满足人的效用的情况下，才有物以稀为贵，价格取决于稀缺程度。对于一个人来说，他愿意出价多少，最终取决于个人满足的边际效用。打个比方，如果妻子对他的效用是 100，母亲是 70。他失去妻子，再找一个妻子得到的效用是 80。那么他失去妻子的边际效用是 20，而失去母亲效用就会从 70 变为 0，这时失去母亲的边际效用是 70。从这个角度来看，选择救母亲是理性的，能够实现效用损失最小化。"

"你说得是有些道理，但是经济学不能推测人的内心世界。而且你只是从各人角度出发。"

"此话怎讲？"

"从效用角度分析这个问题没错。但是要从整个社会效用来看，救妻子比救母亲损失的效用将会更小。毕竟，母亲比妻子年龄大，假定她们生命长度一样，救妻子对这个社会总效用来说，应该是更有利的。"

"我连女朋友都顾不过来了，哪还有那么多闲心管社会总效用，老婆和老娘同时落水，这是千古难题啊。虽然角度不同，但是，在约束条件下，选择利益最大化还是有道理的。"

回眸点睛：

在经济学中，效用是指商品满足人的欲望的能力，或者说，效用是指消费者在消费商品时所感受到的满足程度。它是用来衡量消费者从一组商品和服务之中获得的幸福或满足的尺度。有了这种衡量尺度，我们就可以在谈论效用增加或降低的时候有所参考，因此，也在解释一种经济行为是否带来好处时有了衡量标准。

效用价值论在 17～18 世纪上半期资产阶级经济学著作中已有明确表述。英国经济学家 N.巴本曾用物品的效用来说明物品的价值。意大利经济学家 F.加利亚尼明确指出，价值是物品同人的需求的比率，价值取决于交换当事人对商品效用的估价，或者说，由效用和物品的稀缺性决定。

"边际效用"一词由维塞尔首创，用来概括满足人的最后的即最小的欲望的那一单位的商品的效用，后被沿用下来。西方经济学中边际效用价值论（主观价值论）的价值尺度是指满足人的最后的即最小的欲望的那一单位的效用。

根据边际效用价值论，价值是一种主观心理现象，起源于效用，又以物品稀缺性为条件。人对物品的欲望会随欲望的不断满足而递减。如果物品数量无限，欲望可以得到完全满足，欲望强度就会递减到零，但绝大部分物品的数量是有限的。

3.14 大学恋爱难成"正果"
——不完全竞争下的不可能性定理

很晚了，老四还没回寝室。据说今晚送老生儿，他们舞协也搞了个活动欢送元老级人物，寝室里少了老四，卧谈也没了气氛，有一句没一句的。就在大家就要睡着的时候，老四被架了回来。

一顿折腾，大家都被闹得没了睡意，送走架着他回来的学弟们之后，关上门，大家就各自上床了。

等了会儿，看大家都没反应，没一个过来照顾他的，老四忍不住了，嘟囔着说道："你们这群哥们太不讲义气，没看见我喝多了……也不关心关心我。"

"……"

"都说大学感情深，我看不是，我们的友情就那么不堪一击吗？这还没毕业，你们就一个个都这样，我怎么就认识你们这群人啊……"

"认识我们是你的福气。"

忍了半天大家终于忍不住了，异口同声道。

"我们还不了解你，表面上你不能喝酒，其实根本没醉，我们都等你一晚上了，寝室没有你的催眠曲我们能睡着吗？"

"我就说嘛，你们就是够意思，不过今天酒确实喝得挺伤感的，几个舞协的元老喝得都没谱儿了，最后是钻桌底的也有、痛哭流涕的也有。"

"行啊，你们舞协还挺有感情啊！"

"感情啥呀，跟我们没关系，主要是那些学长们毕业在即，也分手在即，一时喝多了什么都说。我就奇怪了，有些感情都挺好，怎么毕业就分手了呢？"

"是啊，听你一说挺恐怖的，我也经常听说大学校园里的爱情太脆弱，看来还是单身的好，省得到时痛苦。"

"我就不明白，大学爱情怎么就那么不堪一击呢？要是我，肯定坚持到底，坚决做到'不抛弃，不放弃'。"

"你先别说大话，以一个局中人的体会来说，我认为大学生谈恋爱的目的当中有浓重的'尝试'情结，这在相当程度上决定了其行为具有'试错'的特点。因为大多数中学都是明令禁止恋爱的，所以学生们把大学恋爱当做'补课'，并试图为以后积累人力资本。"

"老大出马一个顶俩。我们不要忘记，咱们的失败证明大学校园的'爱情市场'存在严重的进入壁垒，参与其中的局中人在相貌、才华、财富和前途方面又是高度差别化的。所以，校园爱情根本不是一个完全竞争的市场，而是一个带有高度垄断的不完全竞争的市场。在这种市场里，那些具备较好禀赋和财富的局中人拥有一定的优势。在漂亮女生资源相对多的文科大学里，男生较少，女生较多，但彼此有些差异，市场就接近于垄断竞争；而在那些女生资源匮乏的理工科大学，市场则近似于完全垄断，女生面对众多的'需求者'，掌握着很多优势；特别是漂亮和优秀的女生彼此可能达成合谋，她们轻易不会被追到手，而一旦成功，那获胜者必将尽全力保护自己的成功。"

"没错，特别是爱情这种神奇的东西，具有使局中人在一定时期疯狂投入的'锁定效应',这对于潜在进入者就是进入壁垒。更重要的是,由于学生们面对经过一番博弈已经'成交'的爱情,一般遵守'不干涉原则'。因为在一个彼此比较熟悉,相互之间本来没有利害冲突的校园中,没有人想被人指责为'第三者'。因此校园'爱情市场'是缺乏激烈的竞争的,替代品较少,被追求者(假定为女生)面对的选择集合非常小,从理论上讲就不会产生'最优'的选择结果。有些人抱着好奇心和试一试的态度,这时他们一般不会把财富、名利等功利性的考虑放进目标中,因此校园爱情才显得纯洁,总之,经过我的分析,大学生最可能的爱情状态是:在不完全竞争下,尝试性的恋爱不会使参与者获得自己最满意的爱情,因此就不会获得持久的爱情,但由于大学环境的独特性,以及阶段性目标的稳定性,校园爱情常常能在大学阶段平静地度过几年。然而,毕业后大多天各一方,那是我们假设和推证的必然结果,尝试性目标取向的大学爱情一旦碰到较为严重的约束条件——地理分布、户口等因素,变化的生活环境出现更多的约束条件,如工作、财富等被考虑到目标需求里来的时候,大学刚毕业的三无男生自然就被排除出了最优解集,出现劳燕分飞的结果也就不足为奇了。"

回眸点睛:

1972 年度诺贝尔经济学奖获得者美国经济学家肯尼思·J.阿罗提出阿罗不可能性定理,它是指如果众多的社会成员具有不同的偏好,而社会又有多种备选方案，那么在民主的制度下不可能得到令所有的人都满意的结果。

在恋爱中，每个人都会根据自我的需求建立一个个人的偏好函数，这个函数包含的内容在不同阶段会有不同，对于校园爱情的阶段，可能更多考虑的是相貌、性格、学习能力等比较单纯的因素，但是在踏入社会以后，加入偏好函数中的因素增多，诸如财富、社会地位、权力，而且面临较为严重的约束条件——地理分布、户口等因素时，大学时代的选择对象往往就被排除在选择之外。这种情况的出现往往也是由大学校园"爱情市场"的不完全性及其信息不完全造成的。

众所周知，大学里爱情修成正果率趋近于零，坚持四年的爱情更是少见，从经济学角度来讲，首先因为参与者在相貌和财力上的差异，造成了大学爱情市场不是一个完全竞争市场，而是一个具有垄断性质的不完全竞争市场，那些天生丽质和豪门之子在市场中具有旁人望而却步的竞争力。而在男、女生比例严重失调的文科和理工科学校，市场则近似于完全垄断。

其次，由于爱情市场缺乏竞争，故替代品也随之缺乏，这就造成了追求者和被追求者选择范围的缩小。况且交易双方信息不对称，看到的不等于真实的，表面上看到对方的优秀很可能是对方故意表现出来的，而事实上并非如此，即并不是另一方喜欢的类型。在这种情况下是不会产生最优选择的。在这种非最优选择下，恋爱双方并不能获得最大的效用，一旦爱情新鲜期一过，基本上这场爱情也就终结了。那些大学厮守四年到毕业或工作后才分手的稀有现象，是因为双方一旦进入社会这个更大的市场，选择机会增加，一旦其中一人或双方获得更大的效用，即使当初海誓山盟、海枯石烂，最终还是劳燕分飞。

总之，毕业就像从一个信息不完备的非完全竞争的市场里到一个信息比较完备、选择资源相对丰富的市场里，根据经济人的假设，重新选择最优以满足新的偏好也就非常正常了。

3.15　恋爱也要看"背景"？

由于林蓉睿所在的院系美女众多，引无数他院帅哥竞折腰。在学生会任职的林蓉睿人漂亮又有能力，因为经常和其他学院的学生会联合举办节目，名声在外，自然吸引了众多帅哥的眼球。

话说有一男生对林蓉睿非常倾慕，终于找到机会表达。不过林蓉睿十分犹豫，因为据林蓉睿了解，这个男生家境似乎不佳。为此林蓉睿非常为难，到底爱情中应不应该看重一个人的家庭背景呢？

由于犹豫不决，林蓉睿只好找莫蓉睿倾诉。

莫蓉睿倾听了一会儿说道："我最近看到一则笑话，讲给你听听吧，话说清朝有一位优秀的商人，有一天他告诉儿子说'我已经选好了一个女孩子，我要你娶她。'商人的儿子说'我希望自己决定要娶谁为新娘。''但我说的这女孩可是曾国藩的女儿哦！'儿子喜形于色：'哇！要是这样的话……'于是商人来到曾国藩府上拜见说：'我要给您介绍一位女婿。''我女儿还没想嫁人呢！'曾国藩当即回绝。'但我说的这位年轻人可是胡雪岩的爱徒哦！'曾国藩立即喜笑颜开：'嗯！要是这样的话……'接着，商人去拜见胡雪岩。'我想介绍一位年轻人拜你为师。''我已经有很多爱徒了！''但我说的这位年轻人可是曾国藩未来的女婿哦！' 胡雪岩大喜。最后，商人的儿子娶了曾国藩的女儿，又当上了胡雪岩的弟子。"

林蓉睿疑惑地望着莫蓉睿，满脸写着不解。

"呵呵，你没有学过经济学，所以悟不出其中的道理。笑话告诉我们一个道理，就是人们为了各取所需，可能成就其他的事情。从经济学角度讲，作为曾国藩的女儿，能够提供的直接效用大概就是一个平常女人作为妻子的效用，但是别忘了，她有一个了不起的父亲，她父亲功高盖世，有巨大的知名度和影响力。虽然如此，曾国藩还是需要在商界结交朋友，同样，胡雪岩对政治势力也有需求，在这种情况下，商人巧妙利用引致需求，使他们在各取所需的同时成就了自己的儿子，结果使一个本来一无所有的傻小子爱情事业双丰收。这就是引致需求所致，如果彼此都不看重其家庭背景的话就不会成就商人的儿子。这个笑话生动地体现了一个经济学里的常用名词，就是引致需求。"林蓉睿得意地讲着。

"我还是不明白，你好好解释一下。"林蓉睿充满好奇地问道。

"嗯，举个例子来说吧。就拿我们每天吃的馒头来说吧，我们为了免除饥饿，本来直接需要的是馒头，这就是馒头直接提供的效用。但是对馒头的需求却间接地导致对食物的原材料如面粉等的需求也增加了。"

"你是想说，在爱情里，虽然彼此只是需要一个男女朋友，彼此给对方的直接效用就是作为妻子或丈夫的效用。但是因为家庭背景不同，会产生间接的需求，对吧？"

"大概就是这个意思。不过是否应该看重家庭背景要因人而已，个人偏好

不同，你还是自己好好考虑下自己真正想要的吧。"

听了莫蓉睿的一席话，林蓉睿似懂非懂地点点头。

回眸点睛：

在经济学上，称厂商对生产资料的需求为引致需求，又叫派生需求，因为它是厂商为了生产产品满足消费者的需求而产生的对生产资料的需求，这种需求不是为了本身的消费。

引致需求（Derived Demand）是由阿弗里德·马歇尔在其《经济学原理》一书中首次提出的经济概念，是指对生产要素的需求，意味着它是由对该要素参与生产的产品的需求派生出来的。对一种生产要素的需求来自对另一种产品的需求。其中该生产要素对这一最终产品会做贡献。例如，消费者为什么需要面包？因为面包能够提供直接的效用。面包商为什么需要面粉？显然，他并不期望从面粉中得到直接的效用，他盘算的是，用面粉来生产消费者需要的面包以获取收益。正是消费者对面包的需求引致了面包商对面粉这样的生产要素的需求。因此，经济学家就把对生产要素的需求称为引致需求。

第4章

大学校园生意经

DAXUE

XIAOYUAN

DAXUESHENGHUO

JINGJIXUE

SHENGYIJING

4.1 "下海"明智吗？
——学会用"会计成本与经济成本"算算账

老二的"移动卖店"已经开业一个学期了，这天忙碌的老二一反常态，一个人在电脑前忙了半天，大家一瞧，这小子原来是在搞成本核算，这一学期以来他有求必应，面包、香肠、方便面、扑克、U 盘、鼠标等用品，只要大学生日常需要的，他都可以送货上门。

"老二，你的'皮包公司'赢利如何？"老四笑呵呵地问道。

"什么皮包公司，我这可是正经的生意！"老二一本正经地说。

"还不是皮包公司啊，你的东西不都是现买现卖的吗？"

"那又怎么样，我能赚钱就行呗，我这自给自足总比你向家里伸手好吧，别烦我，没看我正算账呢！"

"怎么样，二当家的，亏损还是赢利啊？"老大也凑过来问道。

"当然是赚啦，赔本的买卖我能做吗？你们看看我算的账，足足赚了三千多元！除去花销，我还攒了不少！"老二得意地笑着说。

大家呼啦一下围到电脑前，大家一看，他对所有的销售明细做了一个汇总，电脑上的表格为：

会计报表	单位：元
销售收益	20 000
进货成本	14 000
设备折旧	500
信用卡利息	500
总成本	13000
利润	5000

"你这儿还有设备折旧和利息呢？"

"能没有吗，天天跑腿，都跑坏了我两双鞋，那辆自行车也修了一次。再说，采购款都是用信用卡透支出来的，当然要有利息！"

大家对他的核算评论一番，只听老六说："你这成本核算有问题！"

"有问题？什么问题？说说看？"

"一看你经济学就没学好，你跑坏了鞋是小事，你怎么没计算你自己的工资，按说每月这么累至少要 400 元吧，按 5 个月计算至少也得 2000 元吧，不仅如此，这段时间你付出了体力，因此用于补充营养的费用、耽误学习时间挂科的补考费，还有电话费等。这些都是表面的，你的时间成本多高啊，至少你的学费在这段时间是白费了，单就这一项也得 3000 元吧，这些汇总一下至少也得 3500 元！"

"那岂不是很惨，我忙了一个月才刚回本！"

"我看还不仅如此，你的钱如果放在银行至少有 100 元利息吧，如果像我们炒股，这么好的行情，弄不好还能翻一番呢！忘了自由资金的收益了吧！你把这些算进去再看看。"

老二被大家一顿批判，重新算了一下成本，不算不要紧，一算真难受。这一学期下来白忙一场不算，还亏了 700 元，真是郁闷。

经济学报表	单位：元
销售收益	20 000
进货成本	14 000
设备折旧	550
信用卡利息	500
老二工资	2000
时间成本	3500
自有资金收益	100
总成本	20 750
利润	−750

不管怎么说，从经济学角度来说，确实如此，都怪自己不好好学习瞎折腾。老二十分好学，于是赶紧请教大家。

"我这么核算有什么问题呢？我核算的会计成本是生产经营时实际支出的货币成本，其支出反映在会计账簿上。在会计报表中，用于设备折旧、厂房租金、原材料、电力、工人工资和贷款利息的支出，我觉得我会计学得不错啊。"

"其实你第一次算的是会计报表，其中的总成本是实际支出的会计成本，而我们和你说的是经济学意义上的报表，其中的总成本是经济成本。会计上算出的利润是会计利润。经济学意义上算出的利润是经济利润。在你做出'下海'

决策时，了解会计成本与经济成本之间的差别是十分重要的。"

"寝室长说得对，经济成本就是在会计成本上加了机会成本。即经济成本等于会计成本与机会成本之和。因此，了解这两种成本差别的关键是机会成本。"

"机会成本是为了得到某种东西所必须放弃的其他东西。例如，你手头有一学期的时间，可用于学习，实现了 3000 元学费的价值，还获得了无价的知识，而这段时间用于经营获得 5000 元。你把这 10 000 元用于经营获得 5000 元时就放弃了用于学习的获利。当然，这种机会成本并不是实际支出，不是在做出某种选择时实际支出的费用，所以，没有反映在会计报表上，但它也是某种损失。"

"那你们说的经济成本中包括的机会成本与会计成本的差别主要有哪些呢？"

"差别主要体现在三点。第一，机会成本包括你自己的工资。会计成本里没有体现你付出的劳动的报酬。但从机会成本的角度来看，这一项就不能忽略了，至少你做家教一个月也有 400 元的收入吧。所以，你放弃了这部分收益就是把自己的时间与精力用于'下海'的机会成本，以 5 个月计算，你的工资也要 2000 元，这个你明白吧。"

老二若有所思地点点头，要他继续说下去。

"第二，机会成本还包括你自由资金的收益，在会计成本中也没有这一项。你的这笔钱存入银行至少还有 100 元利息，但你拿去经营，这部分收益你当然就没有了。第三，会计意义上的报表与经济学意义上的报表中都有设备折旧一

项，但会计成本与机会成本的计算方法不同，因此数值不同。会计上是按线性折旧计算的，比如你的单车 400 元购买，使用 4 年，平均每年折旧 100 元。但经济学是按设备资产的现值来计算折旧的。你上学期买的单车，现在如果拿出去卖只值 250 元，所以折旧，即设备资产价值的减少为 150 元。这就是用机会成本来计算的折旧。这两种方法计算出的折旧差别为 50 元。"

"说得没错，这样加上机会成本，总成本就是 20 750 元，减去销售收益 20 000 元，实际上还亏了 750 元，即经济利润为负 750 元。你现在懂了吧？你不仅没有赚到 5000 元，还亏损了。"

老二的例子告诉我们，当做出决策时，不仅要考虑得到什么，还要考虑为此而放弃了什么。只有考虑到机会成本的经济利润最大化才是真正的最大化。懂得了这一点，做出是否"下海"或其他决策就容易了。

回眸点睛：

会计成本是企业在生产经营中实际支出的货币成本，其支出反映在会计账簿上。

经济成本就是在会计成本上加了机会成本，即经济成本等于会计成本与机会成本之和。经济成本是企业使用的所有资源总的机会成本。因此，了解这两种成本差别的关键是机会成本。一旦认识到存在着机会成本，就可以清楚地看到企业除发生看得见的实际成本——显性成本（如购买原材料、设备、劳动力、支付借款利息）之外，还存在着隐性成本。

因此，学生'下海'更应该重视包含隐性成本的经济成本，只有这样才能做到真正的赢利。

4.2 口袋里的钱该怎么用？
——学生理财有窍门

老二的经营失败在寝室刮起了一阵风暴，大家都在考虑如何经营自己的资产。特别是财务专业的老二，狠下工夫研究了自己的财务状况，将所学不多的会计财务知识都搬了出来。埋头沉默了好几天，闭门造出了一套理财窍门。一有时间就向大家兜售他的"创意"。

"别整得那么专业，看你那密密麻麻的财务报表，真让人头痛。有什么用啊。"老四不屑地说道。

"别这样不耐烦嘛，像你这样钱都不知道花哪了怎么行，其实只要肯花点时间，从每天的记账开始，把自己的财务状况数字化、表格化，不仅可轻松得知财务状况，更可为未来做好规划。"老二自信地说道。

"看你乐此不疲的，理财理得很开心啊！详细说说，说得好，封你做寝室的出纳兼会计！"老大笑呵呵地开玩笑说。

"大哥，这就是你不够专业了，会计和出纳怎么能由一个人担任呢。不过要说理财，我想你们也是不知从何下手。我将书本上的知识学以致用，总结了一套方法。"

　　"愿闻其详！你还能整出来一套方法？"老大因老二不给面子当众指出自己的错误但又不能显示自己没度量，于是装作很有兴趣倾听的样子。

　　老二听出了老大的言外之意，但故作深沉地继续说道："为大家服务嘛。其实理财并不难，从了解收支状况、设定财务目标、拟订策略、编列预算、执行预算到分析成果这六大步骤，可轻松地进行个人财务管理。"

　　"你行啊，老二，一搞就是六大步，你倒是说说，管用的话你搞个培训班，继续创业！哈哈！"

　　老二没理会老大的"讥讽"，继续说道："记账是理财的第一步。记账贵在清楚地记录钱的来龙去脉。每个人生活资源有限，每一方面的需要都要适当满足，从平日养成的记账习惯，可清楚得知每一项目花费的多寡，及需要是否得到适当的满足。"

　　"每天记录这些烦琐的事情，你不嫌烦啊！"

　　"没关系，现在有些小软件很有用，像普蓝个人事务处理系统的网络账本就很好用，账本比较好地实现了复式记账，同时，其财务报表功能也非常强大。我已经下载了，大家随便复制！"

　　"光记账就能理财？我才不信！"

　　"你先别急，你说说你都怎么记账？"

　　"还不简单，按照时间、花费、项目逐一记在本子上。"

　　"你说的只是一般人的记账方式，这种方法不是非常科学，除了必须忠实地记录每一笔消费外，更应该记录采取何种付款方式，如刷卡、付现还是借钱。"

"我觉的理财中记账并不是最重要的，关键是如何花钱。"小李插嘴道。

"通常在谈到理财的问题时，应该从两种角度考虑，一种是钱从哪里来；另一种是钱到哪里去，每日记账必须清楚地记录金钱的来源和去处，这才符合会计学所称的'复式会计记账法则'，而且要懂得开源节流！"

"记账是理财的第一步，然而如何才能准确记录这些信息呢，平常消费养成索取发票习惯就帮了大忙，在会计上，集中凭证单据可是记账的首要工作。平日在收集的发票上，清楚记下消费时间、金额、品名等项目，没有标识品名的单据最好手写加注。此外，银行的取款单、刷卡签单等单据都要一一保存。凭证收集全后，按消费性质分成食、衣、住、行等，每一项目按日期顺序排列，以方便日后的统计。明了收支财务状况是达成理财目标的基础。如何了解自己的财务状况呢？记账是个好办法。逐笔记录自己的每一笔收入和支出，并在每个月底做一次汇总，久而久之，就对自己的财务状况了如指掌了。同时，记账还能对自己的支出做出分析，了解哪些支出是必需的，哪些支出是可有可无的，从而更合理地安排支出。'月光族'如果能够学会记账，相信每月月底，也就不会再度日如年了。"

"说起来容易，做起来难，每天那么多事情哪有工夫记得住那些信息！"

"逐笔记账做起来确实有点难度。但现在已进入'刷卡'时代，而且超市产品齐全，购物都有小票，校园一卡通也可以记录包括洗澡、洗衣服及饭费等信息。同时，信用卡的普及及电子账单的应用也部分地解决了很多问题。"

"好了，今天就先讲这最重要的一步，其实，如果账记得好，就会很快发现钱的用途，从而为开源节流、做好理财打下坚实的基础！"

回眸点睛：

　　"个人理财"是一个时髦的词儿，个人理财是指根据财务状况，建立合理的个人财务规划，并适当参与投资活动。有一句经典的话：你不理财，财不理你；你若理财，财可生财。然而，一般人对理财的认识存在着两个误区：一是认为理财就是生财，就是今年投下 10 万元，明年收获 12 万元，也就是投资赚钱；二是认为理财是有钱人的事儿，学生本来就没有几个钱，无所谓理不理财。

　　实际上，这两种理财观念都是狭隘的。理财其实是一种个人或家庭的人生规划，根本上是指我们要善用钱财，尽量使得个人的财务状况处于最佳状态，从而提高生活质量。

4.3 学生也能做"老师"
——家教市场的不完全竞争

　　莫蓉睿天生比较马虎，昨晚在提款机上取了钱就急忙走了，忘记了取卡，结果这个月 600 元的生活费全丢了，还不敢和家人说，绞尽脑汁终于下了决心去做家教，不过学生做家教的很多，竞争比较激烈，怎么才能找到一份比较中意的家教呢？

想来想去，还是觉得去找莫逸飞问问。兄妹俩见了面，莫蓉睿一五一十地讲了经过和想法。结果可想而知，先是被批了一顿。

"你呀，以后要多细心一些。现在做家教不是很容易。"

"是觉得很难才来找你啊，我们寝室的姐妹有几个出去家教的都是没一个月就被辞退了，我也是实在没办法才想这个办法赚钱不是？"

"我刚来学校时做过家教，我就把我的经验给你讲讲。首先，作为在校的学生，你得对自身的状况有个明确的认识。虽然你现在缺少生活费，但不能荒废学业，求学的机会是来之不易的，机会成本十分昂贵，在优秀地完成学业时兼职是解决温饱问题的有效途径。但一定要使时间的边际成本与做家教挣钱的边际收益基本相等。由此，才能最合理地控制住兼职的时间。正所谓'兼职诚可贵，机会价更高'。"莫逸飞语重心长地说道。

"呵呵，你还挺会套用名言啊！"莫蓉睿调皮地说道。

莫逸飞看看莫蓉睿继续说道："如果你下定决心做兼职，就要知己知彼，在家教市场上最重要的就是信息！你可以先了解一下家教中心的情况。家教中心一般收集两方面的信息，一方面是学生的供给信息，在学生市场中，它是信息的垄断者。一般只有先交 50 元信息费才可能获得家教信息，这样就基本上剥夺了学生的消费者剩余。另一方面是家长的需求信息，在这个市场中家教中心基本处于垄断地位。近年来家教热不断升温，初、高中生和小学生需要补课的人很多，而且家长一般都希望请一个多门功课都可以补的家教。因为家教中心充分掌握家教供给的信息，这样可以省去家长寻找家教的搜索成本，因此对其收取一部分费用还是可以接受的。家教中心是理性的经济人，它深知学生的

挣钱欲望较高，因而其收益带来的效用也十分高。而家长知道家教市场明显供大于求，成千上万的莘莘学子'嗷嗷待哺'。而且相对于学生的收益效用，家长得到服务的效用要低得多。由上分析可以看到家教中心的优势地位是如此明显，以至于它在两个市场上都占尽了先机。这些问题想明白以后，你只能承认这个供过于求的市场中的不平等关系。"

"我觉得也很奇怪，为什么家教市场都被垄断了，找家教只能找中介，真是郁闷！难道就没有别的办法吗？"

"当然有，不过你需要自己付出搜索成本，比如到社区或图书市场附近张贴广告什么的，但是这个成本也不小，成功率还不一定高，毕竟个人不像家教中心一样具有信息搜集上的规模效益。不过你也不用着急，你可以和几个同学搞个家教社团嘛！这样，一方面有了经费，另一方面也可以为社团成员低价提供信息！这可是一举多得的事情。"莫逸飞启发道。

"你这个主意太好了！"莫蓉睿兴奋地跳了起来。

"先别激动，这也是一个小型创业，其中会遇到很多问题，你可要善于运用经济学才好哦！"

回眸点睛：

  不完全竞争市场是相对于完全竞争市场而言的，除完全竞争市场以外的所有或多或少带有一定垄断因素的市场都被称为不完全竞争市场。它分为三个类型：垄断市场、寡头市场、垄断竞争市场。它是在完全垄断、垄断竞争、寡头垄断条件下，企业的价格和产量决策行为。

由于信息的稀缺性，占有信息的家教中心是处于绝对的垄断地位的，大学生家教市场是一种供给上的完全竞争市场，人数众多、无垄断力量，提供家教服务质量虽有差异，但在进行家教之前无法体现，因此只能接受市场价格，没有议价能力。

因此，如果你想改变自己的不利地位，一方面是加强自己与其他竞争者的差异性，使自己突显出来，使完全竞争的市场逐渐向垄断竞争市场过渡，这样自身便增加了讨价还价的能力，从而使自己的市场地位上升。另一方面，家教中心的数量也在不断增加，有竞争就会在价格上体现出来，家教中心群雄夺利的局面当然有利于学生。这样家教中心的完全垄断地位就可以被打破，不过有时候各个家教中心出于理性的考虑竟然不自觉地达成家教收费同盟：死不降价、标准统一。

这时寡头垄断市场对信息提供者最有利，而对信息需求者最不利。此时，作为学生的信息的需求者可以通过组成社团降低搜索成本的方式来改变处于弱势的地位。

4.4 创建新社团
——学会"投入与产出"

莫蓉睿对于莫逸飞的创建家教社团的主意非常兴奋，赶忙请教如何创建。

"我也没有创建过社团，只是我觉得用经济学把关和指导，应该问题不大，你有没有什么想法？"

莫蓉睿沉思一会儿说："我想要创建一个社团说容易也容易，但是需要考虑的东西也很多。我一时也找不到头绪，不过我应该考虑成本和收益吧。"

"没错，创建一个社团容易，但是如果想搞得有声有色，得到认可、获得成功，就必须要学会一种有用的经济学分析方法，而且社团更应该重视业绩，比如你想创办家教社团，这多少是个公益性的社团，基本上经费很少，却需要有成果才行。"

"哦，我觉得也是，那你说的那种经济学分析方法具体是什么啊？"莫蓉睿好奇地问道。

"这么着急想知道啊，你也学了这么久经济学了，就知道偷懒来问我！"莫逸飞故作神秘地卖关子。

"快说，请你吃饭行不！"

"哈哈，方法很简单，就是投入产出分析法！"

"投入？产出？这个好像看过，不过当时没太在意，是不是就是成本-收益分析呢？"

"呵呵，二者还是有一定区别的，投入产出分析是研究经济系统各个部分间表现为投入与产出的相互依存关系的经济数量方法。本来对于创建社团这样的小型组织更适合用成本-收益来核算分析，因为投入产出分析是研究经济系统的一个宏观的方法，投入产出模型主要解决部门间的协调发展，是企业取得最好经济效益的必要条件。"莫逸飞慢慢地解释道。

"原来是这样啊，不过你能否说得再详细点呢！或者介绍本书给我看看。"

"说到投入产出分析，你需要知道两个重要的元素，投入产出表和投入产出率。"

"具体什么意思？"

"投入产出表又称部门联系平衡表，是反映一定时期各部门间相互联系和平衡比例关系的平衡表。这个表比较复杂，可以用横纵相交的两条垂直线将表分成四个象限，就像坐标系一样。在表中，第 I 象限反映部门间的生产技术联系，是表的基本部分；第 II 象限反映各部门产品的最终使用；第 III 象限反映国民收入的初次分配；第 IV 象限反映国民收入的再分配，因其说明的再分配过程不完整，有时可以不列出。"莫逸飞一边说着一边比画着。

"太复杂了，真麻烦！"莫蓉睿不耐烦地说道。

"你呀，连这点耐心都没有怎么能将社团办好呢？"莫逸飞面色凝重地看着莫蓉睿。

"不是我不耐心啦，我是学英语的，本来数学就不好，是你讲得不明白，你快给找本书教教我啦！"

"真拿你没办法，好在你有实干精神，要不我真不敢相信你能办个社团。走，我带你去图书馆借本书看看。"莫逸飞无奈地说道。

"那你看，只有空想是不能做成任何事的，其实很多事情，只要去尝试就有机会！"

莫逸飞非常郑重地看看莫蓉睿，心想这个妹妹还真是有闯劲，希望她能成功地创建家教社团。

回眸点睛：

投入产出分析是研究经济系统各个部分间表现为投入与产出的相互依存关系的经济数量方法。瓦西里·列昂剔夫是投入产出分析的创始人。

投入产出模型主要解决部门间的协调发展，是企业取得最好经济效益的必要条件。它包括两个主要元素，投入产出表和投入产出率。

投入产出表又称部门联系平衡表，是反映一定时期各部门间相互联系和平衡比例关系的平衡表。

投入产出率是投资项目收益与项目投资的比率。用做控制度量的投入——产出比率是对投入利用效能的直接测量标准。投入产出率＝投资项目收益现值/项目投资×100%。其中，投入方面包括：工资及奖金、实用工时、生产能力、主要原材料等；产出方面包括：产品产量、销售量、销售收入等。几乎每项投入都能够同产出的任何一项对应成一对比率，以衡量某一面的经营或管理效果和效率。

尽管投入产出分析往往是对一国或大型企业进行分析，但是在小型组织中用用又何妨？

4.5 股市有风险，入市需谨慎
——学会选择理财品种

随着时代的发展，各种经济现象逐渐进入校园，很多大学生的经济意识越来越强，特别是一些经济院校。

最近莫逸飞寝室有几个人在老大的带动下开始炒股了，每天早上 9:00 准时开机，比上班还准时，然后就差不多一天都在电脑前盯着。大家有时也好奇，过来凑凑热闹，屏幕上红红绿绿的，懂不懂的都评论几句。

"最近股市狂涨，我今天又赚了一千多元！"老大激动地说。

"一千多元，你日进斗金啊，股市赚钱这么容易？"

"那当然，你看我投入两万多元，一天赚个 5% 不就是 1000 元嘛。"老大李梓俊得意地说道。

"股市这么神奇，快讲讲什么股票好，我们也好跟着发财。"老四羡慕地问道。

"股票也没什么神奇的，也就是一种理财的产品。不过别看我有时一天赚不少，有时亏也亏得很厉害。正所谓'股市有风险，入市需谨慎'！其实理财不是只有炒股，还有很多其他产品！我们学经济学的必须要有理财的意识和能力嘛！"

"老大说得没错，平时根本没想过这个问题，最多想通过做兼职赚点零花钱，从没想过用钱生钱！"老四附和道。

"君子爱财，取之有道，兼职赚钱是一方面，但是投资理财也是一种好办法！"老大慢条斯理地说道。

"咱们今天跟随老大来个头脑风暴，好好总结一下理财的方法如何？"老四充满激情地倡议。

"你呀，说得好听，我看你是平时不好好上课，想学习别人的看法吧。"

"老大就是老大，平时社团有很多事情，课上得是少了，这不正向大家虚心学习呢吗？老大是股票专家，下面请老大发言！"老四奉承道。

"过奖过奖！炒股很简单，只要在证券公司开个户，存入一定的金额就可以在网上通过专业的股票交易软件买卖股票了。股市大体分为牛市和熊市，在牛市炒股相对容易，只要选择一些业绩较好的股票就可以，不过股市的最大特点就是不确定性，总是机会与风险并存。不管什么股票都是涨跌交替，因此，投资者应继续保持谨慎态度，看准时机再进行投资。具体如何操作，等明天看盘的时候具体再说。我先说这些，大家畅所欲言！"老大言简意赅地说完。

"老大，我觉得你在股市上赚了钱所以总会觉得股市很好，但是我觉得储蓄是一种更得当的方法，毕竟没有风险！"老五说道。

"此言差矣，多年来，储蓄作为一种传统的理财方式在人们的思想观念之中根深蒂固，不过现在和过去不一样了，储蓄虽然有利息，但是物价也在上涨，甚至超过了利息，因此，储蓄是不合适的，我觉得应该购买基金或国债，基金和国债的收益高于利息，而且稳定，风险较小，不会像股票那样波动很大，甚至亏本。"刘鹏飞说道。

"老五一向谨慎，但又不会过于保守，买基金或国债确实是个好办法，不过这个要求的启动资金比较高，动辄几万元，不像股票那样几千元就可以交易。"老大插言道。

"其实一个人选择什么样的理财方式主要在于个人认识属于风险偏好型还是风险厌恶型，此外就是看理财资金的多少。如果是风险偏好型，而且资金较多，我觉得还是炒外汇或黄金比较好。当然，这需要比较专业的知识，因为风险很高，甚至可能血本无归。"一向深藏不露的老三说道。

"唉……落伍啦！"老四和老六感慨道。

"是啊，经过大家的发言，我觉得炒股比较适合我！老六，你也赶快入市吧。"老四怂恿老六道。

"我还是看看再说。我觉得大学生还是好好学习比较重要。赚钱不是上学的目的，机会成本太高，还没有必赚的把握。"老六不急不慢地说道。

4.6 股市中赚钱的人到处有，为何不能算我一个
——最大傻瓜定理

莫逸飞的室友除了老六没炒股外，都在股市鏖战。每天早 9:00 大家就一个个坐在电脑前等待开盘。于是一整天时间大家就都耗掉了。对于老疙瘩不炒股一事，大家每天都会劝导加引诱一番。

"他能炒股那就怪了，如果他入市，我就退出股市！"莫逸飞言道。

"为什么？"老六不解地问道。

"因为我觉得，如果连最有忍耐力的人都入市了，那么股市就离暴跌不远了。"莫逸飞解释道。

"好，冲你这句话，我尽快入市。"老六豪气冲天地讲。

"这话你都说了很多次了，还是算了吧！"莫逸飞不以为然地说道。

莫逸飞本以为老六是在开玩笑，不过老六每天看到大家轻易地赚钱，再也忍不住了，终于悄悄入市了。

老六向来点儿背，这不一入市没有一周就遭遇了530，开始大家以为只是一种调整，没想到大盘一去不回头，跌跌不知何时休。

老六还没尝到甜头就开始亏损，于是整天愁眉苦脸，长吁短叹："为什么股市赚钱的人到处有，而我不是其中一个。"

"因为你是一个最大的笨蛋！"莫逸飞愤愤地说道

寝室的兄弟由于股票下跌都心情不好，说起话来都比较粗鲁。

"你发什么火啊，你不是说我一入市你就退出股市吗？如果你说话算数，你就不会亏了！你以为就你亏钱啊！你好歹还赚了，我是净亏！"老六委屈地说道。

"是啊，我就该遵守诺言，退出股市，看来你就是个风向标，说你是笨蛋，你还不高兴，你不仅是个笨蛋，还是个最大的笨蛋，而且这不是我说的。"莫逸飞正经地说道。

"为什么这么说？"老六不解地问道。

"你没有听说过凯恩斯炒股炒出来的'最大笨蛋理论'吗？"

"原来如此！"听莫逸飞说到凯恩斯，老六一下子明白了。

"哈哈，我说得没错吧。"莫逸飞大笑道。

"可是为什么你会判断我就是最大笨蛋呢，难道股市真的就不涨了？"老六沮丧地说道。

"那你先自己说说什么是最大笨蛋理论！"莫逸飞问道。

股票实在是看不下去了，大家炒股没有了心思，正愁着没事可做，听到两人的争论赶紧加入进来。

老六略微思考了一会儿说道："凯恩斯年轻时曾因经济拮据而到处讲课赚钱，希望日后能自由而专注地从事学术研究，免受金钱的困扰。然而，仅靠讲课赚钱那是累到吐血也积攒不了几个钱的。于是他就开始借钱做远期外汇投机。由于上天的眷顾，仅 4 个月时间他就净赚一万多英镑，然而随后的 3 个月，凯恩斯把赚到的利和借来的本金亏了个精光。痛定思痛，凯恩斯接受教训，东山再起，终于获得成功，在十几年的时间里，他赚得盆盈钵满。通过炒股等积攒起一生享用不完的巨额财富，并为后人留下了极富魅力的投资圣经——最大笨蛋理论。"老六绘声绘色地讲着。

"你理论素养很强嘛，不过怎么一到实践就完了。"大家起哄道。

老六斜眼环顾一圈后继续说道："还没说完呢打什么岔！"

"快说，快说，股票亏了，就让你发泄一下吧！"

老六是这一届的状元，据说分数之高是前无古人、后无来者，所以尽管大家嘴上不依不饶，不过心里还是十分佩服老六的理论素养。

"我可以用身边的一些例子来解释一下最大笨蛋理论，比如，每年春晚都要选出最受欢迎的节目，猜中有奖，你应该怎样投票呢？"老六故意问道。见大家没有说话，就继续讲道："正确的做法不是选自己真的认为最好的那个节目，而是猜多数人会选哪个，就投它一票，哪怕节目粗俗至极。"

"别跑题，怎么说到春晚节目上去了？"老二嚷嚷道。

"这都不懂！买股票就像投票一样，不能看你喜欢哪只股票，而是看大家喜欢哪只。大家喜欢的你才能买知道吗？"老六纠正完继续说道："买股票可以说是一种类似的行为，能否获得奖励应建立在对大众心理的猜测之上。比如，你不知道某个股票的真实价值，但为什么你花钱去买呢？因为你预期有人会花更高的价钱从你那儿把它买走。这就是凯恩斯所谓的'最大笨蛋'理论。你之所以完全不管某样东西的真实价值，即使它一文不值，你也愿意花高价买下，是因为你预期有一个更大的笨蛋，会出更高的价格，从你那儿把它买走。投机行为的关键是判断有无比自己更大的笨蛋，只要自己不是最大的笨蛋就是赢多赢少的问题。"

"如果再也找不到愿出更高价格的更大笨蛋把它从你那儿买走，那你就是最大的笨蛋。"莫逸飞赶紧接着抢着说。

最大笨蛋理论也叫博傻理论，是指在资本市场中（如股票、期货），会有某些蠢人参与进来，并愿意以更高的价格买进。该理论所要揭示的就是投机行为背后的动机，投机行为的关键是判断"有没有比自己更大的笨蛋"，只要自己不是最大笨蛋，那么自己就一定是赢家，只是赢多赢少的问题。如果再也没有一个愿意出更高价格的更大笨蛋做你的"下家"，那么你就成了最大笨蛋。投机行为的重点在于判断有没有比自己更大的笨蛋。

4.7　全寝皆股
——防止成为"股市泡沫"的牺牲品

自从寝室老六入市后，股票就跌势不止，虽然偶尔有个回头，但只是反弹一下就又开始下跌。这几天把寝室的六个人跌得脸都是绿色的了。

"大哥，到底怎么办？卖还是不卖啊？"老六没主意地问道。

"不准叫'哥'，你一叫'哥'，我就得割肉！以后叫兄长（凶涨）知道吗？"老大怒言道。

"老大，干嘛那么大火，亏钱的也不只是你一个！我也亏了很多。我还后悔没履行诺言退市呢。"莫逸飞赶忙劝道。

"唉……其实，老六就是个风向标，我觉得虽然他一个人不可能带来股市下跌，但是，他不是一个人！他的入市代表了千千万万风险厌恶者也开始加入股市中，就好比连一毛钱都计较的老太太都入市一样，从我们寝来看是全寝皆股，推而广之，就像我最近看到的报道'全民皆股'一样。当人们被赚钱效应吸引，从而非理性进入股市之后，'全民炒股'可能使股票市场出现股市泡沫。股市可能就面临见顶的可能。"

"老大，不会这么严重吧，股市泡沫是怎么回事？"刚入股市不久的老四问道。

"泡沫大家都见过吧，开始时越吹越大，而且散射出五彩光华，但是达到一定程度就会'砰'的一声破裂。经济学里的泡沫是指因投机交易极度活跃导致价格脱离实际价值而大幅上涨，造成表面繁荣的经济现象。一般的看法是，一种或一系列资产在一个连续过程中陡然涨价，开始的价格上涨会使人们产生还要涨价的预期，于是又吸引了新的买主。然而，涨价到一定程度之后就会发生逆转，接着就是价格的暴跌，最后甚至会引发股灾或金融危机。"老大深感危机地说道。

"这么危险，怎么判断是不是泡沫啊，我们该怎么办？"老六也愁眉苦脸地问道。

"判断股票市场是否存在泡沫主要可以通过市盈率进行分析。"

"什么是市盈率？"

"我没说完别插嘴！市盈率是上市公司股价与每股年收益的比值。即：市盈率=股价/每股年收益。很明显，这是一个衡量上市公司股票的价格与价值比例的指标。市盈率是投资者必须掌握的一个重要财务指标，也称本益比。可以简单地认为，市盈率高的股票，其价格与价值的背离程度就越高。也就是说市盈率越低，其股票越具有投资价值。目前来看，A 股市场市盈率确实非常高，不过也不乏价值低估的股票存在，所以要想规避风险，就应该投资市盈率低的股票，但是，现在下跌的可能性仍然很大，最好的办法就是退出股市。"

老大一席沉重的话给大家敲了警钟，大家都沉默了，各自思考着确实应该安下浮躁的心，好好学习了。

回眸点睛：

经济学里的泡沫是指因投机交易极度活跃，金融证券、房地产等的市场价格脱离实际价值大幅上涨，造成表面繁荣的经济现象。

一般的看法是，一种或一系列资产在一个连续过程中陡然涨价，开始的价格上涨会使人们产生还要涨价的预期，于是又吸引了新的买主。这些人一般只是想通过买卖牟取利润，而对这些资产本身的使用和产生赢利的能力不感兴趣。涨价之后便是预期的逆转，接着就是价格的暴跌，最后以金融危机告终。

证券是根据法律规定发行的代表对财产所有权的收益权的一种法律凭证，有价证券本身并没有价值，不是真正的资本，而是虚拟资本。投资者用货币购买证券，货币的使用权就转为（证券的）发售者所掌握，投资者持有

证券只是证明有一定金额的资产或资本价值为他所有，此券可以定期（或不定期）取得一定收入，并且可以通过出卖证券把证券还原为一定数额的货币。

股票买卖这种虚拟资本及其获利能力的买卖，不只是买现在，更重要的是买对于未来的预期。投资价值的大小，取决于它给投资者所带来预期收益的高低，证券给投资者带来的预期收益越高，其投资价值也就越大；反之则价值越小。

因为对未来预期的不同，投资者对股价涨跌的看法不同，导致股价在一定时间内可能会偏离投资价值，当这种偏离因为炒作而变得非常严重时就可能发生资产股市泡沫。对于在校的大学生来说，应谨慎对待炒股。

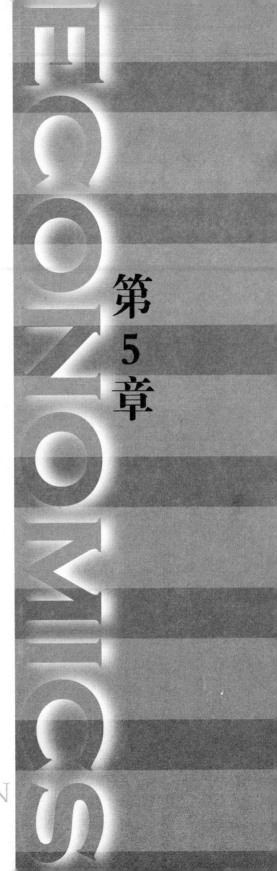

第 5 章

校园经济生活篇

XIAOYUAN

JINGJI

DAXUESHENGHUO
JINGJIXUE

SHENGHUOPIAN

5.1 大学生保姆
——经济学的解释：分工与效率

莫蓉睿打来电话说有急事找莫逸飞商量，莫逸飞赶忙放下手里的书从图书馆跑到经贸学院，一见面就问道："出了什么事情？"

"事情是这样的，文亭她们打算请一个保姆，现在寝室三个人都同意了，就差我，我觉得挺不妥的，她们说的洗衣服、收拾寝室、打扫卫生，这些不都是些小事情吗？都是自己力所能及的，怎么还用请保姆，她们独立能力也太差了。但是我不同意又不知道怎么说，所以找你出来，听听你的想法。"

"这也没什么，前几年就有舆论评论过这事儿，有些大学教育专家也像你一样认为，这种现象是因为一些学生独立生活能力不高所致，而且不利于培养独立生活的能力。"

"就是嘛，只是我不知道该怎么拒绝。"莫蓉睿无奈地说道。

"你当然可以坚持你的想法，但沟通起来要注意方式。直接、真诚地说明你的理由，才能获得她们的赞同。不过我认为大学生请保姆没有那么可怕。"莫逸飞故意停顿了一会儿。

"为什么这么说呢？"莫蓉睿十分不解地问道。

"如果从经济学的角度分析，大学生们为了集中精力和时间，更出色地完成功课和学业，以便将来在学业上有更大的突破，那么时间对他们来说，就是一种很高昂的成本，因此，选择请保姆帮助他们打扫卫生、洗衣服，就很符合经济学的成本控制原理，找人做这些事情不仅很经济，而且能达成大学生与保姆的双赢，这岂不是一个很好的做法吗？比如，期末考试的时候，时间很紧，衣服到外面洗很贵，很多衣服又不能用学校的洗衣机洗，找保姆自然是个比较好的方法。"莫逸飞开导道。

"你的理由总是那么充分！"

莫蓉睿不服但又不知道该如何反驳。因为莫逸飞讲得好像很有道理。

"呵呵，我之所以赞同，一方面因为经济理论使然，另一方面也因为我们寝室 6 个人也花钱请人打扫卫生和洗衣服。我们费用平摊，每月每人 30 元，保姆每周到宿舍工作两次。"莫逸飞嘿嘿地笑着说道。

"我说你怎么不反对呢，你们这些大男生真懒，这不是培养懒惰的恶习嘛，好逸恶劳，没人格，应该加强教育才对。"莫蓉睿反驳道。

"不要动不动就上升到政治高度嘛，这怎么能与大学生的'人格'和'好逸恶劳'联系起来呢。在经济条件允许的情况下，为了学业正正当当地多花一点钱，不是什么出格的事儿吧？更与'人格'和'道德'没什么关系。"

"你……"

莫蓉睿一时还没想好怎么反驳，莫逸飞又继续说道："学生花钱请保姆的事，确实应该尽量避免，但是如果他们把洗衣服的时间用于学习，或用于兼职赚到多于请保姆的费用，那又未尝不可。从经济学角度讲这是一种分工！你学了那么多经济学，都白学了吗？"莫逸飞故意问道。

"可是，没有哪本经济学教材说过大学生请保姆的事情啊！"

"你死读书了不是！要融会贯通、学以致用才对嘛！大学生请保姆是一种分工，分工可以带来效率，如果你在同样的时间里可以在学习上或其他方面获得更大的效用，不是更好吗？学生请保姆搞好寝室卫生发挥了保姆的优势，同时集中精力学习，可以更高效地完成学业和培养其他能力。因此，可以说分工后双方都是获利的。你说是不是？"

"可是……"莫蓉睿觉得有理，于是调皮地吐了吐舌头，反驳的话一下子被噎了回去。

"别可是了，这么做决不是为了培养学生好逸恶劳，培养他们学坏，当然，学生自己要严于律己，不能荒废时间做别的。有时候，我们经常看到一些家长跟着孩子到国外去陪读，大体上也是为了减轻学生的生活压力，使他们全身心地完成学业吧，两件事其实差不多，但谁也没担心那些学生的'独立人格'和'好逸恶劳'的问题。可见，不打扫卫生与好逸恶劳并没有必然关系。问题是这种做法用在留学生身上和我们出国留学的孩子身上就很自然，而用在我们国内的学生身上就不行了呢？要知道我们现在面对的竞争和压力也是十分大的，评断请保姆这件事的关键是看这种分工能否更加促进效率，实现双赢，如果每个人都从这种分工上得到好处，促进了效率，那又何乐而不为呢？"

为了让莫蓉睿信服从而不在家人面状告自己请保姆的事情，莫逸飞唾液横飞地把莫蓉睿说得一愣一愣地，看着莫蓉睿还没有完全放弃反驳，莫逸飞继续说道："大学校园是学习的地方，随着我们国家经济的不断发展和就业压力的不断加大，学校不仅不应该反对这些事情，而且应该给学生提供包括解决打扫卫生等杂事的优越条件，让他们集中精力搞好学业，现在很多优秀的学生在以优异的成绩完成学业时就从这方面进行创业，有专门做运动鞋清洗的，有专门做衣服清洗的，他们的收入非常高，这不也是好事嘛！所以如果你能够用节省下来的时间创造更大的价值，那就应该进行这种分工，你觉着呢？"

莫蓉睿被说得连连点头称是！

莫逸飞看莫蓉睿放弃了反驳，又语重心长地说道："不过你要记住，这种分工必须促进效率才行。千万不能因此养成懒惰的习惯和荒废了学业。"

回眸点睛：

亚当·斯密于 1776 年在其《国富论》一书中，提出分工的概念。主张将制造产品的过程分解成一连串简单的动作，最后再由生产线完成组装，如此可提升生产效率，降低生产成本。

20 世纪初，福特汽车的亨利·福特率先将分工论应用在生产线。其抛弃传统的一人一车、由个别技工独立负责组装全车的做法，而将生产过程拆解开来，让每个员工固定负责其中一小段的装配工作，如此，使得汽车制造成本大幅下降。

后来，通用汽车的艾福烈德·史隆（Alfred Sloan）则将分工论应用在管理上。其创造出层层节制的金字塔形组织，以管理日益庞大的官僚体系（垂直分工）；另外，各种车型，都有专责部门各别管理运作（水平分工）。如此，企业透过分工原理，仍得以掌控日益庞大的组织体系。

5.2 饭菜涨价
——需求弹性与效用无差异曲线

暑假过完，来到学校，餐厅全方位的涨价令大家猝不及防，去年价格合适，吃着还行的菜很多，有好多选择，现在却很难找。特别是荤菜，价格上涨了 5～6 角，蔬菜也上涨了 3～4 角不等。学生是怨声载道、叫苦不迭。

"太贵了，馒头都吃不起了。"莫逸飞一回寝室就嚷开了。

"是啊，伙食的上涨都引起学生生活上的经济恐慌了。"老二附和道。

"你说得没错，我还注意到，过了一个假期学校食堂的人换了，食堂基本上承包给了私营业主经营。咱可是学经济学的，按照经济学原理，市场选择了这些老板来经营食堂，可以促进竞争，改善食堂质量，并但是作为经营者，首要的目的是要获得最大利润。因而，学校食堂提供的价格不会低于校外餐饮所的价格。更何况物价都在上涨，他们有更高的成本。以致虽然引入了竞争机制，饭菜的价格却在与日递增。"

"往深了说，根据经济学中的供给与需求理论。饭菜是学生每天生活的必需品，价格对需求来说影响不大，也就是说饭菜是价格缺乏弹性的，在这种情况下，价格上涨的幅度大于需求量减少的幅度，从而价格乘以销量得到的销售收入比不涨价时高，所以对于价格缺乏弹性的产品，涨价对供给者是有利的。"

"没错，大部分学生三餐都在食堂解决，绝大多数学生为了抓紧时间赶着上课或不想走远路，不得不在食堂就餐，虽然外面餐馆相对学校食堂质量比较好些，但是如果出去吃的话，就会浪费更多的时间，而且最多节省几角钱，算起还是很不经济，更何况很多学生并不在乎这几角钱。"

"对，要我说，食堂就像一个寡头市场，一共只有六个食堂，上万名学生就餐，虽然引入竞争机制，但它们之间相互依存，关系密切。很容易达成合谋，统一提高价格。因为饭菜是学生的生活必需品，缺乏弹性，菜价的销售收入与价格呈相同方向变化。为使自己的利润最大化，食堂提价就是必然的了。"

"我觉得不仅要考虑学校的因素，如果把这件事放到社会大环境中，就能从本质上解释。一方面，每年耕地面积相对减少，造成农业种植面积减少；另一方面，春天罕见的雨雪和冰冻灾害使得农产品的产量大幅下降，市场的总体供应量严重不足，同时使得交通严重不畅通，运输车辆长时间在路上滞留，以致很多农产品不能及时运送到目的地，导致市场上农产品供不应求，农产品价格不断上升，食堂采购成本上升，自然会转嫁到学生身上。"

"可是也不能任由他们涨价啊，我就纳闷，一个馒头从 3 毛涨到 5 毛，这一下子就涨了 67% 啊，我们家工资也没这么涨过啊！"莫逸飞继续抱怨着。

"其实最苦的不是我们，而是那些家庭本来就不富裕的学生，对他们来说才是雪上加霜啊。"

"对，我认为学校应当适当加大对困难学生的补助力度，减免部分学费，不能使困难学生因吃饭问题而对学习产生不利影响。"

"我听说最近政府和高校也在对食堂进行补贴，听说每个学生每月能补助40 元呢？不过钱直接打到了食堂，为什么不直接发给我们呢？"

"行了，抱怨也没用，只能自己想办法，你没看我原来一份荤菜、一份素菜，现在已经改为半份荤菜、两份素菜了吗？没办法，只能通过寻求各种不同的组合，寻求可以相互替代的菜，大家都知道，在无差异曲线上每一点的效用都是相等的，无论怎样组合，都可以获得与原来相同的效用，我都把经济学中的无差异曲线发挥到极致了吧。"

"高，实在是高，服了你了！"

回眸点睛：

梁小民的《微观经济学》里的解释是：需求弹性是需求量变化百分比/价格变化百分比，又叫需求价格弹性。

由于需求规律的作用，价格和需求量是呈相反方向变化的，价格下跌，需求量增加；价格上升，需求量减少，这是常规的奢侈品的性质；而必需品的需求规律恰恰相反。因此，需求量和价格的相对变化量符号在奢侈品时相反，而在必需品时却是同向变化的。简单起见，习惯上将需求看做一个正数，因为我们知道它既可能是正数又可能是负数。

需求价格弹性系数的大小与销售者的收入有着密切联系：如果需求价格弹性系数小于1，价格上升会使销售收入增加；如果需求价格弹性系数大于1，那么价格上升会使销售收入减少，价格下降会使销售收入增加；如果需求价格弹性系数等于1，那么价格变动不会引起销售收入变动。这就是企业实行薄利多销策略的一个主要理论基础。

5.3 我是打酱油的，CPI 关我什么事
——什么是消费者物价指数

"最新消息，CPI 本月高达 8.7%啦！"

"吵什么吵，CPI 关你什么事，这么嚷嚷。"

"你怎么这么不关心国家大事，CPI 和我们可是息息相关。"

"别耸人听闻了，我是打酱油的，CPI 管我什么事啊？"

"你呀，一点都不关心经济，CPI 可是和我们的生活息息相关，你没看食堂在涨价，最终体现的就是 CPI。"

"唉……在寝室学习是学不下去了，别以为我不知道 CPI 是什么？CPI 就是消费者物价指数 Consumer Price Index 的英文缩写，它是根据与居民生活有关的产品及劳务价格统计出来的物价变动指标，通常作为观察通货膨胀水平的重要指标。没错吧？"

"行啊你，但可别小看了这个 CPI，如果消费者物价指数升幅过大，表明通货膨胀已经成为经济不稳定因素，央行会有紧缩货币政策和财政政策的预期，从而造成经济前景不明朗。因此，没人高兴听到该指数升幅过高。比如，上月消费者物价指数为 8.7%，那表示，生活成本比前一个月平均上升 8.7%。当生活成本提高，你的金钱的价值也就随之下降。也就是说，一个月前收到的一张 100 元纸币，今日只可以买到价值 91.30 元的产品了。"

"都 8.7% 啦？刚才一直没听清楚，这个问题可不小，一般说来当 CPI＞3% 时称为通货膨胀；而当 CPI＞5% 时，就是严重的通货膨胀了。"

"是啊，看看，现在每月 CPI 成了大家关注的焦点，连昨天我妈打电话都说 CPI 又涨了，要我用钱省着点花。别管你学不学经济学、懂不懂得 CPI，它可是实实在在地让我们每个人都切实感受到它的存在，居高不下的 CPI 让我们这群穷学生瘪瘪的钱袋更瘪了，再节省也是花钱如流水啊，而且见不到买了什么东西。"

"是啊，都说国家的什么政策不允许大学食堂涨价，也听说国家给予相应的财政补贴。现在看来，大学也顶不住了，CPI 已经惠顾了我们每个学生的餐盘：馒头 3 毛变 4 毛，包子虽然还是 5 角，可是咬一口，没馅，再咬一口，馅进肚里了。"

"别提了，粥是越喝越稀，豆浆是越喝越淡，而且再也见不到满杯的时候；油条也减肥成功，苗条得很，让你吃完一根，还想一根。菜就更不用说了，那可绝对是稳中有升，不知不觉连涨价带减量。3 元一餐的时代已经一去不复返了。一顿饭 5、6 元已成平常。可是菜还是那个菜，饭还是那个饭，就是价已不是那个价了。"

"别抱怨了，饭总归是要吃的，CPI 更是必须关注的，作为学生，就安心地坐在那里让 CPI 小咬一口吧！"

"小咬一口倒也罢了，君不知通货膨胀最主要的标志是就是 CPI，如果 CPI 上升超过了一定程度，就说明经济中出现了通货膨胀。大家节衣缩食吧，赶明我去贴张告示当家教出卖知识去。没听人家说，'跑不过刘翔也得跑过 CPI'呀！"

回眸点睛：

消费者物价指数的英文缩写为 CPI，它是根据与居民生活有关的产品及劳务价格统计出来的物价变动指标，通常作为观察通货膨胀水平的重要指标。

如果消费者物价指数升幅过大，表明通货膨胀已经成为经济不稳定因素，央行会有紧缩货币政策和财政政策的预期，从而造成经济前景不明朗。因此，该指数过高的升幅往往不被市场欢迎。例如，在过去 12 个月，消费者物价指数上升 2.3%，那表示，生活成本比 12 个月前平均上升 2.3%。当生活成本提高时，金钱的价值便随之下降。也就是说，一年前收到的一张 100元纸币，今日只可以买到价值 97.70 元的货品及服务。一般说来，当 CPI＞3%时称为 inflation，就是通货膨胀；而当 CPI＞5%时，就把它称为 serious inflation，即严重的通货膨胀。

5.4 牛奶、饼干也来凑热闹
——了解什么是通货膨胀

"兄弟们，牛奶和饼干涨价了，听说还要涨，赶快买些储备啊！"

未见其人，先闻其声，大家听到一声大吼后，只见老六拎着一箱牛奶和一箱饼干，用脚踢开门进来了。

"为什么被宰的总是你，我昨天买时还没涨价！"

"郁闷啊，你说最近饭菜涨得那么凶，我想储备点粮食，结果牛奶、饼干、方便面全来凑热闹，都涨价了。"

"唉……，我看了国家统计局最新公布的数据，2月的CPI比上月涨8.7%，创11年以来的月度新高。其中88%是由食品价格引起的。今年一季度，牛奶生产价格上涨45.5%。大家都感觉到通货膨胀的压力了。"

"怎么什么都让我们学校赶上了！"

"其实，这次牛奶价格的上涨是全国性的，而且不仅是牛奶，很多食品都在涨价，不知道会不会出现通货膨胀。"

"是呀，平时没注意，通货膨胀离我们也很近啊！"

"我觉得目前来看，还不好说，通货膨胀不是个别商品的价格上升，也不是一些商品甚至很多商品的价格上升，而是指几乎所有商品的价格都出现上涨，并且还持续一段时间。最近新闻报道工业产品价格指数没有太大变动。"

"只在教科书中看过通货膨胀，好像挺可怕，列宁同志还曾说过，捣毁资本主义最好的办法是破坏他的货币，弄点通货膨胀，第二次世界大战期间，英国曾在德国上空空投假马克，小日本还在中国建造过假钞工厂，目的就是制造通货膨胀。据记载，1947年能买一头牛的钱在1948年仅能买到一粒小米，买一袋米需要几亿元呢。"

"那都是历史，对我们生活有什么影响啊？"

"忘记历史就等于背叛，不管今天我们多么富有，只要我们的财富是以货币形式持有的，就算富可敌国，遇到恶性通货膨胀也可能在一天内就变得一文不名。"

"别说得那么恐怖，我们也是学经济学的，通货膨胀不就是指经济中物价总水平的上升嘛，在国际上通常视物价上涨幅度不同而将其分为温和的通货膨胀（5%～10%）、奔腾的通货膨胀（10%～100%）和恶性通货膨胀（100%以上）。你说得那么严重的恶性通货膨胀是极端的情况，现在的物价只是有些波动而已，再说大家都预期到了物价上涨，应该不会有什么实质性的危害吧。"

"情况没那么简单，还说没有实质性的危害，通货膨胀给社会带来了各种考验，尽管通货膨胀是一种广泛的经济现象，但它对不同群体和阶层的影响并不是相同的。就拿我们学生来说吧，食堂的馒头长了 2 毛，但按比例来算是 67%，而且哪个菜不都涨了 5、6 毛，比例也在 40% 左右吧，我们每月的支出一下子就要增加 30% 以上，这可不是小事情。"

"那你怎么办？"

"我们学生能怎么办，在通货膨胀时应该购买保值产品，像黄金、房屋等固定资产。"

"就你那点儿钱还黄金呢？"

"我不就说这个意思嘛，只要不持有货币就行。著名诺贝尔经济学奖获得者米尔顿·弗里德曼在 1976 年提出，通货膨胀在任何时间、任何地点都必然是而且仅仅是一种货币现象，当流通中的纸币比需要的货币多时就会发生通货膨胀。"

"放心吧，通货膨胀的本质虽然是一种货币现象，但是知道它产生的原因就可以有的放矢，做好预防。如果是因为社会总需求增加导致供不应求，物价自然上升；如果是原料、工资等涨价造成物价上涨，那原料供应者和工人工资上升可以部分抵消物价上涨的危害；当然，如果人们普遍认为物价会上涨，那么在签订工资协议、购销合同时自然会加价，从而造成通货膨胀，这种惯性预期的危害也不会太大。"

"但是不管怎样，通货膨胀使以前花 4 元钱就能买到的饭现在必须付 6 元钱了。长此以往必然会对经济造成危害。"

"没错，对于我们这些没有收入及拿固定工资的人来说确实是个危害，但是我们不能只看到眼前，你们就没想过就业和通货膨胀的关系吗？英国经济学家菲尔普斯根据英国 150 年的历史资料发现，失业率和通货膨胀率之间存在一种交替的关系，通货膨胀率较高的时候，总需求一般很高，东西往往都能卖出去，就业形势就会比较好，而失业率比较高时，人们收入减少，就不愿意买东西，总需求下降了，物价一般不会上升，通货膨胀率就较低。"

"可以说，失业和通货膨胀都是两个主要的宏观经济问题，但是失业更不能接受，甚至会引发社会动荡，而对于通货膨胀，如果人们预期 5%的通货膨胀，那么如果收入也增加 5%，通货膨胀就不会对人们的生活产生什么影响了。"

"是啊，就业是个大问题，据说关于食堂涨价的事情，学校和政府已经给予了一定的补贴，从而抵消通货膨胀的影响。"

回眸点睛：

通货膨胀一般指：在纸币流通条件下，因货币供给大于货币实际需求，导致货币贬值，而引起的一段时间内物价持续而普遍地上涨的现象。其实质是社会总需求大于社会总供给。

通货膨胀在现代经济学中意指整体物价水平上升。一般性通货膨胀为货币之市值或购买力下降，而货币贬值为两经济体之间币值相对性降低。前者用于形容全国性的币值，而后者用于形容国际市场上的附加价值。两者的相关性为经济学上的争议之一。

纸币流通规律表明，纸币发行量不能超过它代表的金银货币量，一旦超过了这个量，纸币就要贬值，物价就要上涨，从而出现通货膨胀。通货膨胀只有在纸币流通的条件下才会出现，在金银货币流通的条件下不会出现此种现象。因为金银货币本身具有价值，有作为储藏手段的职能，可以自发地调节流通中的货币量，使它同商品流通所需要的货币量相适应。而在纸币流通的条件下，因为纸币本身不具有价值，它只是代表金银货币的符号，不能作为储藏手段，因此，纸币的发行量如果超过了商品流通所需要的数量，就会贬值。

5.5 由煮面条和分面条想到
——我们身边的制度经济学

食品涨价了，就连去食堂都觉得每天菜价变个样，没办法，寝室的哥们儿搭伙做饭了，说是做饭，其实简单得很，就是煮挂面外加一点青菜和盐，当然，还可以加点油和其他佐料，不过那样真是太不节约了。这天晚上，寝室有几个哥们晚上读书读到肚子实在饿了，就在宿舍煮起面条吃。

面条煮好了，老大首先发话："我来分面。"

"为啥你分？"

"我是老大！"

"老大怎么了，你是老大就能保证你一定公正吗，我看你那么大肚子能比上我两个，还是我来分。"老二首先挑衅道。

"你来分，我还不放心呢，谁不知你平时自己的碗盛得最满，要知道面可是我看着煮的！"老三蹦出来反对。

大家你一言我一语的，争论不休，把面条忘锅里了。

"这么点小事情，面条是大家共同出钱买的，一锅面条都煮好了，怎么分还弄不明白了。"莫逸飞怒言道。

"那你说，怎么分？总得有个人承担起分面条的职责吧。这个人是公正的吗？他会不会给自己多分一点？这可是大家的财产！"

"要不，咱们成立个监督委员会？监督分面条，保证公平？"

"太麻烦，而且谁来保证监督委员会的公正？"

"你们等等，我有手提称，每碗都称一下，应该没问题了吧？"

"反对，面条是由水和面组成的，面少水多怎么办？"

"你们快别吵了，这还不简单，看看，你们就知道吃面条，经济学学好了就不用吵了。"

"何出此言，那你倒是说说看！"大家异口同声朝向莫逸飞。

"这个煮面条和分面条问题我觉得涉及一点儿制度经济学的问题，其实一开始我们就该在煮面条之前建立一种制度，就是负责煮面条的这个人因为多付出了，他当然想多得，如果由他来负责分面条并先取，那其必然给自己多分一些，但是，如果要求这个分面条的最后取面条，无疑这个人会平均分配面条，因为他是最后一个取，多分了给只能眼睁睁看着别人拿走，他当然不干，所以就确保了分配的公平。大家说怎么样？"

"说得有理，不过如果向你这么说，那谁还会煮面条呢，毕竟这是一种付出。没有回报怎么可以。"

"没错，可是这就像效率和公平一样，你们为了公平，在这里争论了这么久，结果丧失了效率，面都凉了还没下肚。所以说，有时候为了效率需要做出一定的牺牲。"

"难道就没有更好的办法了吗？"

"当然有，不过我们还是先分完面条再讨论吧，我肚子都快饿扁了。"

发明一个什么样的经济制度才可以保证分面条的公正？

回眸点睛：

　　有这样一个小故事，讲的是甲乙两人分一块蛋糕。由于担心谁来切都会给自己多切一些，因而两人为如何公平地分蛋糕而争执不下。这时，有人给他们出了一个主意：让一个人切，另一个人先挑。这样分蛋糕的公平问题就解决了。从这个小故事可以看出，只有合理的规则才能实现公平。对整个社会来讲，要妥善解决关系不同群体、涉及千家万户的错综复杂的利益关系，促进社会公平正义，更要靠合理的规则和制度来保障。

　　党的十六届六中全会指出，制度是社会公平正义的根本保证，强调必须加紧建设对保障社会公平正义具有重大作用的制度，保障人民在政治、经济、文化、社会等方面的权利和利益。这使我们对制度建设重要意义的认识有了进一步深化，对更好地维护社会公平正义、促进社会和谐产生深远影响。

　　公平正义，现在早已是大家耳熟能详的词了。但到底什么是公平正义，却不是一两句话能说清楚的。人们对公平正义的理解，可以说是仁者见仁、智者见智。

　　就拿人们关心的收入分配领域的公平正义问题来说，人们对收入差距的看法不尽相同。有人认为，市场经济讲竞争，人的能力有强有弱，承担的风险有大有小，付出的努力有多有少，收入存在差距是必然的，也是公正的；也有人说，有差距是正常的，但要看收入差距产生的原因是什么；还有人说，收入存在一定的差距是正常的，但超过一定限度就难说公正了。

5.6 马路小吃也暴利
——小吃摊中的经济学

吃食堂太贵，煮面条太累。最近因为食堂的饭菜涨价，莫逸飞寝室的兄弟们为吃饭发起愁来，商量了好久也没有好主意，最后大家决定，抽签决定谁去校外小吃摊买。主意一定，大家手脚并用抽签完毕，可怜的老大中了头奖。"怎么又是我？"老大无奈地讲道。

"哈哈，人民好公仆啊，快去快去！"

在大家的嘻哈声中，老大趿拉着拖鞋飞奔出寝室。不一会的工夫，就买了一堆小吃回来。一进寝室就嚷嚷道："幸好是我出马，人太多，要不是凭我这豹的速度，你们还不知道什么时候能吃上饭呢！"

"老大出马，一个顶俩！"大家随声附和。

"不过我也挺奇怪，那些小吃摊为啥这么火暴？"

"这还不简单，最近几年，随着学校招生人数的增长及大学生整体消费水平的提高，学校门前那条街每当夜幕降临，特别是 17:00～21:00 之间，都会成为马路小吃摊的天下。"老四说道。

"没错，几十米的马路两旁有多达五十几家小商小贩设摊，供应的食品种类异常丰富，从四川的麻辣串到新疆的羊肉串，从沈阳的熏肉大饼到海城的馅饼，几乎会聚了全国各地的风味美食。小吃的单价从 1 元到 5 元之间不等，不过还别说，这正好适合学生族的消费水平。"

　　"不过这些小吃摊对于马路两侧的饭店、超市及学校食堂来说，简直就是一个沉重的打击。我觉得这种马路小吃摊现象之所以风靡，不仅是由于逃税形成的价格优势，更重要的是时间优势，因为学生不需要浪费很多时间来食堂排队等候。"莫逸飞另辟蹊径地分析道。

　　"其实，你们都没有说到点子上。"老二故作深沉状。见大家面面相觑，继续说道："为什么会出现这种马路小吃摊火暴的现象？答案很简单——存在高额利润。小商小贩能够存在于小吃摊市场上，'百折不挠'的动力就在于这简单的六个字。小吃摊市场的自然形成和发展是小商贩们在发家致富道路上的一种创造和奇迹，也是自由经济权利的一种确立和运用，更是自由人为自己寻求利润最大化的必然结果，马路小吃摊的高额利润驱使小商贩们热衷于此。它完全符合经济学规律。"

　　"二哥说得不错，从成本角度分析，显性成本包括固定成本和可变成本。马路小吃摊不存在固定成本中的租金问题，可变成本和投资风险也都较小。而且小吃摊可以在小商贩正常的工作之余进行，所以马路小吃摊隐性成本较低。也正是因为马路小吃摊的各项成本很小，才会成为暴利的新兴行业。"

　　"那长此以往，学校食堂岂不关门啦！"

　　"当然不会，从博弈论的角度来讲，食堂与学生进行的不是一次性博弈，而是多次性博弈，所以食堂在博弈中只有将伙食和卫生搞好，合理收费，学生才会愿意去食堂就餐。"

　　"虽说吃饭方便，不过有时因为门前太拥挤，小吃摊也确实有负面的影响。这个问题不好好解决还是不行的。"老五不无担忧地说道。

"不用杞人忧天，一方面市场会自动调节，食堂客源减少，迫于竞争压力就会改善服务质量，合理定价，这样可以分散马路小吃摊的一部分客源；另一方面，政府会规范马路小吃摊，从而确保食品的卫生和价格的合理，将校园外的马路小吃摊做成一种文化。这两种方式还体现出中国特色的社会主义市场经济特征呢。"老大终于在争论的最后又做了总结性发言。

5.7　校园低价电话卡
——边际成本为你省话费

"莫逸飞，电话卡又降价了，赶快买两张吧，我刚才在校外看到 50 元面值的才卖 15 元，校内超市还是 17 元。"

"我买那么多电话卡做什么呀，占用现金。"

"你想想啊，IC 卡电话资费最近调整，无论市话长途全都一角钱一分钟，多便宜啊。"

"电话卡这么便宜，以后就可以不用手机打长途了。"老大附和道。

"你还可以和女朋友煲电话粥是吧！"

"那你看，不过要说这 IC 卡市场售价是其卡值的 1/3，这巨大差距也太令人匪夷了。通信公司以如此低的价格出售且经小贩转卖，他们的利润空间还能有多大？"

"我觉得还是暴利？"

"为什么，说说看，赶明儿我也出售电话卡去。"

"出售电话卡是赚不到多少钱的，电话卡业务之所以赚钱主要就是因为固定成本和边际成本！"

"对呀，行啊，莫逸飞看问题很透彻嘛，一针见血，你说说看！"

"我觉得这首先是因为电信是通信业务的主要运营商，虽然中国网通及铁通等通信公司也发行长途电话卡，但市面上很少见。最主要的是通信的线路、设施，像固定 IC 电话机等，基本是都是电信公司敷设的，是公司已投入的固定成本。"

"对，在固定成本投入之后，越多的顾客使用这一套通信设施，那么平均分摊到每个顾客身上的成本就越小，而公司赚取的收益会越大，没错吧，看来我这学国贸的也懂些经济学嘛。"

"老大嘛，自然是全才！你说得没错，电话卡低价打折出售主要是边际成本在起作用，在设备敷设完成以后，如果只有一个人打电话，那平均到一个人的成本是巨大的，收回成本也是不可能的，最好的办法是及时增加使用的客户数，可行的方法就是通过对购买电话卡比较多的学生或流动性较大的外来务工人员实行较低的价格，也就是实行价格歧视，吸引消费。"

"莫逸飞分析得非常有道理，不过我觉得能够实施价格歧视，通过降价吸引消费者，还在于 IC 卡的使用对象一般对价格比较敏感，IC 卡降价可以吸引更多的消费者消费，从而使销售额不仅不减少还会增加。因此低价电话卡的出现不足为奇。"

"另外，从心理上还可能出现一种情况，对消费者而言，似乎是捡了一个大便宜，令人感觉非常划算，本来可以不打的电话也会打，本来可以聊十分钟，这下可以聊二十分钟，而且甚至更长，无形中，低价的心理造成了消费的增加。"

"其实，在校园生活中固定成本和边际成本的例子很多，比如学校里的健身房办理会员卡、眼镜店的打折卡等都是这种情况，他们的固定成本投入进去了，只有通过增加消费量才能获取收益。"

"高校扩招也是这样，同一个老师教 30 个人和 35 个人的区别不大，这也是边际成本递减的原因，边际成本递减往往会出现规模效益。看来还真得和你们好好学学固定成本和边际成本啊。"

回眸点睛：

边际成本实际上是在任何产量水平上，增加一个单位产量所需要增加的工人工资、原材料和燃料等变动成本。

边际成本是指在一定产量水平下，增加或减少一个单位产量所引起成本总额的变动数。通常只按变动成本计算。边际成本用以判断增减产量在经济上是否合算。它是管理会计和经营决策中常用的名词。例如，生产 100 个单位某种产品时，总成本为 5000 元，单位产品成本为 50 元。若生产 101 个，其总成本为 5040 元，则所增加一个产品的成本为 40 元，即边际成本为 40 元。当实际产量未达到一定限度时，边际成本随产量的增大而递减；当产量超过一定限度时，边际成本随产量的增大而增加。因为，当产量超过一定限

度时，总固定成本就会递增。由此可见，影响边际成本的重要因素就是产量超过一定限度（生产能力）后的不断增大所导致的总固定费用的阶段性增加。

固定成本（又称固定费用）相对于变动成本而言，是指成本总额在一定时期和一定业务量范围内，不受业务量增减变动影响而能保持不变的成本。

固定成本的特征在于：在一定时间范围和业务量范围内其总额维持不变，但是，相对于单位业务量而言，单位业务量所分摊（负担）的固定成本随业务量的增减反向变动。

固定成本总额只有在一定时期和一定业务量范围内才是固定的，这就是说，固定成本的固定性是有条件的。这里所说的一定范围叫做相关范围。如果业务量的变动超过这个范围，固定成本就会发生变动。

5.8 洗澡也刷卡
——用制度创新和激励机制来节约

"知道吗，咱们澡堂开始刷卡啦！"莫蓉睿进门后将一张告示单给大家晃了晃，就放在桌上了，大家呼啦一下围了上来，想看看怎么回事。湖南天热，每天洗澡可是件大事，不可不问！

只见告示单上写着：近年来，随着我校后勤社会化的不断深入，现对大学生洗澡实行刷卡制度，大学生可以凭校园一卡通到浴池刷卡，按洗澡的时间长短以秒计价……

不看则已，一看寝室就炸锅了，特别是来自北方的莫蓉睿，首先说道："我们家那两块钱想洗多久就洗多久，这按秒算，我洗次澡得多少钱啊，我们大学生根本没有经济收入，纯粹是消费者，四年的大学生活连洗澡也洗不起啊！"

"是啊，洗澡刷卡不就是变相提价吗，洗澡设施和提供的服务基本未变，而花费比以前那种洗一次付 2 元的费用贵多了。"

"其实，这也不是一件坏事，我认为洗澡刷卡制度是一种制度创新和激励机制设计，这项制度能把大学生浪费水的代价转化为其自身的成本。有的时候我看见有的学生洗一次澡花的时间很长，开着水人却不在笼头下的现象比比皆是，甚至还有在澡堂内洗衣服的行为。虽然大部分大学生有自律性，但如果刷卡能提高洗澡的效率，也就会支付较少的钱。所以这一制度是一项合理的制度安排和加强水资源管理的一种有效手段。"

"是啊，众所周知，水是生命之源，是人类社会生存和经济发展的基本资源。随着人口的猛增和生态环境的恶化，水资源的需求在增加，而供给不足这一事实已经成为制约我国经济发展的一个重要因素。所以加强水资源管理，减少水资源的浪费，提高其利用效率，显得尤为重要。"

"其实，大家也不必大惊小怪，从经济学角度讲，洗澡刷卡既能促使大学生的节水意识，又能使其养成良好的用水习惯，还能打破传统的低价供水模式，扭转水资源价格长期扭曲的行为，也是水资源交易通过市场价格机制的自动调节，使水资源在市场经济模式中得到最优配置并产生巨大的综合效益。"

"因此，我认为大学校园洗澡刷卡制度的推广，既能增加对大学生的软约束（浪费水感到内疚，自我惩罚，即非货币约束），又能增强对其的硬约束（洗的时间越长，费用越高，即货币约束）。传统的洗澡模式，即洗一次付一个固

定费用的方法，过高地估计了大学生的自律性，其假定大学生都是高尚的人，不会在洗澡时刻意浪费水。其实，我们知道，事实上并非如此，理性的'经济人'在付出一定费用后，能增加收益自然不会放弃，因此才会出现浪费水的现象，而学校浴池在管理上一直无法实行真正有效的监管，随着技术的革新，利用技术设备实现经济效益，通过洗澡刷卡制度可以有效减少浪费现象。"

回眸点睛：

　　制度创新是指在人们现有的生产和生活环境条件下，通过创设新的、更能有效激励人们行为的制度、规范体系来实现社会的持续发展和变革的创新。所有创新活动都有赖于制度创新的积淀和持续激励，通过制度创新得以固化，并以制度化的方式持续发挥自己的作用，这是制度创新的积极意义所在。

　　将洗澡刷卡制度在大学校园推广，既能增加对大学生的软约束（浪费水感到内疚，自我惩罚，即非货币约束），又能增强对其的硬约束（洗的时间越长，费用越高，即货币约束）。传统的洗澡模式，即洗一次付一个固定费用的方法，过高地估计了大学生的自律性，其假定大学生都是高尚的人，不会在洗澡时刻意浪费水。

5.9 浴室中的"畅想曲"
——运用"博弈",达到最优

自从学校的浴室实行新制度后,大家就为如何节省费劲了心思。

从前最惬意的洗澡现在也成了一个非常复杂的问题。

伴随着旁边计时器的滴答响,结合余额的跳动,感觉到钱从卡中溜走,大家痛下决心一定要想出对策以便实现洗澡的利益最大化。

"要说走进浴室,一排等待的学生最让我头疼,龙头要等、柜子要等、吹头发也要等。等待的机会成本多高啊。"

"那你想到什么对策没有?"

"要说对策,得先分析情况!谁知道我们学校的浴室情况?"

"我平时观察了,咱们学校有两类浴室,一个计时付费,大概 50 个龙头,一个计次付费,大概 20 个龙头。计时的浴室开放时间为上午 11:00 到晚上 10:30。计次的浴室开放时间为下午 3:00 到 5:00。男生浴室一共有三个,一个计次(同女生计次),两个计时(大概分别为 10 个龙头和 50 个龙头)。"

"对,这就是基本情况,和我观察的一致。"

"太卑鄙了你,知道还问我们。"

"别急,我负责分析。首先,选择什么时间去洗,主要涉及个人的效用问题。对于一个学生而言,选择下午去上课的效用大于选择下午逃课去洗澡的效

用，因为在有课的下午去洗澡的机会成本太高，因此大多数学生不会为了洗澡而放弃上课。这也是为什么下午相对于晚上浴室空很多。"

"其实，我很奇怪，为什么要设两种浴室呢？"

"这是因为学校里的浴池是垄断行业。除此一家，别无选择。但是，计时付费出现以后，我们可以选择减少一个星期内洗澡的次数，从而降低费用，当然学校也清楚我们的心理，因此便出现了两种浴室供我们选择。"

"对，我觉得这是一种价格歧视，洗得慢的同学大多选择在计次浴室内洗，我要是去计时房还不得每次花 3～4 元钱，因此，我当然会选择在计次的浴室洗澡。但是，如果只有计次浴室，像老大那样进去就冲一下就出来，那么 2 元的费用太高，现在好了，有了计时浴室，他可以每天都去洗。这样对于垄断者来说，就赚了每一类人更多的钱。"

"这没得说，关键是出现了计时浴室后，计次浴室变得拥挤了，我常常在晚上洗澡的时候遇到等龙头的情况，炎热的夏天，几十个龙头供应，加上计次浴室龙头的绝对减少，等待的情况就更突出了。"

"那没办法，供不应求谁也没办法？"

"我觉得除了供不应求之外，其中还存在博弈的原因。"

"这么高深，都涉及博弈论了！"

"简单起见，设定只有两个人 A、B 和一个龙头。当 B 不去洗澡的时候，A 去洗澡，由于不用等待，效用是 10。当 B 去洗澡的时候，A 去洗澡，由于要等待，于是 A 的效用变为 5。当 B 不去洗澡的时候，A 也不去洗澡，效用当

然为零。"简单的博弈结果就是:

B \ A	去洗澡	不去洗澡
去洗澡	(5, 5)	(10, 0)
不去洗澡	(0, 10)	(0, 0)

"显而易见,如果 A 去洗澡,则 B 选择去洗澡。A 不去洗澡,则 B 选择去洗澡。因此无论 A 如何选择,B 都会选择去洗澡。同理,无论 B 如何选择,A 都会选择去洗澡。因此都去洗澡就是最优策略。"

"同理,在多人的情况下也是如此。因此,在考虑了其他人的情况后,大家仍会选择去洗澡,浴室必定变得拥挤。导致了经常出现的在众多学生中等待机会的现象。"

"那难道就没有办法了?"

"拥挤时,就两个人用一个龙头!这样会使两个人的效用同时增加。两个人合洗,可以利用对方不用龙头的时间用龙头,例如一个人冲水,一个人涂沐浴露,因此两个人合洗的时间一定小于两个人分开洗的时间。从某种意义上说也减少了其他人的等待时间。"

5.10 为什么"黑仔"的总是我?
——有趣的墨菲定律

"为什么'黑仔'的总是我!"

"为什么'黑仔'的总是我！我到底是做错了什么……"老三不知又遇到什么倒霉事，一个人磨叽了好几句。

"又怎么啦？"大家实在忍受不了他的磨叽。

"你们还活着啊，为什么'黑仔'的总是我？"

解释一下，所谓"黑仔"，就是指倒霉的人，不幸的是老三总是黑仔。

"老三，你前世是不是招惹了墨菲？"

"什么意思？"

"你没听说过有趣的'墨菲定律'吗？"

"没有，和我倒霉有什么关系，别告诉我我注定要倒霉？"

"呵呵，差不多吧，比如说一本书不用的时候你天天看得到，一想用的时候就找不到了，考试打小抄，会的题你都做了小抄，偏偏是你不会的那道你犹豫了好久就是没做小抄；你在一本书里找某个定理，其他的都在，就那页失踪了；最不想见的人总是狭路相逢；等等这样的事情都符合墨菲定律。就说你吧，食堂打饭的那么多，偏偏就你被弄得一身脏。还有点名的时候老师就点了一个人，不幸的是全班除了你逃课全都在，但就点了你的名，你就是这么'黑仔'！"

"对呀，就是这么回事，我也有这样的体会，如果在街上准备拦一辆车去赴一个时间紧迫的约会，街上所有的出租车不是有客就是根本不搭理你，而不需要出租车的时候，却发现有很多空车在周围游弋。不过这是为什么？我还是不懂。"

"没错，还有上星期你在洗手间打碎了镜子，尽管仔细检查和冲刷，也不敢光着脚走路，等过了一段时间确定没有危险了，可是，不幸的事还是照样发生了，你还是被碎玻璃扎了脚。专业点的说法就是'如果坏事有可能发生，不管这种可能性多么小，它总会发生，并引起最大可能的损失'，用墨菲的原话说就是：如果有两种选择，其中一种将导致灾难，则必定有人会做出这种选择。"

"那么说我的倒霉是必然的？那为什么倒霉的总是我？"

"为什么？你就不能多思考、少发问？我跟你说，根据'墨菲定律'，第一，任何事都没有表面看起来那么简单；第二，所有的事都会比你预计的时间长；第三，会出错的事总会出错；第四，如果你担心某种情况发生，那么它就更有可能发生。"

"这个墨菲这么厉害，我遇到的事他都知道？"

"完了，老三太'黑仔'了，脑子都黑出问题来了！人家墨菲那是通过规律总结出来的。放心吧，历史上跟你一样'黑仔'的人很多。生活中'黑仔'的事情也不少。有时一种产品保证 60 天不会出故障，等于保证第 61 天一定就会坏掉；东西久久都派不上用场，就可以丢掉；东西一丢掉，往往就必须要用它；在超市排队时，另一队总是动得比较快；你换到另一队，你原来站的那一队就开始动得比较快了；你站得越久，越有可能是站错了队；你携伴出游，越不想让人看见，越会遇见熟人；不要以为自己很重要，因为没有你，太阳明天还是一样从东方升上来？别跟傻瓜吵架，不然旁人会搞不清楚，到底谁是傻瓜。"

这就是著名的"墨菲定律"。下面是墨菲定律的一些变种或推论。你爱上的人，总以为你爱上他是因为：他使你想起你的老情人，你最后硬着头皮寄出情书；寄达对方的时间有多长，你反悔的时间就有多长。

回眸点睛：

　　1949 年，一位名叫墨菲的空军上尉工程师，认为他的某位同事是个倒霉蛋，不经意间开了句玩笑："如果一件事情有可能被弄糟，让他去做就一定会弄糟。"这句话迅速流传，并扩散到世界各地，并成为有趣的"墨菲定律"。

　　墨菲定律是指小概率事件只要存在，终会发生。不是今天，就是明天，合情合理。一次事故之后，人们总是要积极寻找事故原因，以防止下一次事故，这是人的一般理性都能够理解的。

　　这其实是概率在起作用，人算不如天算，如老话说的"上的山多终遇虎"。还有"祸不单行"。如彩票，连着几期没大奖，最后必定滚出一个千万大奖来，灾祸发生的概率虽然也很小，但累积到一定程度，也会从最薄弱的环节爆发。所以关键是要平时清扫死角，消除安全隐患，降低事故发生概率。

　　墨菲定律告诉我们，容易犯错误是人类与生俱来的弱点，无论科技多发达，事故都会发生。而且我们解决问题的手段越高明，面临的麻烦就越严重。所以，我们在事前应该尽可能想得周到、全面一些，如果真的发生不幸或损失，就笑着应对吧，关键在于总结所犯的错误，而不是企图掩盖它。

5.11 遭遇"限塑令"
——知道什么是绿色 GDP

"砰砰砰砰……"寝室门被踢得轰响。老五边开门边说道:"谁啊?"

"我,老四!"门一开老四抱了一堆食品进屋了。

"你以为你是贝多芬啊,还玩儿'命运'!"

"别损我了,最新消息,哥们儿,超市塑料袋收费了,上次接受老五的意见,我坚决省了两毛钱,硬是把这些东西抱回来的。"老四没理老五的茬,得意地说着。

"这么多钱的东西都买了,就差两毛钱了,你还节俭呢!不就是限塑令嘛,早就知道了。"

"话不能这么说,我也是为了你们好嘛,再说我觉得这才是节俭,不该花的坚决不花,而且我这是为了保护环境!"

"你呀,总往自己脸上贴金,省用一个塑料袋你就环保了?"

"那当然,保护环境从我做起,要是每个人都少用一个塑料袋,那可不是小数目。"

"好——听你的,赶明儿我们都提着菜篮子逛超市!"

"那当然好,你明天去买个菜篮子,咱们寝室再买东西就无忧了,那才是真正实现了绿色 GDP。"

"我发现你有女朋友了，经济学开始学得好了！"

"那是当然，用经济学指导爱情那还是相当有用，没有经济学的指引我的爱情注定是要失败的。"

"此话怎讲？"老五急忙问道。

"我女朋友不是学经济的，总问我一些经济问题，像今天就问我限塑令的事，你说我要是回答不上，那还不被贬为无能。"

"你看看，你看看，人家这女朋友处得，就是好！互相促进学习。"老五看着老大说道。

"别听他的，就他那样，经常逃课，经济学还能学好，我看是忽悠人家吧。"老大一看就知道老五是在暗示自己的女朋友不如老四的好。

"老大，话可不能这么说，我是没有你上课多，但我学以致用的多，我今天就从环保讲到幸福指数，讲到绿色 GDP，那绝对不是忽悠。"

"好，那我问你，你知道绿色 GDP 是什么意思，是谁提出的吗？"

"小儿科，绿色 GDP 也叫可持续收入，这个思想是由希克斯在 1946 年提出的。"

"详细点儿！"

"绿色 GDP 是指一个国家或地区在考虑了自然资源（主要包括土地、森林、矿产、水和海洋）与环境因素（包括生态环境、自然环境、人文环境）等影响之后，经济活动的最终成果，即将经济活动中所付出的资源耗减成本和环境降级成本从 GDP 中予以扣除。没错吧！"老五一口气说道。

"行啊你，什么时候搞得这么熟练，回头我也教育教育你嫂子！"

"这不是教育的事，得人家有兴趣，怎么样，羡慕咱女朋友了吧？促进学习型的。"老四不无得意地说。

"说归说，绿色 GDP 跟我们学生的关系也不大。"

"怎么能这么说，国之大事，匹夫有责！"

"你又来这一套，那你说说你都做了啥？"

"从小事做起，今天我就省了一个塑料袋，明天我再省一个，呵呵！作为学生，我们也应该反思一下，至少可以为环保做出一些贡献，再说，我们一年后也将走上建设国家的工作岗位，建立起绿色 GDP 的意识，对国家、对自我都是有很大助益的事情。"

"佩服佩服，看来交女朋友还促进了咱老四的社会责任感。"

"低调低调，绿色 GDP 是咱每一个中国人的命运。"

回眸点睛：

绿色 GDP 又称可持续收入，其基本思想是由希克斯于 1946 年提出的。这个概念的基础是：只有当全部的资本存量随时间保持不变或增长时，这种发展途径才是可持续的。可持续收入定义为不会减少总资本水平所必须保证

的收入水平。对可持续收入的衡量要求对环境资本所提供的各种服务的流动进行价值评估。可持续收入在数量上等于传统意义的 GNP 减去人造资本、自然资本、人力资本和社会资本等各种资本的折旧。衡量可持续收入意味着要调整国民经济核算体系。

绿色 GDP 是指一个国家或地区在考虑了自然资源（主要包括土地、森林、矿产、水和海洋）与环境因素（包括生态环境、自然环境、人文环境）等影响之后，经济活动的最终成果，即将经济活动中所付出的资源耗减成本和环境降级成本从 GDP 中予以扣除。

绿色 GDP 这个指标实质上代表了国民经济增长的净正效应。绿色 GDP 占 GDP 的比重越高，表明国民经济增长的正面效应越高、负面效应越低；反之亦然。

5.12　消费 PK[①]节俭
——节俭悖论

"我说老四你咋了，怎么一中午都闷闷不乐的。"老五问道。

"没什么，中午给我家里打了个电话，结果被批评了一顿。"

"啥事啊，为什么批你？"

"也没什么，这不女朋友谈了也有段时间了，本来想跟他们说说情况，顺

---

① PK 即 Player Killing 的缩写，原指在游戏中高级玩家随意杀害低级玩家的行为，后引申发展为"对决"等含义。

便要点生活费，没想到家里说我一个月花 2000 多元，要我节省点，这个月的浪漫费算是泡汤了。"

"你呀，确实有些消费过度了，你看我每月生活费 300 多元就够了，加上其他花销也不过 500 元。你确实应该节省点。"

"我哪像你孤家寡人，再说我也不是消费奢侈型的啊，只有消费才能创造财富，钱不是省出来的，是挣出来的。"

"不是针对你，不过我觉得我们又不赚钱，上大学已经花了父母很多钱，所以节俭一些才对。"

"是这个理儿，我妈也这么说，不过他们每月上万元的收入不给我花给谁啊，要我说没有消费就不会有生产，全都不消费了，那经济怎么发展。"

"哼哼，我发现凡是对你有利的理论你都挺明白，你是在说'节俭悖论'吧。"

"没错，就是这个，我还记得学习这节课时，老师给我们讲了个故事，我记忆深刻。说是有一群蜜蜂为了追求豪华的生活，大肆挥霍，结果这个蜂群很快兴旺发达起来。而后来，这群蜜蜂改变了习惯，崇尚节俭，结果导致了整个蜜蜂群体的衰败。"

"是啊，那节课老师讲得确实很生动，不过，理论毕竟是理论嘛？"

"怎么能这么讲呢，经济理论就来源于生活，是用来解释生活的。要说节俭悖论，那也曾经让许多经济学家备感困惑，好在凯恩斯从故事中看到了刺激消费和增加总需求对经济发展的积极作用，进一步论证了节俭悖论，我真是崇

拜死他了！"

"怎么地，看你挺明白似的，你说说，我看你学得对不对？"

"这还不简单，要说凯恩斯，那可是 20 世纪最有影响的经济学家，一生对西方经济学做出了极大贡献，一度被誉为'战后繁荣之父'。'节俭悖论'就是他最早提出的一种理论，也称为'节约反论'、'节约的矛盾'。"

"恩，挑重点的说，没时间和你闲扯！"

"别急，先铺垫下！首先，我解释一下，我们都知道，节俭是一种美德，是个人积累财富最常用的方式。如果某个家庭能勤俭持家，减少浪费，增加储蓄，那么这个家庭往往可以致富。"老四一本正经地说道。

"你这不挺明白应该节俭的嘛！"

"那是当然，我懂！但是，根据凯恩斯的总需求决定国民收入的理论，节俭对于经济增长并没有什么好处。你想想啊，公众节俭，降低消费，钱都拿去存起来了，那生产的东西卖给谁啊，货卖不出去，生产停滞，经济滑坡，工人失业，最终受损失的还赚工资的老百姓嘛。反之，如果像我这样增加消费，那生产出来的东西就不愁销售，工厂可能开足马力也供不应求，工人加班加点搞生产，工资赚得多不说，还会促进就业和经济繁荣。"

"学得还行，要说这事也挺矛盾，不过就是角度不同，你的出发点是整个的国民经济发展，但就个人来说，节俭总不是坏事。另外，我觉得解决节俭悖论的这一现实存在于经济是否萧条这一问题之中。在一个古老的社会中，我们总是处在充分的就业状态；因此，我们把国民产品用于当前消费越多，可用于资本形成的产品就越少。如果产出可以假定总处在其潜在水平，那么传统的节俭理论就是绝对正确的，即从个人和社会角度来说都是正确的。也就是说，节俭悖论的存在，是有它的社会经济发展的特定条件的，并不是说任何时候都如此。"

"我说得没错吧，怎么样，兄弟有难，先借我点儿吧！"

"没有，你就挑对自己有利的理论学，'棘轮效应'你怎么不好好研究一下。"

"棘轮效应？没听说过，你要肯借我钱，我肯定研究得比这还明白。"老四拍胸脯说。

"唉……省着点，我也不多，拿去吧。不过奉劝一句话：当年有人劝告凯恩斯从长远考虑问题时，凯恩斯曾很不耐烦地说'从长远的观点来看，我们都死了。'现在，凯恩斯已经死了，他可以不管明天，但我们还活着，我们绝不能不管明天。"

回眸点睛：

    1936 年凯恩斯在《就业、利息和货币通论》中提出了著名的节约悖论。经济大萧条时期的景象就是节约悖论的一个生动而可叹的例子。由于人们对未来预期不抱任何希望，所以大家都尽量多地储蓄。但是，他们不愿意消费的心理和行为又导致其收入继续下降。

    节约悖论是根据凯恩斯主义的国民收入决定理论推导出来的，它在资源没有得到充分利用的情况下是存在的，是短期的。长期或当资源得到充分利

用时，节约悖论是不存在的。

节俭悖论告诉我们：节俭减少了支出，迫使厂家削减产量，解雇工人，从而减少了收入，最终减少了储蓄。储蓄为个人致富铺平了道路，然而如果整个国家加大储蓄，将使整个社会陷入萧条和贫困。也就是说，在资源没有得到充分运用、经济没有达到潜在产出的情况下，只有社会每个成员都尽可能多地消费，整个经济才能走出低谷，迈向更加充分就业、经济繁荣的阶段。

在经济学中，1+1 不一定等于 2。也就是说，对单独个人有益的事情不一定就对全体有益；在有些情况下，社会成员个人的精明可能是整个社会的愚笨。

在现阶段，刺激国内消费是必须的，因为只有增加消费量，才能真正拉动经济，提高国家的综合国力。但是，无论如何，消费都应该将消费控制在自己的经济能力和经济条件的范围内，而不是盲目消费，甚至是浪费！

5.13　拆东墙，补西墙
——冒险套现挺可怕

老四前几日还在到处借钱，为生活费而发愁，这两天花钱又阔了起来，大家都觉得纳闷，这小子从哪来的钱，有钱花、没钱还，有的人忍不住委婉地抱怨起来。

"老四，又有钱啦？"

"干什么？想让我还钱是不？再等两天，过两天就有钱了。"老四神秘地说。

过了两天，大家都忘了这事的时候，老四突然问谁有支付宝的账号，帮他转下账。

"我有，啥事，还钱是吧？"

"别总钱钱的，多伤和气。告诉你们，我发现了一个套现不用利息的地方。"

"套现，不用利息，别吹牛了，先还钱。"

"别急嘛，你们看，我上个月又申办了两张信用卡，每张可以透支 5000 元，加上原来的两张就是 2 万元。从理论上讲，通过套现我手中始终有 15 000 元资金在周转。这些钱我可以买股票什么的，小赚一笔就可以还你的钱了。"

"还买股票，要是赔了怎么办？我们岂不陪你一起喝西北风。"

"没事，现在股市行情又变好了。"

"那你说说怎么弄，要不你先还钱，剩下的炒股！"

"这个简单，你不是在淘宝网上有支付宝吗，你开家店，我虚拟买你的东西，钱打到你的支付宝账号，你取出来再给我不就行啦，这样计算准确的话，一笔钱我可以拥有 50 天的免费使用时间。这段时间我就可以用来投资。岂不是借鸡生蛋。"

"那你要是把钱花了，50 天之后怎么办？"

"这个简单，你没看我有四张信用卡嘛，快到期时我就再透支另一张信用卡，再还这张的，轮流来，至少支撑半年没问题。"

"你这么干行吗？"

"没问题，只要交易不过于频繁，透支金额较小，绝不会有问题，我这不也是权益之计嘛。"

"你呀，自己看着办，出了问题自己负责就好。我是不赞同这么做。上次我妹就讲她寝室有个同学本来每个月有 1000 元的生活费，挺好的，不过就是听信了信用卡宣传，申办了两张信用卡，这一有了卡不要紧，一有时间就去各大商场到处逛，打折促销的产品甭管有用没用，就是买，结果一个月花光了生活费不说，还在卡里透支了 500 多元。她原本计划下月省吃俭用还上，不料同学过生日又要吃饭应酬，不但没能用生活费还上欠款，还让她又透支 500 多元。眼看还款期限迫在眉睫，她不敢跟父母说，只能用另一张信用卡向银行透支还债，后来省吃俭用加上打工好几个月才还上账。多危险啊，要是还不上，出现信用不良记录，那以后就不好办了。"

"那是她没计算好，只要能将各卡的还款期计算好了，进行循环套现是没有问题的。"

"你呀，说得好听叫套现，那是借钱还款，拆东墙、补西墙，时间久了就会发生恶性循环，要是投资赢利还好，不赢利怎么办？连本带利的还，到时看你怎么办？别只看到收益，忘了风险。一不小心变成卡奴，想翻身就难了。"

回眸点睛：

利用不同市场中同一种产品或接近等同的产品价格之间的细微差别获利。比如，你可能在某地不能提出大额现金，就将款项先转入其他账户，再提出现金，这就是变现；或者用信用卡，这就是套现。套现，也属于消费，只是刷卡消费后，不是拿商品，而是商户给你同等金额的现金，套现是有免息期的，一般是 20～56 天不等，同时可以全额度或翻倍额度套现。

信用卡有以下常见的套现方法：一、用信用卡为朋友的消费埋单，以此来免费套现。朋友在用现金消费的时候，用自己的信用卡替朋友刷卡"套现"并及时还款，银行的收益只是从商户收取 1%～2% 的结算手续费，持卡人没有任何费用支出；二、利用电子商务网站如淘宝、拍拍等在线免费套现。主要是利用电子商务网站无比便利的消费、提现的特性，通过充值提现（此方法慎用），虚假购物消费后再提现的方法进行免费套现，此过程均免收一切手续费，这也得益于电子商务网站的激烈竞争。

不过对于虚假消费来说，提现的行为本身不违法。因为像任何消费一样，银行从中赚取了手续费，商户也要支付营业税，只不过持卡人免去了 50 天的万分之五的利息。但是，无论使用哪种方法进行信用卡套现，都是银行严格禁止的。一旦被银行发现，可能会导致您的信用卡被冻结，甚至影响您的个人信用记录，所以在实施套现之前务必慎重考虑。

5.14　棘轮效应
——小心消费习惯的陷阱

"最近比较烦，比较烦，比较烦，总觉得日子过得有一些极端，我想我还是不习惯，从月初有钱到月末花完，最近比较烦，比较烦，比较烦，总觉得钞票一天比一天难赚……"

老四最近和钱耗上了，越是没钱，花费的地方仿佛越多，这不，唱起歌来都想着钞票难赚。

"老四啊，你做做好事吧，没钱你也消停点，等我有了也才愿意借你啊，你天天烦就有用了？"

"此话当真？快借我点，股票赚了就还。"老四一听赶忙问道。

"你说我说你什么好呢，你知不知道你每月的支出是多少啊，我帮你粗略地估计了一下，至少也在 2000 元以上，你说你有钱的时候这么花还行，没钱时就不能省着点吗？上次我就和你说过，你掉入了消费习惯的陷阱，在经济学上这叫做'棘轮效应'，知道吗？"

"对，你上次说过。"

"你还记得我上次说过，你不是还说我借给你钱你就研究一下吗？研究得如何？我看你是忘了吧？"

"笑话我，你看我老四是那种人吗？打赌，我要是研究了怎么办？"

"你研究了，谁信啊，整天烦啊烦的，你要是能讲出个一二三来，我就再借你一笔银子。"

"那好，我可开讲了。你听好了，这个'棘轮效应'，就是……那个……唉！算了，我还是不讲了，讲完你借我钱我又拿去消费，还不上你怎么办！"

"你呀，根本就没好好学，告诉你吧，古典经济学家凯恩斯主张消费是可逆的，即绝对收入水平变动必然立即引起消费水平的变化，人们的消费完全根据收入变动而变动。但是这与实际并不相符。针对这一观点，有个叫杜森贝的经济学家认为这在实际上是不可能的，因为消费决策不可能是一种理想的计划，它还取决于消费习惯。这种消费习惯受许多因素影响，如生理和社会需要、个人的经历等。特别是个人在收入最高期所达到的消费标准对消费习惯的形成有很重要的作用。这就是'棘轮效应'。"

"不懂！"

"我说咱老四花钱花傻了吧。告诉你'棘轮效应'就是指人的消费习惯形成之后有不可逆性，即消费者易于随收入的提高增加消费，但不易于随收入的降低而减少消费，这种特点被称为棘轮效应。尤其是在短期内，消费是不可逆的，其习惯效应较大。这种习惯效应，使消费取决于过去相对的高峰收入。"老五一板一眼地说道。

"你说得太麻烦，西方的东西引入中国要符合中国国情，用中国话来说，实际上'棘轮效应'可以用宋代政治家和文学家司马光一句著名的话来概括：'由俭入奢易，由奢入俭难'。"

"老大出手，一个顶俩！"老五佩服地说。

"你们说得其实我明白，就是一开始没反应过来，我中学语文学得好着呢，我记得这句话出自他写给儿子司马康的一封家书《训俭示康》中，除了'由俭入奢易，由奢入俭难'的著名论断，他还说'俭，德之共也；侈，恶之大也'。不过棘轮效应也是人的一种本性，人生而有欲，'饥而欲食，寒而欲暖'，这是人与生俱来的欲望。你们也不会眼睁睁看着我被欲望煎熬，对吧？"

"无欲则刚，看看欲望把你折磨的。虽然我们不能禁止欲望，但也不能放纵啊，如果对自己的欲望不加限制的话，过度地放纵奢侈，没能培养成俭朴的生活习惯，'富不过三代'之说就成了必然。苦海无边，回头是岸！"

"行啦老大，别再用你那磁性的声音和理论来折磨我了，我改还不行吗？"

老大的嘴刚好张成个 O 形就被老四一句话噎了回去。

回眸点睛：

棘轮效应也叫制轮作用，其指出人的消费习惯一旦形成就具有不可逆性，而且很容易向上调整，不容易向下调整。特别是在短时间内，消费是不可逆的，其习惯效应非常大。这种习惯效应让消费取决于相对收入，也就是相对于自己以前的最高收入。

狭义的棘轮效应是指即使收入水平下降，个人的消费习惯也不会随之下降。即所谓的"由俭入奢易，由奢入俭难"。广义的棘轮效应是指经济活动中的不可逆性，就像前进中的"棘轮"一样难以逆转。

资源的稀缺性决定了不能任棘轮效应任意发挥作用、无限制地利用资源来满足人类无尽的欲望。有一位作家曾经把那些过度使用资源的人类个体比做癌细胞——我们常以为癌细胞是不健康的细胞，其实不然，癌细胞是最健康、最有活力的，别的细胞虽然会分裂，但分裂会有止境。癌细胞的分裂永远不会停止。不断的分裂需要养分，但是人的养分有限，癌细胞的不断分裂最后将其他正常细胞的养分吸取得一干二净。

希望在校的学生能懂一点儿"棘轮效应"，少一点儿过度消费，于己可以养成节俭的美德，于公则可以节约资源，使社会更加和谐。

5.15 身无分文走天下
——有事就用信用卡

　　昨儿喧嚣了一晚的寝室今天静悄悄的，只有莫逸飞一个人百无聊赖地捧着曼昆的经济学，现在的大学生交朋友，只要是个节两个人就要出去改善一下，今天是西方一年一度的平安夜，有朋友的都忙着浪漫去了。莫逸飞一个人，只能在书中苦苦寻找着"颜如玉"和"黄金屋"，看着看着就睡着了，直到很晚才被阵阵抱怨声吵起，原来是老疙瘩回来了，正气愤地讲着今晚的尴尬事儿。

　　"今儿真是太'囧'了，那地方咱们兄弟去了多少次啊，谁知今天第一次带'没脑子的'去大快朵颐，浪漫之后，刷卡买单时，那服务员小姐居然对我说：'先生，真不好意思，我们 POS 机今天出了故障，暂时不能刷卡。您可以付现金吗？'我一看钱包，那个糗啊，最后居然把女友当'人质'，跑了半小时取了现金才把她'赎'出来，结果被狂扁。"

　　"唉，可怜的人，看来下次再浪漫，只带卡绝对不行。既然'不差钱'，就多少带些现金在身上嘛。"

　　"谁知道会这样吗，我一回想那天售卡的女孩在校门口推销信用卡时诱惑的口号'身无分文走天下'，就想揍人……"

　　"别啊，人家说得没错，信用卡是有很多好处，你看我的学费就是用信用卡刷的，每月一次异地取款不花钱，以前自己带着现金太不安全，用储蓄卡至少得 50 元手续费，现在多好啊。"

　　"我也这么觉得，刷卡还可以像老四那样套现投资什么的！"

"过分啦，别拿我说事，不就是套现投资亏了嘛，还用得着你们天天说。不过信用卡确实很方便，以前我女朋友上街总大意丢钱，现在兜里只有几十元现金加一张卡，就不用担心！"

"我觉得我们还是学生，在信用卡消费上要谨慎，我觉得刷卡的时候就像不是在花自己的钱，一点儿都不心疼，再说我们没有还款能力，养成了不好的消费习惯就不好了，你看美国的次贷危机，就是因为全民提前消费的恶习造成的。所以还是不用为好。"

"是啊，我有个朋友就因为过度消费，而且自我管理能力不强，使用信用卡，成为'卡奴'，总是为了欠下的钱而忧心，甚至出去打工赚钱，影响学业。最后还是家人还的款。"

"大家不要争论了，老疙瘩，其实大家也是为你好，信用卡是个好东西，可以带来很多便利，不过过度依赖就会出现大问题，今天你只是和女朋友吃饭丢了面子，这是小事儿，以后要是别的事出问题可就不好了。还有老四，你也要谨记，不要用信用卡套现，还搞什么投资，多危险。"

老大一发话，老四和老疙瘩自然不敢造次。大家一时无语，陷入了沉思。莫逸飞突然想到莫蓉睿最近还问自己信用卡的事，赶紧打电话去了。

回眸点睛·

目前各大学经常可以看见某某银行办理信用卡的宣传，更有甚者，动用各种关系上寝室、访老师，总之用一切可以用的渠道为学生办理信用卡。学生只需要拿身份证、学生证，填写一张表格，半个月之内银行就会把信用卡寄到客户手里，无须学校和家长的确认。

一方面，在校学生本身就有极强的消费欲望；另一方面，在校大学生走上工作岗位上之后也是信用卡使用的主力军。

目前，专门针对大学生的学生信用卡很多，透支额度是从3000～10 000元不等，一般还款期限为 20～50 天。但是如果超期不归还，要交纳最低还款额 5％的滞纳金。尽管如此，信用卡还是为学生带来了很大大的便利，比如每月有一次透支取款不收取手续费。

银行界业内人士对发展大学生信用卡业务普遍抱有乐观态度，但是在信用卡消费引导和教育方面还存在一定的不足。

因为，学生持卡交易记录将直接纳入国家个人信用数据库，毕业时银行会出具权威个人信用报告，这对于学生步入社会、贷款买房买车都有好处。因此，作为学生必须用好信用卡，有目的地培养、珍视个人信用，磨炼自我约束、理性消费的意志是十分必要的。

5.16 屋漏偏逢连夜雨之假币
——学学货币的含义与职能

"屋漏偏逢连夜雨，最近是没钱没钱还收了张假币，郁闷啊！"林蓉睿一回寝室就嚷嚷道。

"哪收的啊？这么大意。"莫蓉睿赶忙问道。

"别提了，晚上去后街买水果，刚取的一张一百的，水果没买多少，找给我一把零钱，路上我才发现，找给我的钱里面有张二十元的是假的。"

"你怎么那么大意，也不好好看看，那你没回去找他？"

"怎么找啊，都走了很远了才发现。"

"那可不行，用假币可是犯罪的，你得回去找他。"莫蓉睿愤愤地说着。

"他也不容易，再说就二十块钱，也不多，还是算了。"

"林蓉睿，你就是太善良了，你知道吗，虽然钱少，但是假币流通对国家经济危害是非常大的。假币可以说是经济社会的毒瘤。它严重地干扰了国家的正常经济秩序，给金融业的安全、稳健运行造成了极大威胁，也给老百姓的日常生活带来了极大的不便。"

"哪有这么严重，不就是一张纸嘛。不过要说这二十块钱和真的差不多，可以以假乱真了，要不明天我再拿着去买他水果？"

"你傻呀，假币再真也是假的，你去花被发现岂不丢脸，就是不被发现也违法。尽管假币和真币都是纸制的，但假币并不能代替真币在流通中使用。我们知道，以前货币大多以贵金属作为表现形式，近代才有了完全流通的纸币。在发达的商品经济中，货币具有价值尺度、流通手段、储藏手段、支付手段和世界货币五种职能。其中最基本的职能是价值尺度和流通手段。"

"这些不都是政治经济学课本上的嘛，我们都考上大学了，这些对我们还有什么用啊？"

"有点觉悟行不,现在可是经济社会,都知识经济时代了,不懂得货币能行吗?就说这假币,我们收到了就不能让它再执行流通手段的职能。第二次世界大战时期,德国就在伦敦上空空投大量纸币,想搞垮英国经济,可见假币的危害不仅是对每一个具体的行为人,而是对整个社会都有很大危害的。"莫蓉睿郑重地讲道。

林蓉睿一想,确实如此,赶紧虚心地请教道:"那你详细说说吧,我正好学习学习。"

莫蓉睿也不客气,将自己知道的统统说了出来。

"货币是一种用来交易买卖、价值储存和记账单位的工具,是专门在物资与服务交换中充当等价物的特殊商品。既包括流通货币,尤其是合法的通货,又包括各种储蓄存款。货币的职能也就是货币在人们经济生活中所起的作用。在发达的商品经济条件下,货币具有这样五种职能:价值尺度、流通手段、储藏手段、支付手段和世界货币。其中,价值尺度和流通手段是货币的基本职能,其他三种职能是在商品经济发展中陆续出现的。"

"馒头,你懂得真多!"林蓉睿羡慕地说道。

"呵呵,作为大学生,即便不是学习经济学的,每天都与货币打交道,了解一些货币知识还是十分必要的!那么为什么货币能衡量其他商品的价值呢?打个比方,大家为什么会选择你担任文艺部长?那是因为你通过表现,展现出了你的内在价值。而作为学生,进入社会后,工资就是内在能力的某种体现。货币也是一样,本身也是商品,也有价值。这就如同尺子之所以能衡量其他一切物品的长度,是因为尺子自身也具有尺度一样。自身没有价值的东西,是不

能衡量其他商品的价值的。"

林蓉睿听闻频频点头。

莫蓉睿得到认可和鼓励，继续说道："货币的第二种职能是流通手段，也就是货币充当商品交换的媒介。我们现在使用的是纸币，如果纸币发行过多，或者假币大量流入流通领域，就会对我们的经济造成巨大冲击。经济发展，匹夫有责。虽然是在校大学生，更应该树立经济意识。"

听了莫蓉睿的话，林蓉睿心悦诚服地连连称是。

回眸点睛：

货币随着商品经济的发展而逐渐完备起来。在发达的商品经济中，它具有价值尺度、流通手段、储藏手段、支付手段和世界货币五种职能。其中最基本的职能是价值尺度和流通手段。

价值尺度是指货币用来衡量和表现商品价值的一种职能，是货币的最基本、最重要的职能。没有价值的东西不能充当价值尺度。

流通手段是货币充当商品交换媒介的职能。在商品交换过程中，商品出卖者把商品转化为货币，然后再用货币去购买商品。

货币的第三个职能是充当储藏手段，即货币退出流通领域充当独立的价值形式和社会财富的一般代表而储存起来的一种职能。

　　货币的第四个职能是支付手段。在放债还债、支付工资及交纳税款等场合，货币就起着这种作用。在货币作为支付手段的情况下，由于很多商品生产者互相欠债，他们之间便结成了一个债务锁链。如果其中某一个商品生产者因为生产和销售的困难而不能按期支付欠款，就会引起一系列的连锁反应，造成全线崩溃的局面。

　　货币的最后一种职能是充当世界货币，即在世界市场上发挥作用。

　　货币的各个职能之间存在着有机的联系，它们共同表现货币作为一般等价物的本质。

第 6 章

向未来说Hello

6.1 焦急的辅导员
——失业与失业率

临近毕业，班里还有很多人没有找到工作，辅导员非常着急。QQ 群上中闪烁着辅导员老师刚发的一些招聘信息。

"唉……辅导员也够着急的，到处为我们找招聘信息，今年赶上金融危机，不知道还有多少人没就业啊。"莫逸飞感慨地说道。

"其实问题也没有那么严重，我觉得就业还是很容易的！"老四不以为然道。

"容易？容易你怎么还没找到工作，你现在是失业，咱辅导员都焦急地如热锅上的蚂蚁了，只要有招聘信息就一刻不停地上网，你是不是准备自己创业啦，要不怎么还不着急？"莫逸飞追问道。

"创业，谈何容易啊，更何况在这种金融危机的时候，我现在也是先找找工作再说。"老四语气沉重地说道。

"那你不就是失业了，你还是赶快创业吧，也好为国家创造几个就业岗位，顺便减少一下失业率，你想想，你要是不创业，那国家的失业率又得增加多少啊！"莫逸飞调侃说。

"哈哈，看来我如果创业的话作用可不小！不过你也不能说因为我不创业就会失业率增加嘛，一看你就没学好什么是失业率！"

"哦，怎么讲？愿闻其详！"莫逸飞好奇地问道。

"呵呵，客气客气！我最近也在关注新闻，就业成为各大网站等新闻媒体的焦点，几乎所有经济学家都认为，失业是我国当前一个严重的经济问题。但严重程度有多大，即失业率是多少，却众说纷纭。国内媒体报道的城市人口失业率低的为 9.4%，高的达 14.2%，而世界银行估算出的城市人口失业率可能超过 11%。"老四一口气罗列了几个数字。

"怎么这么不统一，到底哪一个数字接近现实呢？"莫逸飞问道。

"要了解这个问题的真相，弄明白彼此的差异，就要先了解什么是失业，以及经济学家是如何计算失业的。"

"我记得，联合国国际劳工局给失业者下的定义是：在一定年龄范围内，有工作能力、愿意工作，正在找工作但仍没有工作的人。"

"你的记忆力不错嘛，不过尽管有这个定义，但是各国会根据自己的情况对这一定义进行具体化。例如，美国把一定年龄范围界定为 16～65 岁。失业人口主要是指：第一次进入劳动力市场或再次进入劳动力市场找工作，连续 4 周未找到者；企业临时辞退，但并未解职，随时等待召回，但一周未领到工资者；被企业解聘或自愿离职者。但是，我国对失业者的界定不同。在中国，第一种失业者被称为待业，第二种失业者称为下岗，这些都没有算做失业，因此，计算结果与世界银行有很大差别也就不足为奇了。"老四非常严肃地讲道。

莫逸飞听罢非常佩服地说道："真没想到你这个每天不怎么上课、打算创业的人会对失业这么关注，'听君一席话，胜上一堂课'啊！哈哈！"

"见笑见笑，尽管失业率从理论上看不难计算，但实际上，在现实中统计失业率是一件困难的事。这在于界定失业者并不容易。首先，很多人像我一样，

并不是找不到工作，而是希望找到一份更好的工作而暂时的自愿性失业。另外，还有一部分人虽然没有固定的工作，但是同时做很多兼职，这部分人收入不菲，还比较自由。总之，因为众多因素，失业率有时并不能反映真实情况。就像我们学院，有的同学找到了工作却不签约，可能就被列入了失业率的行列。因此，我觉得辅导员实在是没必要太焦急。"老四不以为然地说道。

"此言差矣！失业率这个指标虽然离我们大学生个人很远，但是对失业率的估计是了解一国宏观经济状况、制定经济政策的重要依据。而且作为行将毕业的我们，如果找不到一份工作，无法顺利实现角色的顺利转变，那么我们就像滞销的商品一样，无法实现自己的使用价值了。"莫逸飞意味深长地讲道。

听了莫逸飞的一席话，老四也陷入了深思，在面临就业的时候自己确实应该考虑得更长远一些。

回眸点睛：

失业率，是指失业人口占劳动人口的比率（一定时期全部就业人口中有工作意愿而仍未有工作的劳动力数字），旨在衡量闲置中的劳动产能。在美国，失业率每月第一个周五公布；在我国台湾，则于每月 23 日公布。失业数据的月份变动可适当反映经济发展，大多数资料都经过季节性调整，失业率被视为落后指标。

通过该指标可以判断一定时期内全部劳动人口的就业情况。一直以来，失业率被视为一个反映整体经济状况的指标，而它又是每个月最先发表的经济数据，所以失业率指标被称为所有经济指标的"皇冠上的明珠"，它是市场上最为敏感的月度经济指标。如何解读该指标，一般情况下，失业率下降，代表整体经济健康发展，利于货币升值；失业率上升，便代表经济发展放缓衰退，不利于货币升值。若将失业率配以同期的通胀指标来分析，则可知当时经济发展是否过热，是否会构成加息的压力，或是否需要通过减息以刺激经济的发展。

6.2 参加招聘会还是网投？
——信息与搜索成本

鉴于莫逸飞的一席话，老四终于开始考虑认真找工作了，毕竟创业实在是太难了。不过事情并没有老四预想得那么乐观。参加了几次招聘会都是备受打击，老四挣扎一段时间后放弃了这种方式，改为在网络上投递简历。按照他的说法，网上的信息比较多，而且搜索成本比较低。

这日莫逸飞参加完一场招聘会后，垂头丧气地走进寝室，一看老四还在网上狂投简历，无精打采地问道："怎么样，有什么好消息吗？"

"呵呵，明天有一家公司让我去面试！"老四得意地说道。

"我就奇怪了，怎么我亲自去招聘会还不如你呢？"

"我觉得找工作主要看信息量，信息是人们做出决策的基础。但是，信息是有代价的。获得信息要付出金钱与时间，这是寻找信息的成本。人们之所以会为信息付出成本，是因为信息也会带来收益。充分的信息可以做出更正确的决策，这种决策会使经济活动的收益更大。例如，只有掌握比较多的招聘信息，才能帮你成功求职。而搜索信息的方式很多，比如在报纸上找招聘启事，参加招聘会，或者网投等，都是一种寻找信息的活动，这些活动会产生许多费用，如打印简历的费用、交通费，特别是时间，都是成本，在经济学上这些被称为搜寻成本。"

"佩服，现在才发现虽然你上课不多，但学以致用的能力比我强。那是不是说你的信息越完全成功的机会就越大呢？"

"信息越多当然越好，不过人不可能得到完全信息，因为得到完全信息的成本太高，甚至无法实现。在正常情况下，人都是以有限信息为基础做出有限理性的决策和选择的。如果做决策时不去寻找信息，而是随性而为，决策失误的概率很大，这是一种非理性行为。但如果花费过多的金钱与时间去搜索信息，当成本大于收益时就不划算了。你也是学经济学的，你觉得如何做才好呢？"

面对老四突如其来的问题，莫逸飞一时没反应过来，但是略微思考一下就反应过来，忙说道："应该是在寻找信息时达到边际搜寻成本等于边际搜寻收益，这时就实现了经济学中的最大化。没错吧！"莫逸飞得意地说道。

"呵呵，没错！如果我们把多寻找一点信息所增加的成本称为边际搜寻成本，把多获得这点信息所增加的收益称为边际搜寻收益，那么，二者相等时就是最理性的。你看你每参加一场招聘会的花费都在 30 元左右，还要搭上 3 个小时的时间，而我在这 3 个小时里只要支付一点点电费和半小时的时间，就可能投上很多份简历。剩下的时间我可以给自己充电。从而获得收益。因此,我的决策是理性的,而你却不是。"

"不过我觉得很奇怪,又不知道该如何反对你,因为我不付出就没有收获,可是付出就可能出现沉没成本,也就是花了成本没有收益。这该怎么办呢?难道就不参加招聘会了吗?"莫逸飞不解地问道。

"当然不是说就不参加招聘会了,而是说首先要有选择地参加,在决定参加招聘会前应该了解招聘公司的情况,是否是自己满意的公司等。这些信息招聘会主办方会提供,留心一下就好,根据所掌握的信息做出决策而不是盲目地参加。"

"有道理,有道理!"莫逸飞听闻连连称是。

"经过选择后,就可以将部分精力放在比如网投这样的方式上。我觉得这样的方式比较好,信息量大,成本基本上可以忽略。"

"但是,一般网投回复的都很少啊?"

"没错,这时就要讲策略,一般来说,对于心仪的工作,在投递了网上建立后,如果能再打个电话或上门拜访一下,就可以充分地向公司展示你的信息,也就是为公司选择你提供了信息并展示了你的诚心。成功率自然就高啦!"

"看来你的方法还挺管用,明天我也要改变拎着一叠简历奔波于每场招聘会的方式,至少要有的放矢,节约成本,从而达到最优。"

回眸点睛:

　　传统古典经济学一个重要的假设是信息是充分的、无代价的。现代经济学否定了这一假设，这就是信息经济学的产生。

　　比较获得信息的成本与收益是我们做出任何决策的基础。个人为了获取收益，必须为寻找信息付出，企业要为自己的产品销售寻找信息，政府也要为做出正确的政策而寻找信息。信息不充分是决策失误的主要原因。

　　为了搜索到有效的信息即发现最优价格而付出的成本就是搜索成本。作为即将毕业的大学生，在寻找工作时不应盲目参加招聘会，而是应该掌握招聘会的有关信息，从而为是否参加做出正确的决策。同时，应该比较不同方式付出的搜索成本，选择付出最少的方式。

6.3　女生就业为啥难?
——公地的悲剧

　　进入大三，莫蓉睿还是像往常一样过着散漫的日子。

　　早上 6:00，陈舒是除莫蓉睿之外最晚一个出门去自习的。临走时还把门关得轰响。莫蓉睿一下子从梦中惊醒，睁眼看看又躺了下去，但是在床上翻来覆去了好久也没睡着。莫蓉睿心里就十分不解，难道学习一定要拼命才能行吗。反正也睡不着，莫蓉睿想想好久没爬山了，于是决定爬山去。

不爬不要紧，才到山脚下就觉得又热又吃力了，好不容易才爬到山上。好在山上风大，被风一吹，一个字，爽！

在山上待了一会儿，莫蓉睿的肚子就开始咕咕叫了。好久没起这么早了，平时都不吃早餐，一爬山莫蓉睿才知道肚子也是会饿的。

好久没去北校区了，不如去莫逸飞那里蹭早餐。莫蓉睿一边想着一边一步步从北坡下山。

对于莫蓉睿的到来，莫逸飞吃惊不小，从图书馆跑出来，一见面就忙问道："怎么这么早就过来，有什么事情啊。"

"没什么事，爬山过来看看你！"莫蓉睿调皮地说。

莫逸飞怀疑地看着。

"真的没什么啦，今早被寝室的吵醒了，她们一早不到 6:00 就都走光了，还把我也吵醒了，这不就爬山来了嘛。你怎么和她们一样这么早？我就觉得奇怪，学习用得着这么拼命吗？"莫蓉睿不屑地说着。

"原来是这么回事。你好久都不来了，我还以为怎么了呢。你呀，都大三了还不知道努力，现在我们男生找工作都很难，女生更是困难，你再不努力给自己攒点资本以后可怎么办？"

"唉，为啥女生找工作就这么难？"莫蓉睿不服气地说道。

"你觉得呢，你也学了那么久的经济学，有没有想想用经济学分析一下？"

"呵呵，这个简单，我觉得现在大学生在就业市场上主要受供求规律变动的影响。随着高校不断扩招，劳动力市场总体供大于求，2009 年高校毕业生达到 600 多万，然而历年来的就业率仅为 70%。但是目前高校女生的比例已达到 45%，即便是男女平等就业，2009 年也至少有 81 万之多的女毕业生就业无门。女大学毕业生的数量急剧增加，她们与社会需求之间的关系转变为供大于求，相应地出现了女大学生的'买方市场'，企业有更多自主的权力来挑选自己所需要的人才。我分析得没错吧！"莫蓉睿不无得意地说道。

"你呀，只是说了个皮毛。没错，现在大学生就业确实面临'买方市场'的压力，作为弱势群体的女性就业形势不容乐观；另外，也因为人力市场调节具有不灵活性，从而产生劳动力市场上的'公地的悲剧'。"

"什么是'公地的悲剧'啊？"莫蓉睿一听新名词忙追问道。

"'公地的悲剧'可以用牧场上牧民的放牧来说明。因牧场无人管理，牧民可以自由放牧，每位牧民增加牲畜的行为带来的正效用是增加收入，负效用则是公共牧场因过度放牧受到破坏，而负效用是由所有牧民共同分担的，因此每个理性的牧民都会增加牲畜，当牲畜增加超越了牧场的承受极限时，最终导致牧场荒废、贫瘠。"莫逸飞耐心地解释道。

"可是这和女大学生就业难有什么关系呢？"莫蓉睿不解地问道。

"在当今不容乐观的就业形势下，毕业生可以看做是公共资源，比如一片自然生长的大草原，用人单位就像是在牧场上自由使用资源的'放牧人'。使用更多的人可以增加本单位的收益，但是需要付出工资、福利等成本。由于心理、生理的原因，生儿育女、照料子女和家庭劳动造成女大学生较高的成本。

假设使用男大学生的成本为 0，那么使用女大学生的成本就大于 0，而作为'放牧人'的用人单位，为了追求利润最大化，自然不想承担女性由于体力差别及生育等原因而增加的额外成本，自然会选择拒绝录用女大学生。"

"现在女大学生的能力也不差啊，甚至超过男生，而且不是男女平等吗？"莫蓉睿愤愤地说道。

"话虽如此，虽然我们主张男女平等，反对在雇用方面存在性别歧视，但这是对所有用人单位而言的；目前，大学毕业生非常多，对于每个用人单位自身而言，即使自己不这么做，通常也不会受到惩罚或损失。但是从社会整体来看，这样的行为会对整个资源带来很大的负面影响，造成女大学生人力资源使用过程中出现的'公地的悲剧'。"莫逸飞无奈地说道。

"可是国家不是有政策规定，企业不准歧视女大学吗？"

"政策是好的，但是政策有挤出效应。"

"什么，'挤出效应'？怎么回事？"莫蓉睿赶忙问道。

"政府制定男女平等就业的劳动力市场政策，如规定男女同工同酬和必须给予生育妇女及哺乳期妇女带薪产假，目的是为了保障妇女的基本权利，克服劳动力市场的不完善；但是这样的政策所带来的负面效应是企业可以通过不雇用或少雇用女性职工，在不违背法律规定条件下降低相应的成本。这样反而加剧了女性就业的性别歧视，阻碍了女大学生获得就业的机会，使得女大学生在就业市场上就业更加困难。这是政策制定得不完善，从而产生了政策的挤出效应。"

"那该怎么办呢，难道我们女生就业就这么艰难？"

　　"当然，也不是没有办法，政府可以要求企业给男雇员带薪'产假'，比如当其配偶生育时，男雇员同样享有相应的假期，以便照顾家人，这样不就男女平等了嘛，尽管不能完全消除歧视，但一定会有很大改善。"

回眸点睛：

　　"公地"制度曾经是英国的一种土地制度——封建主在自己的领地中，划出一片尚未耕种的土地作为牧场，无偿提供给当地的牧民，每个人都可以在上面自由放牧。这时候，每个牧民都看到，如果别人都不放牧，自己就占了便宜，如果自己不放牧，别人就占了便宜。于是，大家拼命把自己的牛羊往公地上赶，随着牛羊数量无节制地增加，牧场最终因过度超载而成了不毛之地。

　　1968年，美国的生物学家哈定教授在这个事实的基础上，发表了他著名的《公地的悲剧》一文。在文章中他指出：人类过度使用空气、水、海洋等看似免费的资源，必将付出无形而巨大的代价。

　　自此，"公地的悲剧"成为在经济学、政治学、社会学、环境科学等领域被广泛谈论的话题。

6.4 继续深造
——考研之前算算账：成本核算

今年就业形势比较严峻，老五决定不考研了，当初老五是以第一名的成绩考到这所学校的，大家对其寄予厚望，觉得他是参加考研的最佳人选。没想到，工作最不好找的时候老五居然没有选择考研，颇令大家匪夷所思。

一听到这个消息，大家吃惊地问道："为什么？经济出来什么问题吗？"

"没有，是我自己决定的。"

"现在工作这么难找，选择考研可以暂时回避一下失业的风险啊，你怎是不考就不考了，你可是咱们这届的状元，考研也就你最有把握了。"

"你们也很不错嘛，而且选择不考研的原因之一就是我觉得我应该先锻炼一番，一直以来我都太注重学习而忽略了实践，以后有机会我还会深造的。"

"除此之外，你还有什么原因呢？"

"说起来别笑话我，我这个学国贸的也从经济学的角度对'考研'进行了一些分析，就我而言，这个专业更重视实践性和操作性，如果考研，学本专业对工作的帮助并不是很大，但是换专业我暂时又没有想法，所以，我觉得到社会上闯荡几年或许可以更加明确自己的目标。"

"就因为这个？"

"当然不全是，如果我现在因为就业压力而盲目考研，也许两三年以后，又会面临就业难的困惑。那时就业就会'高不成，低不就'，动手能力还不一定比得上本科生，境遇岂不更尴尬。"

"而且我现在的经济条件也需要我对考研进行更理性的经济分析。考研成功意味放弃三年的工作经验和收入，而且学费也是一笔不菲的开销。"

"是啊，考前的准备工作和报辅导班这样的显性成本多了去了，我其实也在打退堂鼓，像现在这样，学习找工作两头儿都不安心。"

"没错，我觉得以后有一定经济基础了，哪怕脱产读研，经济压力也减小很多。如果读在职研究生，成本会更小。细算一下这一进一出读硕士成本至少在 15～20 万人民币左右。"

"你说得也没错，不过现在就业压力确实太大。"

"只要有信心总是能找到的，我们这么优秀，呵呵。而且谁能说三年后就业就好呢，我看就业是一年比一年难。而且我觉得我们是否应该把考研的决策放到一个更大的环境中思考。当我们面临选择、做出决策时，主要考虑成本和收益，考研的机会成本我就不多说了。我只希望大家考虑一下经济学的边际效益递减规律的作用。"

"真佩服你，研究得够透彻的，光算计成本收益还不够，说说你的道理，有理的话，我明天也不考了。"

"别这样，咱俩专业不同，你学的是纯理论的西方经济学，进一步学习的边际效益和我不同，你在现有的基础上再多学习一些理论知识的效益是增加的，而我的专业是国际贸易学，更加重视实践能力，我已经学习了四年，涉及众多的专业课，再接受教育的效益可能是递减的，例如，微观经济学之后还有中级微观、高级微观，我们哪里有中级国贸、高级国贸的分别。"

"确实，那倒是，应用经济学还是比较注重实践。"

"根据边际效益递减定律，人在持续享用某一种东西时，把该物品平均等分的话，那么享受到的第一个单位所带来的效果是最大的；第二个单位同样很大，但是会比最初的那个单位少点儿；然后接下来的几个单位都会依次逐渐减少，直至到达某个临界点，过了这个量之后继续享受该物品已经基本不会带来效果，有时甚至会带来反效果。实际上这条定律在很多情况下都适用，比如男生追女生，赞美的话说得多了，效益就会下降，就是再真诚，多了也会让人腻烦。"

"通才啊，从考研到恋爱，一条边际效益递减规律就能让人明白那么多平时纳闷的问题，我说我女朋友现在怎么一听我赞美就烦。"

"呵呵，那是，你明天假装说些'横的'，她弄不巧很喜欢听，觉得你有男人的魅力。"

"说得有道理，我明天试试，就跟她讲我不再听她的安排考研了，看看她的反应，不行我就拿你这套顶上。"

"拿理论顶行，别把我卖了就好！你那张嘴我可怕得很。"

回眸点睛：

考研的成本包括上辅导班与学费等显性成本及为备考而逃课所付出的时间、精力等机会成本，最主要的是面临未来风险的不确定性。在进行决策时，还要结合自身的专业特点及边际效用递减规律进行决策。

6.5 借来的报名费
——学会风险投资与期望收益

考研报考在即，寝室决定考研的人都铆足了劲儿地加油，这一天校方突发通知，要求考研的同学交 120 元考研报名费。晚上，多日不归，在外租房的老大回寝哭穷道："这可怎么办，没钱交报名费，怎么考研呢？"

大家都假装没听见，只听老大说道："我走了才几天你们就这样把老大忘啦？"

莫逸飞忍不住了，灵机一动，说："要不，我来投资。"

老大和众人先一愣，马上一阵兴奋，忙问："投资？怎么讲？难道你要替我出报名费？哪有这等好事，说说看，怎么投？"

只见莫逸飞不紧不慢地说："简单。老大的考研报名费我出，如果他考不上，就当我瞎了眼，投资失败，不用老大还钱；如果老大考上了，我可就要求回报了。"

"呵呵，你是想宰老大一刀吧！"

"我看也是，怎么回报？你说说！"老大也将信将疑地问道。

"这个很容易。虽然老大在外租房，但是我知道老大平时用功，考上的可能性很大，我就问他要回报 160 元。这其实蛮合算的，考上了，心中大喜，区区多给我 40 元就算不得什么了。"

"这确实很合算，要不算我一个。"老四抢着说。

"没问题，但是鉴于你平时学习不用功，我要求的回报就不是 150 元，而是 300 元。"

"干嘛这么不公平，过分！搞价格歧视。"

"冤枉，冤枉，我这可是严格根据资产定价模型分析得到的结果，正所谓高风险高收益。老大学习认真，为人低调，考上的可能性有 95%，我收他 160元，期望收益是 160×95%=152（元），期望收益率为（152−120）/120=27%。而你则不同，你平常就挂科，社团还总有事儿，考上的概率最多有 50%，那么 300×50%=150（元），即期望所得。"

"那为什么对我的期望收益率为 50%，对老大的就是 27%？"

"这还不简单，老大考上的概率大，如果我的定价过高，他就不借了。你也知道，在资产定价模型中，期望收益率与风险成正比，否则没人愿意投资高风险产业了。"

"这就好比炒股票。老大是绩优股，稳步上升，因为收益有保证，所以收益率就小；而老四是绩差股，虽然被炒作时也可能猛涨，但无法预期，风险很大，我愿意投资，就必须给我相当高的回报才行。"

"要你这么说，这么好的事情，我有闲钱岂不也可以投资。"

"我看你们不考研的都是闲的，拿老大开涮是不？别看我搬出去了，还是老大，别废话，你们俩有钱快给我拿出来。"

"没有！"莫逸飞和老五异口同声道。

"别这样，兄弟一场，等我考上了请你们吃饭行不？"

"行，唉……多好的投资，看在兄弟情的份儿上就算了。"

回眸点睛：

　　资产定价模型（Capital Asset Pricing Model，CAPM）是由美国学者夏普、林特尔、特里诺和莫辛等人在资产组合理论的基础上发展起来的，是现代金融市场价格理论的支柱，广泛应用于投资决策和公司理财领域。

　　资本资产定价模型就是在投资组合理论和资本市场理论基础上形成、发展起来的，主要研究证券市场中资产的预期收益率与风险资产之间的关系，以及均衡价格是如何形成的。它以资本形式存在的资产的价格确定模型。以股票市场为例，假定投资者通过基金投资于整个股票市场，于是他的投资完全分散化了，他将不承担任何可分散风险。但是，由于经济与股票市场变化的一致性，投资者将承担不可分散风险。于是投资者的预期回报高于无风险利率。

　　市场风险溢价就是预期回报率与无风险利率的差值，这是投资者由于承担了与股票市场相关的不可分散风险而预期得到的回报。

6.6　在美国买到"中国制造"
——国际贸易的常识

终于熬到了暑假，湖南的天气简直热得让人受不了，莫逸飞和莫蓉睿坐上北上的火车回老家避暑。

车上无事，兄妹俩就闲聊起来。

"我最好的朋友韩湘去了美国，她说她现在住在一个美国家庭里。刚到美国到处都感到好奇，于是经常去逛街，有一天买了一双耐克鞋，没想到回家仔细一看居然写着 'made in China'，当时就晕倒了，本来想在美国买的耐克应该比较正宗，没想到居然是中国制造，很是郁闷。"

"呵呵，这很正常嘛，现在可是全球化，在美国买到中国制造的产品不也挺好嘛，这说明我们经济强大了，产品行销全世界。"

"可是我觉得很奇怪，为什么耐克公司要跑到中国来生产，然后再卖到美国呢？这么折腾成本多高啊！"

"呵呵，你也自学了很多经济学的知识，你想想为什么？"莫逸飞故作深沉地问道。

"我觉得纳闷才问你嘛，按照成本收益分析，他们一定有利可图才会这么做，我觉得虽然要增加运费，但是在中国工资水平低，所以总成本还是比在美国生产便宜。是这个原因吧？"

"你说得有一定的道理。其实这是一个国际贸易的知识，在经济学的基础

课程中涉及得比较少。"

"我说嘛，我哪学过国际贸易。"

"其实国际贸易也是应用经济学，很多知识都是融会贯通的。"

"嗯？怎么讲？"

"我给你讲个有趣的故事，看看你的悟性吧。"

"唉……你还会讲故事呢？说来听听。"莫蓉睿不解地说道。

"话说从前有个国家是个农业大国，农民种的小麦又多又好，但是他们不会生产钢铁，制造的农具也很蹩脚。国王为此很苦恼。有一天来了一个法师，他说他会法力，只要给他小麦，他就可以变出钢铁和农具。于是大家就给他小麦，很快他就送给国王和农民精制的农具和钢铁。大家用上了好的工具，产量更高了。大家都觉得非常神奇，有一天一个人就想偷学法师的秘籍。没想到在法师的住处没有任何制造工具和钢铁的东西，法师只是拿小麦卖给另一个生产钢铁和农具的国家，并换回钢铁和农具。于是，他把这个消息告诉了国王。国王大怒，惩罚了法师。但是此后由于没有钢铁和得力的农具，小麦的产量下降了，人们的生活水平也随之下降。好了，就是这个简单的故事，你悟出了什么没有？"

"不就是两个国家互相卖对方没有的东西，互利了吗？"

"嗯，对，不过你是只知其一，不知其二。而且说得也不够专业。"

"我不想了，你还是快说吧。"

"国际贸易之所以会发生，是因为每个国家存在某种产品的生产优势，通过交换可以在不减少本国财富的情况下，获得额外的福利，也就是贸易使双方获利。它是分工理论的扩展。"

莫逸飞看看莫蓉睿在认真听，于是继续讲下去。

"现代经济社会中，贸易——无论是个人之间的贸易，一国各地区之间的贸易，还是国际贸易，甚至如果外星球有人的话也可以包括星际贸易，所以这些贸易的基础都是贸易参与方存在某种产品的生产优势，各方生产并出售自己有优势的产品或劳务，购买自己不具有比较优势的产品或劳务，各方都可以获益。这就是贸易有利于双方的原因。"

莫蓉睿若有所思地点点头，然后问道："能举个例子说说吗？"

"打个比方，以冬天洗衣服来说，如果我以低于 30 元而高于 10 元的价格到外面洗衣服，双方就都可以获利。因为洗一件冬衣至少耗费我一个小时的时间，如果这一个小时去做家教，那么收入就是 30 元，而洗衣店可能洗一件衣服只要半小时，那么只要一件衣服的洗衣费少于 30 元，我就是获利的，而洗衣店在洗衣方面比我专业，具有优势，这时，各自从事自己有比较优势的事情，然后相互交换，双方收入都增加了。"

回眸点睛

比较优势理论是国际贸易得以进行的基础。过去我们习惯用互通有无来解释贸易，而且认为弱的一方在贸易中总处于劣势，强的一方总要通过贸易

来剥削弱的一方，由此出发也就强调事事不求人的自力更生。这其实是一种误解。贸易中强的一方尽管生产率高，有绝对优势，但并非在各方面都有比较优势；弱的一方尽管生产率低，没有绝对优势，但必定在某些方面有自己的比较优势。贸易不是产生于绝对优势，而是产生于比较优势。各方无论绝对优势如何，都有自己的比较优势，所以，贸易有利于双方。这也是经济全球化最终有利于各国的基本原因。

6.7　在美国吃麦当劳
——留学一定要学懂汇率

车上无事，兄妹俩闲聊了一路。车到北京才上午 10：00 多一些，中间要等 3 个小时才有车去沈阳，兄妹俩于是先找地方吃饭。

"哥，咱们去哪儿吃饭啊？北京我可不熟，你走了好几次了，快找个地方吃饭，车上的东西太难吃。"莫蓉睿催促道。

"别催了，我也没什么好主意。所以每次路过北京我就到麦当劳吃，既不用费脑子，还干净，相对也比较便宜。"莫逸飞说道。

"吃麦当劳还便宜啊，要我说吃麦当劳应该去美国吃！"

"快走吧，别说傻话了！"莫逸飞拉着莫蓉睿进了车站附近的麦当劳。

叫好东西后，一坐下，莫蓉睿就继续说道："我才没说傻话呢？你看我的手机，我同学刚从美国给我发过来的在麦当劳吃巨无霸的照片。"

莫逸飞一看乐了。

"瞅她那样，人长得不大，还挺能吃！"

"那当然，在中国吃麦当劳多贵啊，去了美国还不多吃点儿。"

"哈哈！这你可错了，我好像最近看过报道，说是全世界比较来说，在中国吃麦当劳的巨无霸最便宜了！"莫逸飞笑着说道。

"不可能吧，一美元能换六块多人民币。"莫蓉睿不服气地说道。

"能不能专业点，那叫汇率！就算不学经济的也知道汇率，常识嘛！最近我还看过相关报道，英国有家《经济学家》杂志，还刊登过巨无霸汇率指数。"

"听过美国股市道琼斯指数、香港股市恒生指数，可没听说过'巨无霸汇率指数'。"莫蓉睿不服气地说。

"咱们都不出国，当然很少关注这些。巨无霸指数用英语讲就是 Big Mac Index。它是一个非正式的经济指数，用以测量两种货币的汇率理论上是否合理。"莫逸飞解释道。

"不懂！"

"举例而言，现在是 2009 年 6 月，用 12.5 元人民币就可以在中国的麦当劳里买到一个巨无霸汉堡包，约合 1.78 美元。而在美国的麦当劳，要买一个相同的巨无霸汉堡包要 3.0 美元左右。那么在美国巨无霸汉堡就相当于人民币 20 元左右。"

"啊，这么贵啊，怎么在美国吃麦当劳反而还贵呢？"莫蓉睿不解地问道。

"这里涉及一个购买力平价的问题。购买力平价理论的基本假设认为，一美元在任何一个国家都应该买到相同质量和数量的商品，或者说同质同量的商品在世界各地的价格应当是相等的，这就是国际经济学中著名的'一价定律'。"

"为什么要一价呢？"莫蓉睿十分不解。

"先不说这个，假如一价定律成立，那么在中国买一个13.5元的汉堡，根据现行汇率推测，在美国就需要花大约2美元。但是现在汉堡在美国大概价值3美元，那么意味着此时3美元的购买力与13.5元人民币的购买力相当，因此汇率就应该为1美元兑换3.4元人民币。而目前美元兑人民币的汇率在1:6.8左右。"

"那我们不是还更便宜些？"

"呵呵，你和很多人包括大批国内学者一样，可能都错误地解读为人民币被严重低估了，中国商品的价格水平远远低于美国，从而认为中国获得了不公平的竞争优势。"莫逸飞不无担忧地说。

"可是你刚才不也是这么说的吗？"

"我刚才这么说只是要解释一下购买力平价和汇率的区别，但是仅凭一个'巨无霸指数'是不能说明问题的。用巨无霸汉堡包测量购买力平价是有其限制的；在许多国家，像在麦当劳这样的国际快餐店进餐要比在当地餐馆贵，而且不同国家对巨无霸的需求也不一样。例如，在美国，低收入的家庭可能会一周几次在麦当劳进餐，但在马来西亚，低收入者可能从来就不会去吃巨无霸。"

"那为什么还搞出个巨无霸指数呢，我还以为可以指导我的消费呢。"

"呵呵，之所以选择巨无霸汉堡包，那是因为它在多个国家均有供应，而且在各地的制作规格基本相同，让这个指数可以简便且相对比较准确地反映各地货币的实际购买力。"莫逸飞语重心长地说。

"原来如此，不想那么多了，还是先吃饱了再说！"

回眸点睛：

　　汇率也称"外汇行市或汇价"。一国货币兑换另一国货币的比率，是以一种货币表示另一种货币的价格。由于世界各国货币的名称不同，币值不一，所以一国货币对其他国家的货币要规定一个兑换率，即汇率。

　　1916 年瑞典经济学家卡塞尔在总结前人学术理论的基础上，系统地提出：两国货币的汇率主要是由两国货币的购买力决定的。这一理论被称为购买力平价说。购买力评价说分为两种形式：绝对购买力平价和相对购买力平价。

　　绝对购买力评价认为：一国货币的价值及对它的需求是由单位货币在国内所能买到的商品和劳务的量决定的，即由它的购买力决定的，因此两国货币之间的汇率可以表示为两国货币的购买力之比。

　　而购买力的大小是通过物价水平体现出来的。根据这一关系式，本国物价上涨将意味着本国货币相对外国货币的贬值。相对购买力平价弥补了绝对购买力平价的一些不足之处。

　　它的主要观点可以简单地表述为：两国货币的汇率水平将根据两国通货膨胀率的差异而进行相应的调整。它表明两国间的相对通货膨胀决定两种货币间的均衡汇率。

反侵权盗版声明

  电子工业出版社依法对本作品享有专有出版权。任何未经权利人书面许可，复制、销售或通过信息网络传播本作品的行为；歪曲、篡改、剽窃本作品的行为，均违反《中华人民共和国著作权法》，其行为人应承担相应的民事责任和行政责任，构成犯罪的，将被依法追究刑事责任。

  为了维护市场秩序，保护权利人的合法权益，我社将依法查处和打击侵权盗版的单位和个人。欢迎社会各界人士积极举报侵权盗版行为，本社将奖励举报有功人员，并保证举报人的信息不被泄露。

举报电话：（010）88254396；（010）88258888

传　　真：（010）88254397

E-mail：　dbqq@phei.com.cn

通信地址：北京市万寿路 173 信箱

     电子工业出版社总编办公室

邮　　编：100036